野いちご文庫

たとえ声にならなくても、
君への想いを叫ぶ。

小春りん

STARTS
スターツ出版株式会社

contents

文庫限定番外編

たとえ声にならなくても、
君への想いを叫ぶ。
characters
ひら つか しおり
平塚栞
高校二年生。五年前から失声症を患っており、声を出すことができない。おっとりした性格だが芯が強く、自分の意見をはっきりと主張する。
Shiori Hiratsuka
Itsuki Souma
そう ま いつ き
相馬樹生
高校三年生。容姿端麗・成績優秀・運動神経抜群の超モテ男子。男子校に通いながら、医者になるべく医学部進学を目指している。

Ayumi Ninomiya
栞の友人
にのみや あゆみ
二宮亜由美
高校二年生。栞のことを気にかけてくれる良き相談相手で親友。
Renji Miyazaki
栞の友人
みやざき れんじ
宮崎蓮司
高校二年生。栞の幼馴染で、栞のことを大切に思っている。
Aki Igarashi
樹生の友人
いがらし あき
五十嵐暎
高校三年生。樹生の親友で、爽やか系イケメン。樹生の数少ない理解者。
Kotarou Tamaki
樹生の友人
たまき こたろう
玉置虎太郎
高校三年生。樹生の親友で、友達想いな明るい性格。アキとは幼馴染。

たとえ声にならなくても、

（……ねぇ、先輩）

たとえば、空がきれいな青だとか。
ツボミだった花が知らないうちに咲いたとか。
昨日は泣いていたあの子が、今日は笑ったことだとか。
きっとただ、気づかなかっただけ。
言葉にできないくらいに美しい世界は、いつだってそこにあふれていた。

「……どうした、栞？」

だけど、君に出会って知った世界は。
きれいだなんて言葉で、表せないくらいに。
儚くて、苦しくて、どうしようもないくらいに、優しくて……。

とても、温かい日々でした。

Your love brings color to my world.

Spring

Lilac（ライラック）

「栞、忘れ物なぁいー?」
玄関で靴を履いていた私のうしろから、お母さんの声が飛ぶ。
うちのお母さんはとても心配性で、私はもう高校生だっていうのに、私に対してい
まだに小学生みたいな扱いが抜けない。
……まぁ、それも、仕方がないことなのかもしれないけれど。
ローファーを履き終わって振り向けば、リビングからひょっこりと顔を出すお母さ
んが見えた。
「気をつけて行ってきなさいね!」
お母さんに向かって、〝忘れ物ないよ〟という意味と〝いってきます〟の意味を込
め右手をあげた私は、笑顔で玄関の扉を開けた。
――わぁ。
一歩外に出ると、やわらかな春風が頰をかすめて、胸元まで伸びた長い髪を静かに
揺らす。

空を見上げれば、そこには無限に広がる青。

ああ、今日は、なんだかイイコトありそう。

晴れた日の空気を目いっぱい吸いこんだ私は、ひとり駅に向かう足を速めた。

＊＊＊

だけど、駅に着いたら気分は一転。ホームいっぱいにあふれる人の熱気と喧騒に圧倒された。

これが噂の満員電車……。肩にかけた鞄の紐を掴む手に力が入り、立ち竦む。

こんなの、毎日乗っている人もいるの？　この時間の電車に乗るのは高校に入ってから初めてだけど、まさかこんなに混んでいるとは思わなかった。

でも、いつもより一時間早い電車に乗らないと、図書委員の朝の仕事には間に合わない。

うちの学校の図書委員に任命された二年生は、朝早く登校して図書室の鍵を開けなければいけないという、ルールがある。

そして朝一で本の貸し出し、返却にも対応。ということで、誰もやりたがらないわけだけど、そんな図書委員を私は一年生の時から〝自ら〟買って出ていた。

昨日の委員会決めでも、率先して手を挙げて立候補したくらい。

もちろん、本が好きだということも理由のひとつ。でも、それ以上に、図書委員であれば〝私でも〟みんなの役に立てるという想いが強かった。

「危険ですので、駆けこみ乗車は――」

鳴り響くベルの音と、駅員さんのアナウンス。

私はあわてて顔を上げると、意を決して満員電車に乗り込んだ。

＊　＊　＊

うう……。電車を出る頃には、ぺっちゃんこになってるんじゃないのかな、私。

でも、満を持して乗り込んだ満員電車の中は、私の予想を遥かに超える窮屈さだった。

電車のドアに向かって押しつぶされるし、なんとか鞄を抱えて最低限レベルの身体の密着だけは回避してみたけれど、それでも他人の呼吸さえ気になる距離感だ。

これから毎朝、この電車に乗らなきゃいけないと思うと、初日からめげそう。

すっかり弱気になった私は、ふと水面から魚が頭を出すように顔を上げた。

すると一瞬、隣の人と目が合って息をのむ。

——わわっ！

すぐに視線を落としてうつむいたけれど、あとの祭りだ。満員電車の中では、軽率に顔をあげないほうがいいみたい。

ああ、失敗しちゃった。

今、目が合った人を、嫌な気持ちにさせていなければいいけど。

でも、そう思った私が心の中でため息をついた瞬間。

え？

ふいに、身体に大きな違和感を覚えた。

なにかが……私のふとももに、当たっている。

誰かの鞄かな。それとも、私の立っている場所が悪いとか？

そんなことを考えながら、私は身体を少しだけひねった——のだけれど、途端に、たった今抱いたばかりの違和感が、予想外の強い嫌悪感へと変わった。

「……っ」

ぞわり、身体を一気に駆けめぐった悪寒。不本意にも、背筋がピンと伸びてしまう。

誰かが……私のお尻を、さわっている。

ゆっくりと、まるで子供の頭でも撫でるかのように、誰かの手が私のお尻を撫で始めた。

スカートの上から感触を楽しむように動かされる手。理解したら、額には汗がにじみ、鞄をつかんでいる手がふるえだす。

嫌だ。嫌だ、嫌だ、やめてっ！

手を、捕まえなきゃいけない。そして、「この人、痴漢です！」って叫ばなきゃ。

混乱している頭の中で、私は必死に声を上げた。

でも、頭ではちゃんとわかっていても――それを実行する術が、私にはなかった。

先ほど身体をひねってしまったせいで私のお尻はドア横の座席の方へと向いてしまい、角度的に周りの人が気づいてくれる望みは薄い。

せめてもの抵抗でお尻を椅子の方に押しつけてみたけれど、その手はどんなに潰されても引かれることはなかった。

私を囲うように立つスーツ姿の男性。この人が犯人であることはまちがいない。

……でも。顔をあげる、勇気がない。

せめて、犯人の顔くらいは覚えなければいけないと思うのに、恐怖が勝ってできそうになかった。

そんな私の臆病な心を、犯人もわかっているのだろう。

不愉快な感覚は一向に消える気配はなく、吐き気さえも催してきた頃には、降りる駅まであとひとつ、というところに来ていた。

とにかく早く、電車から降りたかった。逃げだしたかった。

だけど、そんな私の心情を察したように、突然、痴漢の手が大胆に動いた。

「……っ⁉」

私のお尻を撫でるようにさわっていた手が、スカートの中へと入ってきたのだ。

い、いやだ……っ、誰か！

今度こそ抵抗しなければいけないとわかっているのに、あまりの恐怖に身体は硬直して言うことを聞かない。

その間にも痴漢の指は下着の線をあやしくなぞり、私の心臓は警笛を鳴らし始め、全身からどっと嫌な汗が噴き出した。

目からはとうとう涙のしずくがこぼれ落ちて、膝がガクガクと震える。

もう無理……っ。

そうして、私がとっさに口もとを押さえて鞄の紐を握る手を強めた——瞬間。

「……はずかしい大人、だね」

不意に、ひどく静かで冷たい声が耳をかすめた。

あ……っ！

同時に、痴漢の手が勢いよく離れて、空気が変わる。

そのまま大きく揺れた電車とともに、うしろにいた痴漢の気配が完全に消え失せた。

今……なにが起きたの？

私は混乱してなにがなんだかわからないまま、それまで力いっぱい閉じていた目を開けた。

「……もう、大丈夫だから」

すると、耳元でやわらかい声が聞こえて、今度は背中が温かいなにかに包まれた。

涙でにじむ視線の先。そこには先ほど目が合った男の人がいて、息をのむ。

たった今、声をかけてくれたのは、この人だ。

彼は眉間にシワを寄せて真っすぐに前を向いたまま、窓の外をながめていた。

つい先ほどまで痴漢がいた場所には彼の身体が入り、ドアに置かれている手によって私は囲まれ、守られている。

……助けて、くれたんだ。

その腕と温かさに、今さらながら頭がそう理解し、再び涙のしずくが頬を伝ってこぼれ落ちた。

よかった、ありがとうございます、よかった……っ。

私は何度も何度も、心の中でそう唱えながら、瞳からこぼれた涙を必死に制服の袖でぬぐった。

「次は、──駅──駅」

降りるべき駅への到着が知らされたのは、それから数分後のことだ。

その頃には、どうにか涙も引いていて、強張った身体からも力が抜け始めていた。

再び電車が大きく揺れて、プシュー、という空気の抜けるような音と同時に扉が開けば、それを合図に人の群れが車内から一斉に外へ出る。

わわっ⁉

ドア付近にいた私は、必然的に人の波にのみこまれるように飛び出して、身体が大きくよろめいた。

それでもなんとか足を踏んばろうとしたのだけれど、その足は誰かの足につまずいて、視界が大きくぐらりと揺れた。

こ、転ぶ……！

頭の中で次にくる痛みのための準備をし、反射的に両まぶたを力いっぱい閉じた。

……あ、あれ？

だけど、予想した痛みは、いくら待っても訪れなかった。

「ほんと、あぶなっかしい」

「……！」

唐突に聞こえた声に驚いた私は、弾けるように声のした方へと振り向いて目を見張る。

そこには、私の腕をガッチリと捕まえた、制服姿の男の人が立っていた。

「こんな所で転んだら、踏まれるよ?」

ため息とともに吐きだされた言葉に、必然的に頬が熱を持つ。

は、はずかしい!

あわてて背筋を伸ばせば掴まれていた手がゆっくりと離されて、彼と私は向かい合わせの形になった。

「……大丈夫?」

反射的に何度もうなずくと、〝ありがとうございます〟という意味を込め、深々と頭を下げる。

だけど、再び頭を持ちあげた私に彼は「そうじゃなくて……」と、つぶやくと——

また眉間にシワを寄せ、心底不愉快そうに表情をゆがめた。

「……痴漢。朝から、災難だったと思うから」

小さくこぼされた言葉に、彼が口にした〝大丈夫?〟の真意を知る。

今の彼の表情は、先ほど電車の中で助けてくれた時と同じもので、鈍い私はようやくすべてを理解した。

この人、私を痴漢から助けてくれた人だ。そして今、彼は痴漢をされた私のことを心配してくれているんだ。

理解した途端、再び恐怖が蘇る。

怖かったし、つらかったし、腹が立つ。あの痴漢は……逃げたのかな。

思った以上に混乱していたらしく、ふと手のひらを見てみると未だに小さく震えていた。

あの時、もしもこの人が助けてくれなかったら、どうなっていたんだろう……。

考えるだけでゾッとして、胃がキリキリと痛んだ。

「もっと早く、俺が気づいてあげられたらよかった」

「……っ」

「ごめんね？」

ひどくやわらかな声でそう言った彼は、眉を八の字にさげて悲しげに微笑む。

まさか！　あなたが謝るようなことじゃないです！

心の中で叫んだあと、あわてて首を横に振った私は――あらためて、目の前の彼を見て固まった。

この人……高校生、だよね？

着ている制服は、この駅ではよく見かける制服で、北口を降りてしばらく歩いた先にある男子校のものだとわかる。

ブレザーの制服についているバッジの色が、その高校の三年生のものだから、年は私のひとつ上だ。

ただ、たったひとつ年上だとは思えないほど、彼の放つ空気が私の通う学校の男子生徒とは比べものにならないくらい大人びていたから驚いたのだ。

声も、初対面だというのに、どこか心地よさを感じる艶のようなものがあり、聞いているだけで安心感に包まれた。

さらに、まじまじと見てみれば、彼はとてもきれいな顔をしていて、背も私よりも頭ひとつ分高い。

スッ、と通った鼻筋に、切れ長の目、薄い唇。すべてのパーツが絶妙なバランスで保たれたその顔に彼の持つ雰囲気も相まって、大袈裟な表現かもしれないけれど、まるで高尚な名画の中から飛び出してきたような人だと思った。

ぜんぜん気がつかなかったけど、なんだかすごくカッコいい人に、助けられてたんだ。

「まぁでも、とりあえず。もしかしたら常習犯かもしれないし、駅員には特徴とか顔とか報告はしておく。あと、見かけたけど捕まえられなかった、ってことも」

「……！」

「君は……思い出したくもないだろうし、俺だけで報告に行ってくる感じでいい？」

助けてもらった上に、そこまで甘えていいんだろうか。

私は一瞬迷ってから小さくうなずき、もう一度〝ありがとうございます〟と〝すみません〟という意味を込めて頭を下げた。

「難しいかもしれないけど、満員電車の中では、なるべく女の人の近くにいた方がいいかも。今日みたいな目に遭わないためにも……次からは、本当に気をつけてね」

だけど、そう言った彼の言葉に、私は不思議な違和感を覚えた。

そういえば、あの時――彼は、痴漢を捕まえられたんじゃないのかな?

助けてもらった立場で、そんなことを思うなんてすごく失礼だとはわかっている。

それに、単純に取り逃がしてしまっただけかもしれないし、そもそも私ひとりだったら駅員さんに報告に行くことすら思いつかないで、泣き寝入りだった。

でも、『次からは本当に気をつけて』と言った彼が私から目を逸らしたことが、すごく心に引っ掛かったんだ。

なにより、誰かが今日の私と同じような目に遭ったらと思うと……。

と、ぐるぐると思考を巡らせた私は、ふとホームの電光掲示板に視線を移し、表示された時間を見て目を剥いた。

「まぁ、そういうことだから。俺は、これで――」

(じ、時間!)

「え?」

図書室開けないと……！　初日から遅刻なんて、言い訳できない！

あわててあたりを見わたせば、私が乗ってきた電車から降りてきた人たちはいなくなっていた。

どれくらい、立ち止まっていたんだろう。なにより、引き留めてしまった彼に申し訳ない。

（ご迷惑、おかけしました！　いろいろ、本当にありがとうございました！）

「あ、ちょっと……！」

伝わるはずがないとわかっていたけど、それでも伝えずにいられなかった私は精いっぱいの口パクでそう告げたあと、深々とお辞儀をしてから駆けだした。

そんな私を呼び止める彼の声が遥か後方で聞こえた気がしたけれど、私はそのあと一度も振り返ることなく駅の改札を通りぬけた。


『Lilac（ライラック）』

純潔・初恋

Iris（アイリス）

「なぁなぁ、今日提出の進路表、なんて書いた？」

男子校特有の騒がしさに包まれる教室で、俺の机に両手をつきながら問いかけてくるのは親友のひとり、玉置、通称〝タマ〟だ。

「そういうタマは、なんて書いたんだよ？」

そして、前の席に座りながらタマに質問を返すのは、もうひとりの親友、〝アキ〟。

話題は今日提出予定の、進路表について。

高校三年生、いわゆる受験生と呼ばれる年を迎えた俺たちにとっては、自分の進路を明確に示すための大事な一枚ではあるのだけれど。

「えー、俺？　俺はねぇ、第一志望が野球選手でー。第二志望がサッカー選手、第三志望は〝予定は未定〟って書いといた！」

「……タマ、それ、たぶん担任のハゲ下に殴られるよ」

「えー、なんで!?　真面目にそう思ってんだから、怒られる理由なくね!?」

「いやいやいや。だいたいにしてタマ、野球部でもないし、サッカー部でもないじゃん。ふたつとも、スカウトとかそういうのをされる環境にいるのが必要だと思うけど」

「マジかよー！　なんで、そんな夢のないことばっかり言うわけ⁉　今からスカウトとか来ねぇのかな⁉」

「来るわけないだろ、バカ！　っていうか、進路表だぞ、真面目に考えろよ！　自分の将来のことだぞ⁉」

「チェーッ。わかったよー、しょーがないなぁ」

なぜかふてくされるタマに、アキは丁寧に進路表を返した。

……こうして客観的に見てみると、ひどく対照的なふたりだと思う。

タマは不真面目でバカだし、アキは真面目過ぎるくらいで融通の利かないヤツ。

俺がこのふたりと出会ったのは高校に入学してからだけど、ふたりは幼なじみだから、ふたりにしかわからない絆や関係もあるんだろうけれど。

「樹生は⁉　樹生は、なんて書いたんだよ⁉」

かくいう俺は、興味津々といった様子で身を乗りだすタマに対して、スマホに視線を落としたまま、無言で進路表を差し出した。

「う、わっ。見事に私大の医学部オンリー……」

「どこも超ネームバリューがあって、授業料超高そう！」

「まぁ、授業料とかは俺には関係ないことだし。医者になれれば、俺は正直どこでもいいんだけどね」

「マジかよ！　進路表も嫌味だらけなら、発言も嫌味だらけなんですけど！」

「……そういうこと言うと、次のテスト助けないよ？」

「嘘です、すんません！　超素敵な進路表に、超素敵な考え方をお持ちですね、イツキ様！」

お調子者よろしく、すばやく手のひらを返すタマを横目に、俺は持っていたスマホを制服のポケットにしまった。

……ちょっと、あからさまな言い方過ぎたかな。

思わずそんな風に反省したのは、騒がしいタマとは対照的に、目の前の真面目なお人好しが俺へと不安気な眼差しを向けていたからだ。

「樹生、あの……」

「アキは？」

「え？」

「アキは、進路表なんて書いたの？」

あえて言葉を遮って、質問をぶつけた。

すると、アキはあわてた様子で律儀にファイルにしまわれた自分の進路表を取り出した。

……こういう時は、アキのこんな真面目さに救われる。

「うわっ。アッキーも、ちゃんと書いてあるし！」

「あー…うん。俺はさ、一応、スポーツ医学を学べる学校がいいかな、って思ってて。リハビリとか、トレーニングとか。そういう観点から、スポーツにかかわっていけたらなーって」

照れくさそうに夢を語るアキの進路表は、言葉の通り、未来をしっかりと見すえた内容で埋まっていた。

「アキらしくて、いいんじゃない？」

「ホントに、そう思う？」

「思うよ」

「……そっか。樹生にそう言われるとなんか安心する。ありがとう」

素直に表情を和らげたアキを見て……ほんの少し、うらやましいと思ってしまうのは、俺とアキの、将来への考え方に大きなちがいがあるからだろう。

まっすぐに自分の将来を見つめているアキ。半面、捻じまがった理由と考え方で、将来を見つめている自分。

「マジかよー！　じゃあ、進路表ちゃんとしてないの、俺だけじゃん！」

「まぁ、これぱっかりはカンニングできないからね」

「ドンマイ、タマ」

「神様、ギブミー、スペシャルマイテクニック！」

……まぁでも、こんな感じのタマよりはマシだけど。

「あ、そういえば俺、樹生に聞きたいことあったんだ」

「なに？」

と、不意に話題を変えたアキが、出したばかりの進路表をしまいながら声をひそめた。

「いや……まぁ、聞きたいことって言うと大げさだけどさ。隣のクラスのサッカー部のヤツが、朝、樹生と可愛い女の子が駅で話してるの見たって言ってて」

曖昧に笑ったアキの言葉に、今朝の出来事が頭をよぎった。

「なんかそいつに、ふたりは手をつないで電車を降りてきたから、樹生とその子って、付き合ってんの？　って聞かれてさ」

「……あぁー、ね」

「え！　まさか、また新しい女か⁉」

「いや？　べつにそういうんじゃないけど」

「普通に、友達の子？」

「んー、友達……でもないね、とりあえず」

「じゃあなんだよ、教えろよー！　彼女持ちのアッキーに続いて、まさか樹生までリア充になるなんて許さねぇからな！」

煮えきらない俺の返事に、ギャアギャアとタマが騒ぎだした。

当の俺は表情には出さないようにしたものの、まさか朝のあの出来事を目撃されていたと思わなくて、柄にもなく少し動揺していた。

付き合ってんの？とか言われて、アレがそんな風に見えるのかと、なかばあきれもあるけれど。

まぁ、場所が場所。高校の最寄り駅だったし、誰かに見られていたっておかしくない。

女の子という生き物に、飢えに飢えまくっている男子校のヤツらが、そんな些細な出来事さえも見のがさないのは、三年間で身に染みるくらいにはわかっていた。

誰かに彼女ができれば、その彼女の友達を紹介しろ！と騒ぐのは、男子校のお決まりだ。

アキだって、彼女ができたばかりの頃は周りにしつこく頼みこまれていた。

……どっちにしろ、面倒くさいとこ見られたな。変な誤解が噂になって広まって、このふたり以外からの、野次馬的な質問攻めに遭うのはゴメンだ。

だいたい、ただ駅で話していただけだし。手をつないでた……って、転びそうになったあの子の腕を、とっさにつかんだだけだ。

まぁたぶん、あの子の着ていた制服が、駅向こうにある〝可愛い子が多い〟と話題になっている高校の制服だったから、アキが言った隣のクラスのサッカー部ってヤツも、目ざとく食いついたんだろう。

……それか、前々からあの子を見かけて気になっていたか。

「樹生、黙ってないで、おーしーえーろーよ――――！」

「タマ、そんなしつこく聞いたってしょうがないじゃん」

「だって、気になるじゃんか！　アッキーだって、気になるから聞いたんじゃねぇの⁉」

「う……それは、まぁ……」

「だろ⁉　気になるに決まってんじゃん！　俺の人生かかってんだぜ⁉　つーか、まさかの樹生に本命の彼女なんて現れた日には、いよいよ俺はロンリーマンじゃん！」

これはもう、埒が明かないパターンだ。

「あー、もう、わかった。わかったよ。説明するから」

「え、マジ⁉　やったー！　で、で⁉」

「……タマ、聞いたら騒ぐのヤメロよ」

「了解でござる、樹生様！」

「……はぁ」

結局、すべてを聞きだすまで収まりそうにないタマと、そんなタマをなだめるのに必死なアキを見て、俺は今朝の出来事の一部始終をふたりに話すハメになった。

「――と、いうわけで。べつに彼女とかじゃないし、ましてや友達ですらない。強いて言うなら、まぁ、知り合いレベル……でもないか」

「ほえー」

「アキも、そのサッカー部のヤツにまた聞かれたら、適当にごまかしといてよ。あ、痴漢の部分は、あの子がかわいそうだし、言わないでやって」

「ん、わかった」

「でもまぁ、その子も、朝から災難だったなぁー」

「災難……っていうか、その痴漢、最低だろ」

「まぁ、そりゃそうだけどさー。でもよかったよな、樹生が気づいて助けてくれて！　樹生が気づかなきゃ、そのオッサンにもっとさわられちゃってたかもしんねーじゃん」

「うん、それはそうだけど……でも、その子、怖かっただろうな」

俺からすべてを聞き終えたふたりは、それぞれ思うところの感想を述べていた。

アキが言うとおり、あの子にとってアレは朝からつらい出来事だっただろう。

実際、泣いてたし。かわいそうだったとも思う。

なにもされていない俺だって痴漢に対して腹が立ったし、嫌な気持ちになったから、被害に遭ったあの子の思いは相当のものだったはずだ。

と、ぼんやりとあの子の顔を思い浮かべていたら、ふいにあることに気がついたらしいアキが、言葉を止めて俺を見た。

「っていうか、樹生は、その痴漢、捕まえなかったの？　注意して助けたってことは、普通に捕まえられたんじゃないの？」

相変わらず、真面目なアキらしい、イイトコロを突いてくる。

そして、その突かれたところは自分にとって少々痛いところでもあって、思わずアキから目をそらした。

だけど、〝俺が押しだまった〟イコール〝肯定〟と踏んだらしいアキは、不満を取りつくろうことなく眉間に深いシワを寄せた。

「まさか樹生……、わざと逃がしたの？」

「え――！　うっそー！　ヤダ、樹生くんてば女の敵！」

「痴漢なんて最低なことするヤツ、逃がしちゃダメだろ！　もしかしたら、またやるかもしれないじゃん‼」

「うんうん、やるぜ、そのオッサン。常習犯ぽいし、俺の第六感がそう言ってる」

「なんで逃がしたんだよ……。痴漢って、現行犯じゃないと捕まえられないんだろ？もしまた他の人とか、その子がひとりきりの時を狙われて、痴漢されたら――」

「……勇気がなかったんだよ」

「え？」

「人の人生を、めちゃくちゃにする勇気が、俺にはなかった」

興奮気味だったアキの言葉をさえぎれば、今度はアキが狐につままれたような顔をして押しだまった。

――あの時。アキの言うとおり、痴漢を捕まえようと思えば、普通に捕まえられただろう。

たまたま隣に立っていたあの子に、なにげなく落とした視線。するとなぜか、その子は涙目で、鞄を持つ手が小刻みにふるえていた。

最初は具合でも悪いのか？と思ったけれど、そうじゃないと気づいたのは――ななめうしろに立つサラリーマンが、異様にその子へと身体を寄せていたからだ。

勘づかれないように更に視線を落とせば、その子のスカートにふれている、オッサンの右手がわずかに見えた。

……朝から、なにやってんだよ。心の中でそうこぼしたと同時に、怒りと情けなさが胸に込みあげた。

それというのも、痴漢行為をしていたサラリーマンは、自分の父親と同年代くらいの男で、ポールを持つ左手には……律儀にも、結婚指輪が光っていたからだ。

……面倒くさい。こういう時、こんな風に目ざとい自分が嫌になる。

今ここで、女の子のお尻をさわっているサラリーマンの右手を捕まえて、痴漢として駅員に突きだすのは造作もないことだ。

自分の娘と同じ年齢でもおかしくない女の子に痴漢行為をするような、はずかしい男がどうなろうが、正直、俺にとってはどうでもいい。

——ただ。この男が捕まったら、こいつの家族はどうなるんだろうと、左手の結婚指輪を見て思ってしまった。

痴漢は一度捕まれば、本当にやってなくて無罪を主張したとしても受けいれられず、冤罪となる可能性が高い。

この男の場合、女の子の証言まで取れる上に、第三者の俺に見つかって捕まるんだから、どんなに無罪を主張したところでダメだろう。

まぁ、こいつは実際やっているし。

だけど……そうなった時、この男の家族は、まちがいなく巻きこまれるのだ。

そう思ったら、男の家族全員を道連れにして地獄に転落させることが——それを決断する勇気が、俺にはなかった。

「本当に、ただ、それだけの理由だよ」

痴漢に対する情け心なんか持ちあわせていなかったし、あんな卑劣なことができる人間を、心の底から軽蔑してる。

——でも、

「痴漢の男に罪はあるけど、その家族に罪はない。男の奥さんや、いるかわからないけど……もしも、子供がいたらさ。俺たちと同じ、受験生でもおかしくないだろ」

「樹生……」

「そう思ったら、俺は男の腕をつかめなかった。……アキやタマには、理解できないかもしれないけど。でも、たぶん、次にそんなヤツを見つけても、俺はまず第一にそこを気にして、躊躇し続けるんだと思う」

「……うん」

「まぁ結局、自分が悪者になる勇気と罪悪感にたえられる気がしなかったから捕まえなかっただけだから。だから……あの子には、申し訳ないことしたな、とは思うよ」

自嘲した俺に対して、ふたりはもうそれ以上、なにも言わなかった。

＊＊＊

「じゃあ、次のページを開いて」

——その日の授業中。子守唄のような教師の声を聞きながら、俺はポケットにしまった〝あるもの〟を手に取った。

……返さなきゃ、まずいよな。

教科書にまぎれさせながら机の上に置き、頬杖をついてそれをながめる。

視線の先には……一冊の、生徒手帳があった。

今朝のあの子が立ち去ったあと、俺の足もとに落ちていたものだ。

これが、あの子のものだというのは容易に想像がつく、というか最初のページの顔写真だけ確認させてもらったから、まちがいない。

思わず拾ってきてしまったけれど、どうしたものか。あの子と同じ高校に、知り合いの子っていたかな。でも、女の子に頼むと、また面倒くさいことになりそうだから考えものだ。

と、ぼんやりとそんなことを考えていたら、あることに気がついた。

ドッグイヤー？

生徒手帳にはめずらしく、使いこんでいる感のあるカバー。その一ページに、不自然なドッグイヤー……折り目が、つけられていたのだ。

心の中で申し訳ないと謝りつつも、俺は好奇心からその折り目に指をかけていた。

「……え」

「ん？　なんだ、相馬。質問か？」

「あ……いえ、なんでもありません」

開いたページに書いてあった言葉を見て思わず声をもらしてしまった俺は、教師から隠すようにあわてて生徒手帳をポケットに戻した。

ああ……だから、あの時。

思い出すのは、今朝のあの子の不自然な態度。

違和感を覚えずにはいられなかったあの子の行動の意味を、俺は今さらながらに理解した。


『Iris（アイリス）』

メッセージ・希望

Clematis（クレマチス）

「マジで！　そいつ、クッソ殴りてぇ！」

「ホントに、最低だね……。栞、大丈夫？」

まだ騒がしい朝の教室で声をかけてくれたのは、幼なじみの〝蓮司〟と、親友である〝アユちゃん〟だ。

なんとか無事に間に合った図書委員の仕事を終え教室に入ると、私は仲よく話していたふたりに、いつもどおり声をかけた。

だけど、付き合いの長い蓮司には、私の様子がいつもとちがうことに気付かれてしまった。

なにかあったのかとしつこく聞かれて、結局朝の出来事を伝えることとなった。

「マジで、今からでも殴りにいきたいくらいだし！」

「でもさ、その人が助けてくれてホントによかったねー。まるで王子様みたいじゃない？」

指をパキパキと鳴らして戦闘態勢の蓮司とは裏腹に、うっとりと目を細めたアユちゃんは、きれいな髪を指でクルクルと弄んだ。

スタイル抜群で、いわゆるお姉様系な見た目のアユちゃんは姉御肌で優しい上に美人な、私の自慢の親友だ。

「王子様って、どんだけ夢見がちだよ、バカ！　恋愛小説と少女漫画の読み過ぎだろ！」

そんなアユちゃんに悪態をついている蓮司は、今度は机をたたきながら声を荒げる。

幼なじみで、小さい頃から知っているせいかイマイチ理解に苦しむけれど、蓮司は蓮司で女の子たちからとても人気があるらしい。

アシンメトリーショートの髪はオシャレにセットされ、笑うと八重歯の見える蓮司は背も高く、サッカー部でキャプテンを務めるくらいに人望も厚い上、運動神経もいい。

……考えてみたら、蓮司はモテる要素をたくさん持ちあわせているよね。

本人もそれを自覚済みで、よく〝俺カッコいい論〟を冗談で振りかざす。

そしてアユちゃんが鋭いツッコミを入れたあと、私にふたりが同意を求める——というのは、私たちのお決まりの笑いのパターンだ。

「あらあら、蓮司くんてば王子様に、ヤキモチですか〜？　大切で可愛い、〝ただの幼なじみ〟の栞が、他の男に助けられたから」

（ヤキモチ？）

「バ……ッ、バカか！　んなわけ、あるか！」

「へぇ～、ふ～ん？」

　目を細め、からかうような仕草をアユちゃんが見せると、蓮司は顔を赤く染めて大きく口を開いた。

「だいたいにしてなぁ……！　カッコいいヤツってのはモテるから、チャラいヤツが多いんだよ！　俺みたいに外見イケメンで中身もイケメンってーのは少ないの、わかる!?」

「はいはい。朝から蓮司、マジでウザいわー」

「ウザいのはどっちだよ！　先に話ふってきたのは、アユだろーがっ！」

「もうっ。いちいち叫ばないでよー。うるさ過ぎて、鼓膜破れる、ねぇ、栞？」

（あはは、うん）

　ほら、もういつもの流れ、私たちの笑いのパターンだ。

「はぁっ!?　栞、テメェなにうなずいてんだよ！　今のは絶対、アユが悪いだろ！」

「はいはい、そうですねー。栞、うるさいのはほっといて、宿題の答え合わせしよ？　この間、栞に教わった方法で、予習してきたんだぁ」

（うんっ！）

「おいっ！　シカトすんなよっ！」

にぎやかなふたりを見ていたら、朝の出来事で落ちた気分が、ほんの少し浮上した。

＊　＊　＊

「栞、平気か？　俺、部活休んで一緒に帰ってやろうか？」

そうして迎えた、その日の放課後。ひとりで帰り支度をしていた私のもとへ、蓮司が心配そうにやってきた。

「アユはバイトで帰っちまったし、お前ひとりでまた、なんかあったらさ……。それに、ほら！　お前になんかあったら、おばさんが心配するし」

「だから、な？」と、照れくさそうに視線をそらした蓮司を見て思う。

……蓮司は、やっぱり優しいなぁ。

普段は口が悪くてうるさいけれど、ふたりきりの時はめったなことでは大きな声も出さないし、私が少しでも落ちこんでいると今のように必ず気遣ってくれて、たくさん笑わせてくれる。

幼なじみというより兄妹といった方が、私たちの関係はしっくりくるのかもしれない。蓮司を前に私はポケットからスマホを取り出すと、すばやく文字を打ちこんで蓮司の方へと画面を向けた。

【蓮司は、部活でしょ？　大会も近いし、キャプテンが休んじゃダメです】

もうスッカリ慣れた様子でその画面を見つめた蓮司は、半分不貞腐れた表情を浮かべて私を見た。

「……わかった。だけど、なにかあったら絶対俺に言えよ？」

【うん、わかった】

「それと、暗いとことか絶対にひとりで歩くなよ？」

【気をつけます】

「絶対だぞ。破ったら、デコピンだかんな」

（……心配してくれてありがとう、蓮司）

最後の言葉はスマホに文字で打ちこむことはせず、口パクで蓮司に伝えた。

そうすれば、優しい笑顔を見せた蓮司の温かい手が、私の髪にポンとふれた。

――と、蓮司にえらそうに言っておいてなんだけど。実はひとつ、困ったことがあるんだよね。

蓮司と別れて学校を出た私は、駅までの道をひとりで歩きながら、空になった制服の胸ポケットにふれていた。

……やっぱり、ないよね。ここには、いつもなら〝生徒手帳〟が入っているはずなのだけど、残念ながら見当たらない。

今朝、家を出る時には、きちんとあることを確認したはずなのに、学校に着いたらなくなっていたのだ。

と、いうことは、普通に考えれば今朝のあの出来事のどこかで生徒手帳を落としたに、ちがいない。

困ったなぁ。駅に着いたら、落とし物として届いていないか駅員さんに聞いてみよう。

小さくため息をついた私は、歩きながらあらかじめ駅員さんに見せるための文章を、スマホに打ちこんでいた。

すると、

「平塚栞(ひらつかしおり)さん」

「……っ！」

「歩きスマホなんてしてると、また転ぶよ？」

突然名前を呼ばれて、私は弾けるように顔をあげた。

そうすれば、そこには今朝の彼——痴漢と転倒から助けてくれた、ひどくきれいな顔をした彼が立っていて、私は思わず息をのんだ。

（な、なんで……）

「意外に、会えるもんだね。もっと、何時間も待ってなきゃいけないのかなーって、思ってたけど」

そう言うと、彼は壁に預けていた背を離し、優しい笑みを浮かべながら、立ち止まった私のそばまでやってきた。

「運がよかったのかな。……すぐ、会えた」

私の頭の中は、大混乱だ。だって、どうして彼が今、目の前にいるのかわからない。

なにより、なぜ私の名前を知っているんだろう。

さらに今の言い方だとまるで、私を待っていたみたいにも聞こえてしまって……。

「──と。まず先に、ひとつ、謝らせて」

（……え？）

「今朝拾ったこれ、つい、出来心で中を見ちゃったんだ。ごめんね？」

だけど、私が抱いた疑問はすぐに解消された。

目の前に差し出された彼のきれいな手が、私の生徒手帳を持っていたから。

「朝、君が落としたのを拾って。それで……返すために、待ってたんだ」

そっか、だから私の名前もわかったんだ。

心の中で納得したあと、生徒手帳を受け取った。

思わず彼と生徒手帳を交互に見れば、彼はなぜだか困ったように眉をさげた。

「自己満足だけど、勝手に中を見ちゃった以上、せめて、それだけは謝りたくて。駅員に届けずにこうして待っていたのは、それが理由」

「あらためて、ごめんね」と、憂いを帯びた表情で言う彼は、やっぱりとても魅力的な容姿をしている。

でも……それよりも、紡がれた言葉の温かさに、胸がジンと熱くなって鼓動が跳ねた。

この人は見た目だけじゃなくて、心もすごくきれいなんだろう。

だって、拾った生徒手帳の中身を見てしまったからといって、相手に直接謝ろうと考え、実際に行動に移す人は、この世界に一体どれだけいるのかな。

「とにかく、それだけ伝えたかったんだ。帰るところを、手間取らせちゃって、ごめんね？」

（あ……ありがとう、ございます）

「え」

（わざわざ届けてくださって、ありがとうございました）

用件を伝え終え、踵を返そうとした彼を前に、私はあわてて口を開いた。

今、スマホに文字を打たず、口パクで表現したのは、どうしても、彼には自分の

〝言葉〟で、お礼を伝えたいと思ったからだ。

「え……っと」

といっても、そう簡単に伝わるはずがない。

私の言葉は透明だから、彼には絶対に聞こえないのだ。

案の定、目を見開いて固まってしまった彼を見て、私はあわててスマホを取り出し、いつも使っているメモアプリを開いた。

【わざわざ届けてくださって、ありがとうございました】

そして、いつもどおり、たった今、口パクで伝えたつもりの言葉を、私はすばやく文字として打ちこもうとしたのだけれど——。

「……どういたしまして」

(え?)

ふいに、スマホを持っていた私の手に、彼の冷たい手が重なった。

驚いた私が顔をあげれば、視線の先の彼は私を見て、とても穏やかに微笑んだ。

「ちゃんと、伝わった」

「……っ」

「君の声、俺にはちゃんと聞こえたよ」

まるで春風みたいな優しい声。

彼の言葉に呼応するように、私の心臓はトクンと小さく音を立てた。

＊　＊　＊

〝ありがとう〟

彼女が俺に伝えようとしている言葉は、意外にもすんなりと〝聞こえた〟気がした。
と、いうのも目の前の彼女——平塚栞は、〝失声症(しっせいしょう)〟を患(わずら)っていて、声を出すことができないらしい。

今朝、やり取りの中で一切声を発さなかった彼女に、違和感を覚えたのだけれど。
その答えはたった今彼女に返した、〝生徒手帳〟が教えてくれた。

偶然(ぐうぜん)見つけた、ドッグイヤー。興味本位で開くと、そこには彼女のものであろうきれいな字で、こうハッキリと書かれていた。

【私は失声症です。声は出ませんが、耳は聞こえます】

その言葉で、すべてのことに納得がいった。
真面目そうな彼女が、今朝の出来事の最中(さなか)でひと言も声を発さなかったこと。
去り際に、口パクで、俺に〝なにか〟を伝えたこと。
もらったらもらいっぱなしで使う機会もめったにない生徒手帳が、どこか使いこまれている感のあることも。

そして、そのひとつひとつの点が線となってつながった時——俺はどうしても、もう一度、彼女に会いたくなった。

「手話は？　できるの？」

【いえ……ほんの少しはできますけど、ほぼスマホで会話しています】

「へぇ、そうなんだ。まぁ便利だしね。でも、ああ、うん。文字打つの速いね」

【はい、よく言われます。……声が出なくなって、もう五年が経つので。気づいたら、文字打ちだけこんなに速くなっちゃって】

——不規則な揺れが続く電車内。

隣に座る彼女に問いかけると、彼女は慣れた様子でスマホを使って返事をしてくれた。

彼女に生徒手帳を返したあと、駅の改札前で立ち話を続けるのも変だし、と切りだしたのは自分だった。

「最寄駅はどこなの？」とたずねれば、彼女が俺が降りる駅と同じ駅名を答えたものだから驚いた。

思いがけない縁だ。「俺も同じ駅だよ」と彼女に告げれば、彼女は俺以上に驚いた様子で、大きな目を見開いた。

……偶然って、重なる時はよく重なるんだよな。

そうして、今のこの状況に至るわけだ。今朝初めて話した彼女と、乗り慣れた電車の中でふたりで並んで座っている。

巡り合わせ、なんて信じていなかったけれど、こういうことを言うんだろうなぁなんて、また柄にもなく頭の片隅で考えた。

「でも、それだけ文字を打つのが速かったら、生徒手帳に書いておく必要も――ああ、そっか。もしもスマホを忘れたり、なくした時のための対策？」

自分の質問に、自分で答えを見つけた俺を前に、彼女は困ったように笑ってから小さくうなずいた。

【はい。スマホのメモアプリにももちろん、生徒手帳に書いてあることと同じことを打って、初対面の方にはすぐに画面を見せられるように保存してます。ただ――先輩が今言ったとおり、スマホを忘れた時に困ってしまうので、生徒手帳は非常時の会話の手段として持ち歩いているんです】

そこまで一気に打った画面を俺に見せると、彼女は悲しげにまつ毛を伏せた。

その様子を見て、ああ、と思う。

彼女はつい先ほど、〝声が出なくなって、もう五年が経つ〟と言っていたけれど、たぶんその五年前に、なにか声が出なくなるキッカケみたいなものがあったのはまちがいない。

彼女に生徒手帳を返すために改札前で待ち伏せなんてことをしながら、俺は失声症というものについて、簡単に調べていた。

ネット検索（けんさく）で【失声症】と入れると、検索表示には失声症に関するキーワードがズラリと並ぶ。

その中でも上位に位置していたのが、【失声症 原因】だ。

導かれるようにページを開くと、そこに書かれていたある言葉が目についた。

【心因性失声症 原因】

失声症の原因のほとんどが、ストレスや心的外傷によるものらしい。

もちろん例外はあるだろうけど、失声症を患う人のほとんどが、〝なんらかの出来事〟が理由で、声が出なくなるということだ。

彼女の話を聞けば、もう五年ということだから……期間としては、かなり長い。

ということは、彼女が声を失うキッカケとなった出来事は、彼女にとって、かなりつらいものだったのだろう。

俺は心の中でそんなことを考えながらも、決してそれを表情と声に出すことなく彼女を見つめた。

……まつ毛、長いな。

悲しげに目を伏せる彼女のまつ毛に、夕陽が放つ光の粒が乗る。

セミロングほどの艶のある黒髪と黒目がちの瞳、淡いピンク色の唇が、白い肌によく映える子だと思った。

背は俺の肩くらいだったし、女の子としたら平均かな。

——彼女はこの華奢な身体に、どんな過去と悲しみを背負っているんだろう。

ぼんやりとそんなことを思った時、電車のアナウンスが俺たちの降りるべき駅が来たことを教えてくれた。

＊＊＊

「家は、ここから近いの？」

ふたりで電車を降り、彼の言葉にうなずいて、左手で五、右手を一と表して十五分ほどであることを伝えた。

すると、すぐにそれをくみ取ってくれたらしい彼が、「十五分って、近いようで遠い、微妙な距離だね」なんて言って、どこか考えこむような仕草を見せる。

……本当に、きれいな人だなぁ。

伏し目がちに視線を落として顎に指を当てているだけなのに、なぜだかそれがすごく絵になるほどだ。

　頭の回転も速いのか、初対面の人とこんなにもすんなり会話ができるという事実に、私は内心驚いていた。

　だって、私の言いたいことをスマホを使わずともくみ取ってくれるのは、家族、蓮司にアユちゃんくらい。

　それ以外の人にはスマホと一緒にジェスチャーをきちんと使わないと、言いたいことや感情を伝えるのは難しかった。

……そして、そんな私と会話をするのが面倒くさくなって、みんな、私との会話に慣れる前に離れていく。

　そのあとは、さり気なく避けられて、私も近づくと迷惑になることはわかっているので、その人たちとの関係はそれまでだった。

　この五年で、そんな経験を何度したかわからない。だから全部、私の中ではそんなことも当たり前になっていたんだけれど……。

「あ、そうだ」

（え？）

「さっき返した生徒手帳、もう一度貸してくれない？　あと、できればペンも」

　突然なにかをひらめいたらしい彼が、優しく目を細める。

私は彼の言葉に驚きつつも、胸ポケットにしまった生徒手帳をあわてて取り出すと、鞄の中に転がっていたペンを拾い、彼に手渡した。

すると、「ありがとう」と、再び優しく笑った彼が、生徒手帳の一ページを開いてサラサラとなにかを書きだした。

……なにを、書いているんだろう。

「うん、これでいいかな」

だけど、彼の行動の意図を探る間もなく、生徒手帳は私に返された。

そして私は、開いたままで渡されたページを見て、思わず目を見張って息をのんだ。

そこには彼の名前と、彼の電話番号に、メッセージアプリのIDらしいものが書かれていた。

【相馬樹生】

さらに、【六時四十五分、一両目】という言葉が、彼のきれいな字で添えられていて――。

「君が乗る時間の電車は、一両目なら比較的空いてるんだよ」

(……え?)

「今日乗ってた車両は、階段から一番近い場所だろ? だから、あんなに混んでるんだけど、一両目は意外に空いてる。あ、あと、一番うしろも。でも、俺は一両目まで歩くのが面倒くさいから、いつもあそこに乗ってたんだけど」

優しい声色で言う彼の真意がわからずに、私はただただそのきれいな顔を見上げていた。

「……明日からは、俺も一両目に乗るよ。まぁ、歩くの、面倒くさいけどね？」

だけど、そう言っておどけたように笑った彼を前に、鈍い私もさすがに理解した。

ああ、そうか。彼は私を心配して、守ってくれるつもりなんだ。

「……っ」

とたんに、喉の奥が熱くなって、鼻の奥もツンと痛んだ。

生徒手帳を持つ手に力が入り、息がふるえそうになって唇を噛みしめる。

彼の申し出は、すごくすごく、有難い。でも、彼にそこまでの迷惑はかけられないという思いもある。

だけど、情けない私の心の声さえも拾ってくれるらしい彼は、私の髪に一度だけポンと手のひらをのせると、まぶしそうに目を細めた。

「俺が、そうしたいと思っただけだから、君が気にすることじゃない。俺だって、静かな車両に乗りたいし」

（……でもっ）

「だからね、もし迷惑だったら、一番うしろの車両に乗って。俺が乗りたいのは一両目だから。あ、その番号とかも、べつに登録なんかしなくていいよ?」

「……っ」

「ただ……これだけは勘ちがいしないでほしいけど、俺は〝失声症〟に興味があるとかじゃない。ただ、君と、もっと話したいと思ったから。だから、一両目をオススメしてる。本当に、そう思ってる」

その言葉が優しさの塊であることは、彼の真剣な眼差しで伝わった。

……なにも、話してなんかいないのに。それなのに彼は、私が声を失くしたことで経験した人付き合いの難しさや、臆病な想い。私の事情に彼を付き合わせてしまうことへの罪悪感まで、すべてを拾いあつめて、私の心に浮かぶ〝心配〟と〝不安〟を、先回りして消してくれたのだ。

(迷惑なんかじゃ、ありませんっ。うれしいですっ!)

「……それなら、よかった。ストーカー的な発言過ぎるかなーと思って、引かれたらどうしようかって内心あせってたから」

スマホで文字を打たなくても、彼は今の私の言葉も拾ってくれた。

表情と、口の動き、仕草から拾ってくれる。たった、それだけのことだ。

だけど、それだけのことを少しも面倒くさがらずに、こんなにも自然にしてくれる人が現れるなんて、想像もしていなかった。

（登録、します。絶対、絶対、します！）

「あはは。はい、よろしくお願いします。ああ、それと、俺のことは気軽に、樹生って呼んでくれていいから」

（わ、わかりました。樹生……先輩。本当に、ありがとうございます）

「こちらこそ、俺みたいなヤツを信じてくれてありがとう」

（え？）

「それじゃあ、また明日ね。――栞」

この時覚えた〝違和感〟の理由を私が知るのは、まだ先のこと。

能天気な私は、彼――樹生先輩に〝栞〟と呼ばれたことに浮かれてしまい、高鳴る胸を落ち着けることに必死だった。

『Clematis（クレマチス）』

美しい心

Viola（ヴィオラ）

偶然の重なりで、なんとなく距離を縮めた彼女、〝栞〟とは、それから朝の電車で同じ時間を過ごすようになった。

六時四十五分、一両目。駅のホームでぼんやりとスマホをながめていれば、俺の肩を彼女が遠慮がちにたたく。

駆ける風に、彼女の黒髪がふわりと揺れて、思わず目を奪われた。

――平塚栞、高校二年生。つい数週間前から俺と同じ電車に乗ることになった理由は、図書委員の仕事のためらしい。

正直に言ってしまえば、どうしてあの時自分が栞に歩みよるような行動に出たのかわからない。

わずらわしいことはきらいだし、人とのかかわりは最低限でいいと思っている。

だから、本来であれば、あんな風に自分から歩みよることなんてない。

その上、栞の事情を知った人間の多くが、栞とかかわることを本能的に避けてしまうこともめずらしくないだろう。

そんな栞に、俺は自分から踏みこんで、かかわりを持った。そこに、大きな正義感や興味、そんなものは微塵もなかった。

当たり前だけど、栞に同情したわけでもない。

それでも、あの時はただ、なんとなく。なんとなく、栞のことをもっと知りたいと思ったんだ。

ただなんとなく、栞のことをほっとけないと思って、そばにいたいと、そう思った。

＊＊＊

「樹生……また、サッカー部のヤツに聞かれたんだけどさ。あの子と、樹生は毎朝一緒に来てる、やっぱり付き合ってんじゃーねーか、って」

ある朝、教室に入ると開口一番に、アキにそんな話題を振られ、思わずため息がこぼれた。

毎朝一緒に来てる、なんて、自分は毎朝俺たちを見てるって、言ってるようなものだ。

「そのサッカー部のヤツは、俺のファンなの？」

「うーん……そうじゃなくてさ。もしかして、あの子のこと気になってるんじゃない？」

……だろうね。

俺の冗談にも真面目に返すアキは、鈍感だ。鈍感で、真面目で、純粋で。人の心を疑うことを知らないアキと栞は、なんとなく似ているような気がした。

「ふーん、そうなんだ。でもまぁ、アキがそう思うなら、そうかもね」

「やっぱり⁉ 俺もさ、〝なんで、そんなに気にすんの？〟って聞いたら、あいつは〝べつに、ただ視界に入ってきただけ〟って言ってて。でも本当は、その子のこと気になってんじゃないの？って、思ったんだけど」

アキの言葉を聞きながら、俺は自分の席に腰をおろした。

サッカー部のヤツがどこの誰なのかは知らないけれど、そいつが直接俺に聞いてこないという時点でほぼ答えは出ているようなものだ。

一度目の時に、アキはそいつに説明をしておいたと言っていて、普通であればそこでこの話題は終わりだ。

栞づてに女の子を紹介してほしいと頼みたいなら、もうとっくに俺なんかより仲のいい、本当に彼女持ちのアキに頼んでいるだろうし。

あ、栞の友達に気がある……なんてことも考えられなくはないか。

それでもそいつが――アキの言う隣のクラスのサッカー部のやつが、こうもしつこく俺と栞のことを嗅ぎまわるのは、ほぼまちがいなく、栞のことを気にしているからだろう。

……そうじゃなかったとしたら、本当に俺のことが好きとかね？

「まぁでも、普通に付き合ってないって言っといてよ。事実だし」

だけど俺は、臆測という名のほぼ確定な事実を、アキに伝えるつもりはなかった。

だって、お人好しのアキが板ばさみになるだけだし、どうすればいいのかって、ひとりで悩むはずだ。

くだらないことでアキを振りまわすのは嫌だし、なにより話したこともない、かかわりもないそいつに義理立てする理由はひとつもない。

「うーん、そうだよなぁ。でも、また何度か聞かれそうだしなー」

「っていうか、そんなに気になるなら直接俺に聞きにくれば？って言っておいてよ。そしたら、アキと同じ答えを俺から直接そいつに言える」

「あ、たしかに！　樹生から直接聞いた方が、あいつも納得いくよな！」

俺の返事に、それは名案だと喜ぶアキ。そんなアキには申し訳ないけど……たぶん、俺が今言ったことを伝えたら、そのサッカー部のヤツは、今後アキに同じ質問をしにくくなるだろう。

俺に直接聞けと言われた時点で、アキはそんなつもりじゃなくても、今回の件に関してアキには匙を投げられてしまった――つまり、アキは自分ではなく俺の味方についたのだと判断するだろうから。

アキみたいに真っすぐなヤツに一度突きはなされれば、同じ話題で頼ることは難しい。

それが、人間の心理ってやつだ。

だけどきっと、そのサッカー部のヤツが俺に直接聞いてくることはないだろうなぁ、なんて予測というより確定の事実を想定して答えを渡す自分は、本当に性格が悪いと思う。

＊＊＊

帰りの電車で栞と同じ時間になることは、生徒手帳を返したあの日以来、一度もなかった。

というのも放課後、学校が終わると俺はアルバイトに向かわなければいけない日が多い。

栞が帰る時間が何時なのか、べつに聞いたわけではないけれど、学校が終わってすぐに駅に向かう俺とは微妙にズレているんだろう。

行きも帰りも同じ電車なんてことになったら、本当に付き合っているみたいだし？

栞のことを、もっと知りたいと思ったのは事実。

栞と、もっと話したいと思ったのも本当だ。

ただ、そこに恋愛感情があるのかといえば、それはちがうと言いきれる。

たとえば付き合っている彼氏彼女が相手に抱くような、独り占めしたい、手をつなぎたい、今すぐ会いたいと願う、そんなこがれるような想いを抱いているわけじゃない。

栞という女の子を、自分のものにしたいという欲求を持っているわけじゃないから。

そう考えれば、俺は栞と友達になりたかったのか？　なんて、そんな今さらな疑問を自分に投げかけつつ、俺はその日、学校帰りに家の近くの図書館へと足を運んだ。

図書館に入るといつもの場所に座り、参考書を広げた。

なんといっても一応、受験生。静かな場所で勉強したいと思うけれど男子校の図書室なんてサボるための場所でしかなく、壁に貼られた「図書室内では静粛に」という注意書きにはなんの効力もなかった。

だから俺はよく、アルバイトのない日はこの図書館へ足を運ぶ。

この公共の図書館から家までは約五分ほどの距離で、駅から家へ向かう途中にあるため通うにはとても便利だ。なにより家に帰って勉強するよりも、俺は図書館の落ち着いた独特な空気の中で机に向かうことが好きだった。

――その日は、どれくらいその場所に座っていただろう。

夕陽の光がふと目に入り、促されるように顔をあげた。

そろそろ、帰ろうかな。そんなことを思いながら、壁にかけられた時計に目を向けた。

え……。

だけど次の瞬間、俺は思わず自分の目を疑った。

――栞？

視線の先に、熱心に机に向かっている栞がいたのだ。栞はどうやら、俺がいることに気付いていないみたいだ。

でも、当の俺は、とっさに立ちあがろうとして、ふと動きを止めた。

栞の隣は空席で、それを見てなんのためらいもなくそこに移ろう、栞に声をかけようとした自分に気づき、とまどったんだ。

ああ、昼間のあの、付き合ってるとかなんとかって、くだらない話が効いているのかな。

不本意だけれど、つい意識してしまっているのかもしれない。

だけど、俺が馬鹿みたいにためらっているうちに、俺の視線に気がついたのか――。

突然顔をあげた栞と、まるでなにかに導かれたかのように目が合った。

＊＊＊

「隣、いい？」

答えを聞くより先に椅子を引いた先輩に、私はコクコクと必死にうなずいた。

最寄駅にある、図書館。テスト期間が迫ると図書館で勉強をしてから家に帰るというのは、中学生の時からの習慣だった。

だから今日も、私はひとりで図書館に足を運び、教科書とノートを広げていたのだけれど……。ふと視線を感じて顔をあげたら樹生先輩がいて、私の心臓は大きく跳ねあがった。

「いつも、ここで勉強してるの？」

【はい！　テスト期間になると、よく来ます。あ、それ以外でも、本を借りに来たりします】

図書館内なので、声を最小限まで落として話す樹生先輩。

でも、その声が色気たっぷりで、思わず顔が熱を持っていくのがわかった。

【先輩も、勉強ですか?】

「うん。ほら、俺、一応受験生だから」

【そ、そうですよね、すみません、変なこと聞いてしまって】

とまどいをごまかすように目を伏せると、スマホではなく開かれたままのノートに返事を書いていく。

スマホの文字打ちほどではないけれど、失声症のせいで文字を書くスピードも他の人よりはずいぶん速い。

(えっ)

すると、なにを思ったのか、ふいにペンを持った先輩が、たった今私が書いた文字の下へとなにかを書き始めた。

【考えてみたら、筆談って周りに迷惑かからないし、最高の会話手段だね】

(……え)

【絶対にバレない、ふたりだけの秘密の会話。デジタルよりも、気持ちが伝わる気がする】

「……っ」

……ああ、まただ。また、先輩は。

【栞の字、きれいで読みやすい】

どうしてこの人は、こうやって人の心を温める、幸せにする言葉を当たり前みたいにくれるのだろう。

ノートから顔をあげれば、私をのぞきこむようにして微笑む先輩がいる。

ここ最近は毎日のように、そのきれいな顔も声も聞いているけれど……。

今、こんなにもドキドキするのはここがいつもとはちがう、駅でもなく電車内でもない、音の少ない図書館だからだろうか。

聞こえるのはおたがいの息遣い、そしてうるさいくらいに高鳴る私の心臓の音だけだ。

私はまたとまどいを誤魔化すように目を伏せると、ゆっくりとペンを手に持ち、たった今書かれた文字の下へと筆を走らせた。

【そんな風に言われたの、初めてです。筆談なんて、面倒くさいものだと思ってました】

【ああ、ね。でもさ、女の子って手紙交換したりとか好きなんじゃないの?】

【手紙と筆談は別です。やっぱり、サクサク会話ができた方が楽だし、筆談の時はいつも、相手に申し訳ないって思ってました】

【そうなんだ。だけど、あんな長々とした手紙は書けるのに筆談は面倒くさいって、自分のことを面倒くさいって言ってるようなものじゃない?】

サラサラと、きれいな字を綴る先輩が左利きだということに、今さらながらに気がついた。

私の右側に座った先輩と私の、ちょうど真ん中にノートは置かれている。私は右利きだから、開いたノートをずらすこともなく、おたがい自然に文字を書いていけた。

……そんな、なにげないことがうれしい、なんて、思っているのは私だけだろうけど。もしも先輩も同じように思ってくれていたらいいな、と考えてしまう私は——。

【でも、少なくとも俺は面倒くさいとは思わないよ。むしろ、なんだかワクワクする】

彼という人に、惹かれはじめているのかもしれない。

私たちはそれからしばらく、ふたりで並んで勉強をした。

樹生先輩は受験勉強。私はテスト勉強。

集中なんかできそうにないと思ったけれど、隣の先輩はなにを気にする様子もなく机に向かっていたので、私も必死でノートにかじりついた。

——そうして、一時間半が経った頃。

ふいにトントン、とノートを人差し指でたたかれて、弾けるように顔をあげれば、ビー玉みたいに透き通った瞳と目が合った。

再びトントンと鳴らされた場所へと視線を落とせば、そこには先輩のきれいな字で、

【もう遅いし、家まで送るから一緒に帰ろ】

なんて、とんでもないことが書かれていた。

(い、一緒に？　一緒にって……え、え⁉)

【もし、もう少し勉強するなら付き合うけど、もう結構な時間だし】

い、いやいやいやいや……！

【も、申し訳ないから、大丈夫です。いつもひとりで帰っていますし、今日もひとりで帰ります！】

送ってくれるという思いもよらない提案に驚いた私があわてて返事を書けば、先輩がなんの迷いもなく再びノートに筆を走らせた。

【いつもひとりで帰ってるのは、ひとりで図書館を出るからだろ？　今日はひとりじゃないし、俺が送りたいと思ったから送らせて】

「……っ！」

【冗談じゃないよ。悪いけど、しつこいって思われても、これはゆずらない】

先輩が書いた言葉を読んでから顔をあげれば、とても真剣な表情をした先輩と目が合った。

思わず息をのんだ私を前に、今度は筆談ではなく、ゆっくりと口を開いた樹生先輩

は、

「今度から、ひとりで帰る時はもう一時間早く、図書館を出ること。可愛い子が夜道をひとりで歩いてたら、心配だから」

そう言って、私の頭の上にポン、と手のひらをのせた。

かくいう私は、もう頭の中はパニックだ。

だって、だって、〝可愛い〟って……。ううん、私の聞きまちがいかもしれないけど。

「わかったら、返事」

(は、はいっ!)

コクコクと必死にうなずけば、樹先輩は「よろしい」と言って、きれいに笑った。

そのまますぐに先輩が立ち上がったから、私も急いで荷物をまとめた。図書館を出ると先輩の言うとおり、外はすっかりと夜に染まってしまっていた。

「方向、こっちであってる?」

外に出て初めに、家までのだいたいの道順を先輩に伝えた。

それからしばらく歩いたところであらためて確認するように先輩にたずねられたから、コクコクとうなずいてみせた。

その私の反応を見て、先輩が自然な様子で歩きだすから、あわてて背中を追いかける。

「あー、もう、春も終わりか。桜も散りはじめてる。栞は、お花見とかした？」

（いいえ）

「俺も今年はしなかったなぁ。去年は学校のヤツらとノリでしたけど、今年は受験生だからなのか、みんな少しピリピリしてて、そういう空気にならないんだよね」

家までの途中にある桜並木を歩きながら、先輩が宙を見上げて独り言のように言葉を紡ぐ。

風が吹けば散る桜は見頃をとうに過ぎていて、足もとには桜の花びらの絨毯が広がっていた。

……きれい、だなぁ。桜の花びらの絨毯の上を歩く、樹生先輩が。

月明かりに照らされた横顔と、時折散る桜の花びらが、先輩のまとう空気をよりあでやかに染めていた。

……きっと、ものすごくモテるんだろうな。

ちらりと盗み見た横顔から前へと視線を戻し、思わずそんなことを考えたら、胸の奥が針で刺されたようにチクリと痛んだ。

「でもさ、残りの高校生活が受験一色で終わるのって、もったいない気がしない？」

（はい……）

「まぁ、そんなこと言ったら真面目に将来を見すえてるヤツらには怒られそうだけど」

ゆるく喉を揺らして笑う先輩は、どんな未来を思い描いているのだろう。

そう思って、再び横顔を見上げれば、私の視線に気づいた先輩は一瞬困ったように笑みをこぼしてから前を向き、とても静かに口を開いた。

「……俺の父親、医者なんだ」

（え）

「だから、俺も受けるのは医大」

（い、医大⁉）

「将来は、イケてるお医者さん？」

おどけたように笑いながら平然と言った先輩に、私は固まって目を見開いた。

お医者さん。先輩が、お医者さん……。どうしよう、想像でき過ぎて逆にすごい！

「どうしたの？」

（あ、いえっ、すごいなぁって！　だって、すごく想像つくから！）

「えー……と」

（あ……っ）

あわてた私は生徒手帳とペンを取り出すと、真っ白なページに【すごいです。先輩がお医者さんだなんて似合い過ぎます！　というか、先輩なら絶対素敵なお医者さんになれます！】と、いまだかつてない速さで筆を走らせた。

街灯の明かりの下でそれを読んだ先輩が、再び視線を私に戻す。

「……本当に、そう思う？」

（は、はいっ！）

「本当に？」

（はいっ！）

何度も力いっぱいうなずけば、先輩はそんな私を見てなぜか楽しそうに笑うと、

「ありがとう」という言葉を生徒手帳と一緒に返してくれた。

「栞が応援してくれるなら、受験勉強もがんばらなきゃ、なんて」

あきらかにそうは思っていないだろう先輩が、からかい口調でつぶやいてから、再び静かに歩きだす。

こんなに、カッコよくて優しくて。医大を進路に選ぶくらいに頭もよくて、広い心を持っていて、気遣い上手。現にほら、今だっていつの間にか車道側を歩いてくれている。

どこを切り取っても完璧な先輩を、女の子たちが放っておくわけがないよ。

モテるんだろうなぁ、なんて、そんなことを思うことすら失礼だった。

もしもうちの学校に先輩がいたら、女子の憧れの的として君臨するにちがいない。

……そういえば、先輩は、好きな人とかいるのかな。

心の隅で考えたことに、胸が小さく軋んだ。

もしも、もしも先輩に彼女とか、好きな人がいたら、どうしよう。そしたらこんな風に甘えるのはダメだし、迷惑だよね。

そんなことを考えながら先輩の背中を追いかけると、ふいに私に視線を向けた先輩がゆるりと口を開いた。

「……栞と一緒にいると、いろんな発見がある」

(え？)

「医者が似合う、なんて。言われたことなかったから、驚いた」

(……先輩？)

「あ。そう言われてうれしく思う自分に、自分で驚いたってことね。……そっか。俺、医者に向いてるのかな。栞がそう言うなら、なんかそうなのかもって思えてきた」

駆けぬける風が、樹生先輩の前髪を揺らして目もとに影を作る。

優しく目を細めた先輩と目が合った瞬間、ふいに伸びてきた手が私の髪に、そっとふれた。

「文字って、感情を伝えることもできるんだね」

（感情？）

「たとえば、不安な時は少し文字が小さくなる。うれしい時は、文字が生き生きとしてる。遠慮してるって時は、文字が揺れてる感じで」

「…………」

「驚いた時は文字がほんの少し丸みを帯びて、誰かになにかを必死に伝えたい時は……文字の終わりが、無意識に跳ねる」

「……っ」

「言葉を声にしなくても、大切な気持ちは伝えられるんだ……って。栞のおかげで、あらためて知ることができた」

〝桜の花びら、髪についてたよ〟

ふわり、と。先輩の指先から離れた花びらが、風にさらわれて夜の中に消えた。

その行方を追うことなく、私はきれいな瞳をまっすぐに見つめていた。

……ねぇ、先輩。

先輩は、私に教えてもらったと言うけれど、私にいろいろなことを気づかせてくれたのは、先輩だ。私の方こそ、先輩にたくさんのことを教えてもらっている。

たとえば、痴漢に対して声をあげるのは勇気のいることだけど、痴漢から助けることも、とても勇気のいることですよね？

生徒手帳に書かれた真実を、こんなにも躊躇なく受け止めてくれる人が現れるなんて、思ってもいませんでした。

声の出ない私のために、先輩は安全な車両を教えてくれた。でも、それだけじゃない。その優しさだけでも私には十分なのに、またあんなことがないようにと、わざわざ一緒の車両に乗ってくれている。

筆談のことだってそう。筆談じゃない方が楽に決まっている。普通に話せた方が、楽に決まっている。それなのに先輩は、それを「ワクワクする」なんて言ってくれて、わずらわしさを少しも感じさせないでいてくれた。

「確か、そこの角を曲がったとこ、だよね？」

「……っ！」

「十五分。思ったより、あっという間だったね」

——今だって、私は気づいてる。

歩きながらスマホで文字を打つのはあぶないから、先輩は私がモノを使わずに返せる言葉を投げかけてくれていたこと。

唯一、先輩にどうしても伝えたい言葉があって、一度だけ生徒手帳を取り出したけれど、図書館を出てからずっと、先輩は、「はい」や「いいえ」で返せる言葉ばかりを私に投げていた。

先輩は決して口には出さないけれど、そういう先輩の優しさに、私だって気づいています。

……世界が、まだこんなに温かいことを、先輩は、この短期間で私に教えてくれたんです。

「それじゃあ、俺はここまで。また明日、いつもの場所で」

まだ、先輩に、伝えたい言葉がたくさんあった。

〝ありがとうございます〟

〝先輩のこと、もっともっと知りたいです〟

〝……もう少し、一緒にいたいです〟

だけど、臆病な私はふるえる唇をゆっくり開いてお礼を伝えるだけで精いっぱい。

そんな私の想いを察したように、先輩の手のひらが再び私の髪にふれた。

「早く家に帰らないと、栞のご両親が心配するよ？」

するり、と、下りてきた手が一瞬だけ頬を撫でた。

だけど、その手はひどく冷たくて。目の前にいる樹生先輩が本当にそこにいるのか……。なぜか無性に不安になった私は、とっさに頬にふれている先輩の手に自分の手を重ね合わせた。

「──っ」

突然の私の行動に、先輩の手が強ばる。

私はギュッと目を閉じると心の中で、静かに願った。

……樹生先輩の手が、これ以上冷たくなりませんように。

どうか、どうか。先輩が、笑顔でいられますように。先輩の毎日が、幸せであふれますように。

私に起きる予定の幸せの分も、先輩にあげていいです。私には、これ以上幸せなことがなくてもいいから、先輩が、ずっとずっと笑っていられますように。

「…………」

ゆっくりと、再びまぶたを持ちあげて、私はあわてて一歩、うしろへと足を引いた。

熱を持った頬にふれていた手が静かに離れ、その間を夜風が抜ける。

「しお、り」

反射的に目を泳がせれば、先輩が私の名前を静かに口にした。

……ああ。気づかれてしまったかもしれない。

気づいて、しまったかもしれない。

私。私は、樹生先輩のことが──。

(ま、ま、また明日、です!)

「え？」

先輩と自分の気持ちを振りきるように、必死に口を動かした私は、家までのわずかな距離を走って帰った。

当然、うしろを振り向くことなんてできなかった。

だけど、家に入る直前――なんとなく、見えるはずもない曲がり角の向こうには、今もまだ先輩が立っている気がした。

私の、バカ……っ！

高鳴ったままの鼓動の音をかき消すように乱暴に玄関のドアを開けて家の中に入ると、そのままそこに、力尽きたようにしゃがみこんだ。

冷たい大理石の上に、たった一枚落ちていた桜の花びら。

それに気がついたのは、火照った身体がようやく落ち着き始めた頃だった。

『Viola（ヴィオラ）』

少女の恋

Summer

Marigold（マリーゴールド）

「……なぁ、栞。ソウマイツキって知ってるか？」

制服も夏服に変わり、新しいクラスにもすっかりと慣れた頃。

朝の教室のにぎやかさとは対照的な、険しい表情（かお）をした蓮司が、先に席についていた私を見下ろしながら尋（たず）ねてきた。

「栞。知ってるかって、聞いてんだけど」

（え、っと……）

「なぁ」

（あ……、うん、知ってるよ？）

つい曖昧な返事をしてしまったのは、まさか蓮司の口から先輩の名前が出てくるなんて想像もしていなかったから。

だって、蓮司と樹生先輩に、接点はないはずだし……。

「えー、なになに？　栞の知り合いの人？」

（う、うん）

「へぇ、そうなんだ。初めて聞く名前ー」

前の席に座っていたアユちゃんは、私が会話しやすいように、さり気なく手もとにノートを開いてくれた。

とうの私は顔が熱を持っていくのがわかって、なんとなくふたりから目を逸らしてしまった。

「お前、なんでそいつと毎朝一緒に来てんだよ」

「はぁ？　なに、どういうこと？」

「栞とソウマイツキが二ヶ月前くらいから、ほぼ毎朝同じ電車で同じ車両に乗ってるって、中学ん時のサッカー部の先輩が、一昨日の大会で会った時、俺に教えてくれたんだよ」

語尾（ごび）を強めた蓮司の言葉に驚いた私は、反射的に顔をあげた。

「お前……そんなこと、ひと言も俺らに言わなかったじゃんか。なんで今まで黙ってたんだよ」

吐き捨てるような、責めるような物言いだ。私はそこでようやく、蓮司の言葉にトゲがあることに気がついた。

腕組みしている指はわずかに揺れていて、それは蓮司が苛立（いらだ）っている時にする癖（くせ）でもある。

「どうなんだよ、栞」

(どうって、言われても……)

「ちょっと、さっきから状況が読めないんだけど。なんで、その先輩とやらが、あんたにそんなこと聞いてくんのよ」

「うるせぇな！　テメェには聞いてないから、ちょい黙ってろや！」

「は、はぁ？　なんでいきなりキレてんのよ⁉」

私は思わず黙りこくってしまった。対して、私をかばうように割って入ってくれたアユちゃんを、蓮司は声を張りあげて一蹴(いっしゅう)した。

「チッ」

「な、なんなの、ほんと。ねぇ、栞。意味わかんないんだけど」

アユちゃんが、困ったように私を見る。でも、どうして蓮司がこんなに怒っているのか、私にも理由がわからない。

……たしかに先輩とのことは、ふたりに話していなかった。本当は話そうか悩んだけれど、結局今日まで打ち明けることができずにいた。

というのも、先輩と過ごす時間はどこか現実味がなくて、私が見てしまう都合のいい夢なんじゃないか？　だとすれば、誰かに話したら、夢から覚めてしまうんじゃないか——なんて、臆病な気持ちがあったから、私は今日まで誰にも話せずにいたんだ。

他人が聞いたら、大袈裟だと笑うかもしれない。だけど今の私にとって、先輩と過ごすひとときはそれくらい大切で、宝物みたいな時間だった。

なにより私は、優しくて、気遣い上手で、心が温かい樹生先輩に、たぶん……ううん、恋をしているんだ。

それが、分不相応な想いであるとわかっているからこそ、なおさら誰にも言えなかった。

……そうだよ。言えるはずがない。

なにか、目を引く特技があるわけでもない。群を抜いて頭がいいわけでもない。アユちゃんみたいな抜群の美人でもないし——極めつけに、声も出ない私。

それだけじゃない。自分でも背負いきれないような、人に知られてはいけない過去を抱えこんでいる私に、誰かを好きになる資格なんてないんだ。

私に好かれたって、迷惑なだけ。その人まで、私の過去に巻きこんでしまうことになるかもしれないんだから。

当たり前だけど、相手が優しい樹生先輩ならなおさらだ。

そもそも私が先輩に釣りあわないこともわかっていたし、恋心を抱いていることがバレたら、受験生である樹生先輩を困らせるに決まっている。

先輩と駅ではなく、初めて図書館で会って以降も、何度か先輩と図書館で会うことはあった。でも、それだって別に先輩と約束して会ったわけではないし、単なる偶然が重なっただけで、連絡(れんらく)だって取りあっているわけじゃなかった。

なにより私は、自分の気持ちに気づいてからも、先輩の前ではできる限り平静を装ってきたつもりだ。

　察しのいい先輩のことだから、もしかしたら私の気持ちに気づいているかもしれない。それでも先輩は、今日までなんの変わりもなく私と接してくれていた。

　……でも、それだけで、よかった。それだけで十分で、私はそれ以上を望んでいない。

　朝のあの、幸せで温かい時間はふたりだけの秘密の時間で、今の私にとってはかけがえのない大切なもの。ただ、それだけだった。

　だからこそ、どうしてそれが知れただけで、蓮司が怒るのかわからない。

　蓮司に先輩とのことを言ったらしい人も、なにを思って蓮司に伝えたのかわからなかった。

　だいたいにして、それでどうしてアユちゃんまで怒鳴られなきゃいけないの？

　絶対絶対、おかしいよ。どうして、こんな風に——。

「栞っ！　黙ってねぇで、なんでそいつと毎朝一緒にいるのか言えよ！」

　先輩が、どうして〝そいつ〟なんて言われなきゃいけないの。

「おい、栞。聞いてんのかよ⁉」

再び声を張りあげた蓮司に、一瞬教室が静寂に包まれた。

けれど、声をあげたのが蓮司だとわかったみんなは、「いつものことか」と一呼吸置いてから、雑談を再開させていく。

かくいう私は――ゆっくりとペンを手に持つと、アユちゃんが開いてくれたノートへ筆を走らせた。

先輩が、痴漢から助けてくれた人であること。それから、生徒手帳を拾ってくれたことを機に、私が失声症であると知った先輩が空いている車両を教えてくれて、毎朝一緒に電車に乗ってくれていること。先輩とはそれだけで、それ以上なにかがあるわけではないこと。それらの事実を淡々とノートに書きつらねた。

でも、書き終えたら先輩との関係がひどく薄っぺらに思えて、なんだか無性にさみしくなって……。私は視線を下に落としたまま、ノートを蓮司へと手渡した。

「前に痴漢から助けてくれた人が、樹生先輩って人なんだ」

(うん)

「そっかぁ……」

心なしか元気のないアユちゃんに、「ごめんね」と口の動きだけで伝える。

そうすればアユちゃんは、「べつに?」と笑い飛ばしてくれた。

「栞。お前、もう、そいつと会うな」

だけど、再び口を開いた蓮司を前に、私は一瞬、息の仕方を忘れそうになった。

（え？）

「は？」

「もう、ソウマイツキとは、かかわるな。わかったな？」

蓮司の言葉が空耳のように思えて、頭の中が真っ白になる。

〝もう、ソウマイツキとは、かかわるな〟

……なに、言ってるの？　蓮司は今、私になにを言ったの。

「そいつ、めちゃくちゃ女癖悪いって有名なんだと」

「…………」

「マジで、かなりチャライらしくて、いろんな学校に女がいるって。ほら、ウチの学校にも三年にカオリ先輩って美人系の先輩いるだろ？　その人も、ソウマイツキの遊び相手らしい」

カオリ先輩？　……遊び相手？

こめかみを強く殴られたみたいな衝撃を受けて、私は無意識に両手を握りしめていた。

いつもだったら、蓮司は私の些細な機微に目ざとく気がついてくれるのに。

今の蓮司は清々と、〝真実を語るヒーロー〟のように言葉を続けていった。

「なんでも、親が超金持ちで、その親の金でリッチにひとり暮らししてるみたいでさ。そこに、日替わりでいろんな女を連れこんでるって、俺の先輩は言ってた」

「…………」

「俺の先輩は、ソウマと同じ学校だからよく知ってるって。頭がいいから、いろいろうまくやるらしくて。でも陰じゃ、女に貢がせてるって噂まであるらしい」

「…………」

「顔だけは人一倍いいから、自分に自信があるんじゃね？って、俺の先輩は笑ってた。クールぶってて、学校の行事とかもあんま参加しなかったり、お高く止まってるって」

「…………」

「栞もだまされてるんだって、マジで。ほら、前に言ったじゃんか。イケメンは性格悪いヤツ多いんだよ。聞いてる限り、マジ最悪なヤツだし救えねぇ」

「…………」

「だからさ。栞も、ひどい目に遭う前に離れろよ。これを機に、ソウマイツキとは、もう二度と関わらないほうが身のため――」

「……っ」

――バンッ！

耳をつんざくような力強い音が響いて、今度こそ教室が静寂に包まれた。

「し、おり？」

机を思いっきりたたいたせいで、手のひらがジンジンと熱い。

身体中の血液が沸騰したように熱くなって、鼻の奥がツンと痛んだ。

目にもジワジワと涙の膜が張っていくのがわかり、私は瞬きを繰り返してそれを必死にこらえた。

熱が引けば、手にはひりつくような痛みだけが残って、それを握りつぶすように再び拳をきつく握ると、私はそのまま蓮司をにらみつけた。

（樹生先輩は、そんな人じゃないっ！）

――ああ、どうして。

（先輩はっ、いつだって優しくて、私の気持ちを先回りしながら考えてくれてっ。樹生先輩がひどい人じゃないことくらい、私にだってわかるよ！）

――どうして。

（どうして会ったこともない、話したこともない蓮司が、そんな風に先輩のことを悪く言うの⁉）

声がでない、声がでない――声が、でない。

（樹生先輩のこと、なにも知らないくせに……わかったようなこと言わないで！）

こんな時でさえ、私の言葉は声にならない。

樹生先輩のこと。大好きな先輩の真実を伝えたいのに、私が知っている先輩のいいところを伝えたいのに、なにもかも言葉にならなくて、胸いっぱいにくやしさが込みあげた。

声が出ないことを、こんなにもくやしいと思ったのは、失声症を患って以来、初めてだった。

声が出てほしいと、こんなにも願ったのも、いつぶりかわからない。

教室にいるみんなの視線が痛い。

だけど今は、そんなことに気を配る余裕は少しもなかった。

「……っ」

ぽろり、と。ついに大粒の涙が頬を伝ってこぼれ落ちて、教室の床に小さなシミを作る。

私の涙を見た蓮司が顔を悲痛にゆがめたけれど、それさえも今の私には怒りをあおる要因にしかならなかった。

だって、こんな風にしたのは、まちがいなく蓮司の心無い言葉なのに。どうして、蓮司が傷ついたみたいな顔をしてるの？

「し、栞。俺は……」

（もう、蓮司とは話したくない）

「え？　なんて、……栞？」

「……っ！」

　私の言っていることがわからず混乱する蓮司から、バッ！と、ひったくるようにしてノートを奪った。

　それを机に置くと、文字を書きなぐって、再びノートを蓮司の胸へと押しつける。

【自分の目で確かめたことでもないのに、噂がまるで真実みたいに言うのは卑怯だよ。私は自分の目で見たものを信じたい】

　それを読んだ蓮司は、またひどく傷ついたような顔をして、視線を下へと落としてしまった。

　そんな蓮司を見て胸を痛めている自分に気がついて、中途半端な優しさを持つ自分に嫌気がさした私は鞄を手に持つと、逃げるように教室を飛び出した。

「栞っ！」

　階段を駆けおりる直前、蓮司の私を呼ぶ声が聞こえたけれど、私はそれに振り返ることなくひとり、学校をあとにした。

＊　＊　＊

「それじゃあ、相馬。今度こそ、三者面談の日程、ちゃんと親御さんに伝えろよ。今日、お前が伝えなかったら、俺から直接連絡するからな」

――季節はようやく、梅雨入りをした頃。

昼休みに担任に呼び出され、完全に逃げ道を断たれた俺は、教室までの帰り道、渡されたプリントを見て小さくため息をついた。

「いーつーきーぃ、ハゲ下、なんだってー？」

「やっぱ、三者面談のこと？」

教室に戻れば、俺の帰りを待っていたらしいふたりが声をかけてきた。

俺は渡されたばかりのプリントを返事の代わりとして一度だけ揺らすと、本日二度目のため息とともに自分の席へ腰をおろした。

「やっぱりかぁー。三者面談、うちのクラスでやってないの、樹生だけだもんなー」

「ハゲ下、樹生が言わなきゃ、樹生のお父さんに連絡するって？」

「……みたいだね。二年の時もひとりだったし、今回のはさすがにごまかせなかったから。〝お前、本当は親御さんに三者面談あること伝えてないだろー〟って、さ」

「そっかぁ」

「ハゲ下のくせに、そういう時だけ勘がいいな！」

「まぁ、学年で俺だけだったみたい、三者面談当日、保護者連れずに堂々とひとりで来たの」

おどけたような笑みをこぼせば、ふたりの表情があからさまに曇った。

……だけど、事実だから仕方がない。

俺は自嘲すると、視線を窓の外へ静かに逃がした。

──遡れば、四月のなかば。担任から、進路の最終確認の意を込めた三者面談を行うという知らせを受けたことが始まりだった。

二年の最後にも、同じように進路を確認するための三者面談が行われたのだけれど、そこから大きな意思の変化がないか。また、三年に入って最初のテストが終わったタイミングで、進路に無理がないかなどを確認するための三者面談をすることが、この学校の決まりだった。

当たり前だけど、三者面談は自分と保護者、そして担任を指した〝三者〟で行う面談のことだ。

「五月に入ったら希望日順に面談していくから。今配布したスケジュールに入ってる日で大丈夫か、親御さんに確認すること。もしも日にちの移動を希望しているなら、早めに言うように」

担任がそう言ってから、数週間後。俺の三者面談は、当初のスケジュール表の予定どおり行われた。

その日はまだ梅雨前だっていうのに大雨で、ちょっと憂鬱だなーなんてことを思ったのを覚えている。

「じゃあ、相馬。お前でうちのクラスは最後で——って、お前、なんでひとりなんだ」

三者面談用に用意された教室で、すでに所定の位置に座っていた担任の前まで歩を進めた俺は、ひとり、堂々と椅子に腰をおろした。

俺を見た担任は、笑えるくらい呆気に取られた表情で固まったあと、一度だけ期待を込めて廊下を確認しに席を立った。

「父は、仕事で来られませんでした」

戻ってきた担任に、俺は椅子に座ったまま答えた。

二年の時の三者面談は、これでなんとか言いのがれできた。

今回の三者面談だって、本当はすっぽかすこともできたのだけれど、どうせあとで捕まるなら、この言い訳で乗りきれれば儲けもの……なんて、さすがに甘かった。

「お前、二年の時もそう言って、親父さん来なかったじゃないか。スケジュールも、無理なら都合のいい日を連絡するように言ったろ。さてはお前……親父さんに、三者面談の連絡をしてないな？」

結果として、ごまかしは通用しなかった。

それも、そうだ。たった一度も三者面談をせずに、「はい、これで決定」なんて言えるほど、担任は俺の進路に責任なんか持ってくれない。

俺以外にも多くの生徒を抱えている教師が、俺という人間の将来に責任を持ってくれるはずがないのだ。

だからこそ、必要なのが三者面談なんだろう。

今の俺たちは将来を見すえられないほど、子供ではない。だけど、自分ひとりで将来を決められるほど、大人でもないんだ。

中途半端な場所にたたずむ俺たちには、保護者と呼ばれる存在が必要で、普通に考えれば今目の前にいる担任教師とちがって、保護者は俺たちの将来に深くかかわっていく存在だった。

「すいません、うっかり忘れてました。父が忙しいのは、本当なので」

「お前なぁ。確か、お前のところは……あれだ。お母さんは――いないだろ？　だから、お父さんに来てもらうしかないじゃないか」

どこか遠慮がちにそんなことを言う担任に、〝べつに気にしてないので、堂々と言っていいですよ〟なんて、心の片隅で返事をする俺は、しょせん、自分ひとりでは歩けない生意気な子供だ。

「そうですね。父と母は離婚して、俺は父に引きとられているので。俺の保護者は父ということになりますね、一応」

早く大人になりたいと願っても、早く自分ひとりの力で生きていきたいと願っても……今の自分は、親の力なしでは生きてはいけないことを、よく知っている。

「一応って、お前なぁ。もしかして、あれか？　お父さんと……あまり、うまくいってないのか？」

「いえ、べつに」

「べつにって言うけどなぁ。だからお前、お父さんに三者面談のこと言わなかったんじゃないか？　お前の成績ならお父さんも自慢だろうに、なにもはずかしいこともないしなぁ」

「…………」

「俺もなぁ、お前たちの年代の頃はなぁ……よく、イライラして親に当たったよ。だけどな、相馬。それは反抗期ってやつで、今はぶつかりあってるかもしれないが、いつかは必ず——」

「……わかりました」

「うん？」

「父に、連絡してみます。お忙しいのにお時間取らせて、すみませんでした」

「お、おい……っ、相馬っ」

言葉をさえぎって、突然立ちあがった俺に、担任はあせったような声を出した。

自分が言ったことで、俺を傷つけたとでも思ったのだろうか。べつに、先生は〝正論〟を言ったまでなのに？

だから俺は、〝気にしないでください〟という意を込め、いつもどおりの笑顔を担任へと向けた。

すると単純な担任は安心したのか、もうなにも言わなくなったので、俺は「失礼します」とだけ告げて教室をあとにした。

——それから、約一週間後の今日。あれからなんの返事も寄越さない俺に痺れを切らした担任に、呼び出された。

そして、ついに『お前が連絡しなければ、学校から親に連絡を入れる』宣言をされて、逃げ道を断たれたというわけだ。

まぁ……悩んでも、結局、選択肢はひとつしかないのだけれど。

「ごめん。やっぱり俺、今日は体調不良で早退」

「はぁ？」

「い、樹生⁉」

気分は最悪。憂鬱だ。

そうして俺は唐突に席を立つと、素っ頓狂な声を出したふたりに「あとはよろしく」とだけ言葉を残して教室をあとにした。


教室を出た俺は、まっすぐに駅へと向かった。

そのままいつもどおり電車に乗って、最寄駅で下車すると、その足で図書館へ向かう。

図書館に入ると自習室の横を抜け、本の森へ進むと適当なところで立ち止まった。

手にはスマホ。ゆっくりと指を滑らせ、ある画面を開いて——俺はすぐに電源ボタンを押すと、それをポケットの中へと押しこんだ。

……どっちみち父親に連絡がいくなら、自分から連絡した方がマシだって、わかっているけど。

これで担任から連絡がいって、父親が俺に対して〝やっぱりすねてるのか〟なんて言い出したら、たまったもんじゃない。

やっぱり子供だな、なんて、そんな風に思われたら俺は、赤の他人である担任の前で、父親を罵ってしまいそうだ。

先生は知らないだろうけど、俺、父と一緒に住んでないんですよ。

そう言って、いつもどおりに笑っていられたらどんなに楽だっただろう。

『お父さんと、あまりうまくいってないのか』、だって？

そんなこと、知らない。最後に父親と話したのはいつだったかすら、覚えていないのに。

諸々の事情をすぐにでも割りきって父に連絡ができていたなら、こんな風に悩んだりしなかった。

うまくいってない程度の話であれば、三者面談のスケジュール表を最初にもらった時点で、すぐに連絡してるんだ。

先生は、そんなこと少しもわかってないだろう？

本棚の前でたたずんだまま、心の中で毒づいてばかりいた。

こういう時に、嫌と言うほど思い知らされてしまう。どんなに大人ぶったって、俺は、自分たちの勝手な都合で、〝子供〟である俺を簡単に切り捨てた、〝大人〟な両親のことを、許せてはいないんだって。

「え――」

その時、俺はふと視線を感じて顔を上げた。

「……栞？」

すると視線の先には何故か栞がいて、思わず自分の目を疑った。

どうして、栞がいるんだろう。

だけど、驚いたのは栞も同じだったようで、栞も俺を見て固まっていた。

迷いこんできた風が、艶のある黒髪を儚く揺らす。なびいた黒はひどくやわらかに彼女の白い肌を撫で、一瞬、時間が止まったような錯覚（さっかく）に囚（とら）われた。

……なんで、こんな時間に、この場所に、栞がいる？

動揺を見透かされないよう視線を下に落とした俺は、そっと震える息を吐きだした。

たった今まで自分が考えていたことを、栞に悟（さと）られないように。

俺の中にある、こんな真っ黒な感情が彼女に伝わらないようにと願いながら、俺はふとももの横で拳を強く握りしめた。

（……先輩？）

——いつもどおり。大丈夫。俺なら、いつもどおりでいられるはずだ。

（なにか、あったんですか？）

だけど、気がつけば俺と彼女の距離は縮まっていて、ふと我に返ったときには、きつく握りしめていた俺の拳に、栞の温かい手がふれていた。

彼女の気配を身近に感じた瞬間、全身から力が抜けた。

顔をあげればそこには眉をさげ、心配そうに俺を見つめる栞がいて、再び小さく息をのんだ。

(樹生先輩？)

「なにも、ないよ」

(え？)

「なにも、ないから……」

彼女の声が、聞こえたわけじゃない。

ただ、触れ合っている手から伝わる体温と彼女の表情が、俺に〝なにかあったのか〟と、たずねている気がしたからそう答えただけだ。

そんな俺に対して、黒曜石のような瞳を揺らした彼女の唇が、(……でも)と、小さく動いた。

今の彼女はまるで、鏡に映った自分を見ているようで……。いたたまれなくなった俺は、

「とりあえず、外、出ようか」

そう彼女に告げると、重なり合っていた手を繋ぎ直して図書館をあとにした。

『Marigold（マリーゴールド）』
嫉妬・悲しみ

Rosemary（ローズマリー）

蓮司と言い争いになって、学校を抜けだした私が向かったのは図書館だった。

なにか大きな理由があるわけではないけれど、一番に思い浮かんだのが図書館だったというだけだ。

そこでしばらくの間、お気に入りの席に座って本を読んでいた私は、段々と冷静になり、このあとどうしようかと悩み始めていた。

勢いに任せて飛び出してきてしまったので、完全にノープランだ。

アユちゃんから【先生には、体調悪そうだったから帰ったって伝えといたよ】という、ありがたいメッセージが届いたから、とりあえず学校の方は大丈夫そうだけど……。

とにかく、放課後までの時間をどう過ごすかだよね。こんなに早い時間に帰ったらお母さんが心配するだろうし、まさか学校をサボったなんて言えないから、家には帰れない。

……もう、ここで一日中、本を読んでいようかな。

そう思って、私は開いていたノートを閉じると席を立った。

そして、嫌なことを忘れて没頭できる本を探すべく、本棚の間を歩いていたのだけれど……。

（え？）

本棚の角を曲がった先で、思いもよらない人物の姿を見つけて足を止めた。

樹生先輩だ。

だけど先輩は私のように本を探している風ではなく、ただそこに、力なく立ち竦んでいるだけに見えた。

無性に胸の中がざわついた私は、自分でも気づかぬうちに眉間にシワを寄せていた。

先輩の拳は小さくふるえていて、なにかを必死にこらえているようにも見える。

……先輩？

色のない瞳からは、空虚感が漂っていた。

普段から感情のふり幅が大きくはない先輩だけれど、今はそんな普段ともちがって、なにかを自分の中で押し殺しているような、なにかを思いつめているように見えて、私までたまらなく胸が苦しくなった。

「……栞？」

その時、ふいに顔を上げた先輩と目が合って、時間が止まったような錯覚に陥った。

先輩の、艶のある声が私の名前を奏でる。

一瞬、心臓が高鳴ったけれど、いつもよりかすれた声と、覇気のない表情に、次の瞬間には心が不安で押しつぶされそうになった。

……だって、先輩の、こんなに弱った表情を見るのは初めてで。

こんな風に、傷ついた表情をした先輩を見るのは初めてだったから、心配でたまらなくなった。

(……先輩? なにか、あったんですか?)

気がつけば私は、先輩のそばまで行くと、きつく握りしめられていた手に触れていた。

だけど樹生先輩は、「なにもないよ」と力なく笑うだけ。

そうして、どう見たって〝なにかあった〟らしい先輩を前に、私がなんと声をかけたらいいのか迷っていたら――。

「とりあえず、外、出ようか」

徐に口を開いた先輩が私の手を引いて、歩き出した。

＊　＊　＊

「そこ、座ろうか」

図書館を出て、すぐ近くにあるカフェでアイスコーヒーとアイスティーを買った私たちは、それを持って小さな公園に入り、青いベンチに腰をおろした。

夏目前の、ひどく湿気を含んだ空気は梅雨特有のもので、手のひらに伝わるアイスティーの冷たさが、やけに心地よく感じた。

「それで？　栞は、なんでこんな時間に図書館にいたの？」

図書館を出てからの先輩は、もういつもどおりで、あの一瞬、先輩が見せた表情は私の見まちがいだったのかな、なんて思うほどだった。

【実は、同じクラスにいる幼なじみと、ケンカしちゃって。それで、勢いのまま学校を飛び出してきたんです】

ケンカの理由が先輩であることは、絶対に言えないけれど。

私がスマホに打ち込んだ文字を読んだ先輩は、そっと顔を上げると優しい笑みを浮かべた。

「ケンカするなんて、栞みたいな良い子でも怒ることってあるんだね？」

きれいに目を細め、美辞麗句を言う先輩は、今日もやっぱりすごく素敵だ。

ひとつ一つの言葉や表情の変化にいちいち反応してしまう私の心臓は、先輩に出会ってから絶対にどこかおかしくなってしまったんだと思う。

【私が良い子だったら、世界中、良い子だらけですよ。それに人間なので、怒ること、たくさんあります】

「そうなんだ。だとしたら、俺も栞のこと怒らせないように気をつけなきゃ」

【先輩に怒ることなんかないと思います……。先輩、私が怒る前に、先回りして全部解決しちゃいそうですし】

「えー、なに、その高評価。俺、そんな特殊能力ないんだけどなー」

ふっと息をこぼすように笑った先輩は、持っていたアイスコーヒーに口をつけた。

「でも、まぁ、大丈夫だよ」

(え?)

「だって、その幼なじみの子は、栞が遠慮なくぶつかっていける相手ってことだろ?」

(それは……)

「そういう相手って、なかなかいない。だけどそれは、相手が自分の感情を受け止めてくれるからこそで、逆に考えれば自分が相手のことを、それだけ信頼してるって証拠だから」

『自分が相手のことを、それだけ信頼してるって証拠』

先輩のその言葉に、私は蓮司との今までを思い浮かべた。

——小さい頃から、いつも一緒にいた幼なじみの蓮司。

蓮司は昔から曲がったことが大きらいで、荒っぽいところはあるけれど、いつだって優しかった。

楽しいことがあればふたりで喜んで、私がまちがっていたら怒ってくれて。それでも、どんな時も、私の味方でいてくれた。

でも……そんな蓮司だからこそ、私は許せなかったんだ。真実だという確証もなく、噂だけを信じて、先輩のことを悪く言ったことが許せなかった。

蓮司は、そんなこと絶対にしないって信じていたから、すごく悲しい気持ちになった。

だって、蓮司は〝あのこと〟を知っているのに。

私の過去、心の傷、抱えている悲しみをすべて知っている蓮司が相手だったから、私は、ついあんな風に、むきになってしまった。

「だからさ、その子も栞が言いたかったこと、ちゃんとわかってくれてるよ」

（……せん、ぱい）

「そんな顔しなくても、大丈夫。すぐ、仲直りできるから」

言葉と同時に、私の髪に先輩の手が優しく触れた。

一瞬脳裏をよぎった〝あのこと〟を振りはらうように、私は深くうなずいて、手の中のアイスティーに視線を落とす。

「あ。アイスコーヒーの氷、だいぶ溶けてる。こういうの見ると、もう夏が近いって現実を思い知らされるよな」

【樹生先輩は、夏がきらいなんですか？】

「好きなように見える？　夏って暑いだけじゃん。あ、夏休みは大歓迎だけど」

それから、それ以上その話題にふれることもなく、先輩とは日常に起きた些細なことをおたがいに話した。

先輩の、お友達のこと。アルバイトのことや、授業やテスト、受験勉強のこと。

気がつけば、時計の針は六時限目の終わる時刻を指していて、公園の近くにある小学校からは下校時刻を知らせるチャイムの音が流れた。

「もう、こんな時間か。ふたりでいると、時間経つのが早いね？」

（……はい、本当に）

本当なら、私が先輩を励まさなきゃいけないはずだったのに、結局私が励まされて、先輩の話は聞けなかった。

図書館で強く拳を握りしめ、本棚の前でたたずんでいた先輩は、まちがいなくいつもの先輩ではなかったのに。

それなのに、今の先輩があまりにも普通で、あまりにも、いつもどおりだから……。

『なにも、ないよ』

あの一瞬だけ見せた思いつめたような様子は、全部、私の見まちがいだったんじゃないかとすら思えてしまう。

「あ……雨だ」

と、私たちがベンチから腰をあげ、飲み終わったドリンクのカップを近くにあったゴミ箱に捨てたのとほぼ同時に、空から冷たいしずくが落ちてきた。

——雨。

見上げると空は一面雨雲に覆われていて、落ちてきた水滴が休む間もなく地面にシミを作り始める。

っていうか、これってなんだか、嫌な予感がするんだけど——。

「——って、うわ、急に降ってきた！」

（う、嘘ーっ！）

想定外の雨は瞬く間に本降りに変わり、傘を持っていない私と先輩を容赦なく濡らした。

私たちは、あわてて木の下へと避難したものの、雨宿りにしては心細い感じだ。

「これ、しばらくどころか夜までやまないかもね」

（……はい）

どうしよう。もうすべてをあきらめて、ずぶ濡れで帰るしか方法はないのかも。

だとしても、樹生先輩はどうするんだろう。

そういえば、先輩の家ってどのあたりなんだっけ。

図書館からそう遠くないって言ってたし、それなら先輩は問題なく家に帰れるかな？

「んー、とりあえず」

（え？）

「ここでこのまま雨宿りしてるわけにもいかないし、すぐそこにある俺の家に、傘を取りにいくのが賢い選択かな？」

（え、え？　家？）

「よし。そうと決まれば、とりあえず、走ろう」

（え、ええっ!?）

「ごめん、ちょっとだけ我慢してくれる？」

そうして戸惑っているうちに、再び先輩の手が私の手を掴んだ。

そのまま私たちは、すぐそこにあるという先輩の家を目指して、雨の中を走りだした。

＊　＊　＊

「ごめん、結構濡れたね。今、タオル持ってくるから、ちょっと待ってて」

突然の雨に降られ、雨宿りのために向かった樹生先輩の家は、先輩の言うとおり、公園から走って五分とかからない距離にあった。

目を見張るほど大きいわけではないけれど、新築風のきれいなマンション。そのマンションのエントランスを抜け階段を上ると、先輩はある一室の前で足を止めた。

「一応、初めに言っておくけど。俺、ひとり暮らししてて、家に親はいないから」

先輩の、その言葉に一瞬、蓮司に言われた言葉が脳裏をよぎった。

『親の金でリッチにひとり暮らししてる』

リッチかどうかは、よくわからないけれど……。ひとり暮らししているのは、本当だったんだ。

ほんの少し胸が痛んだのは、私が蓮司の言葉の影響を少なからず受けているからだろう。

『そこに、日替わりでいろんな女を連れこんでる』

それは、きっと。ううん、絶対に嘘だと信じているけれど、どうして、先輩がそんな風に言われてしまうのかわからない。

蓮司は、樹生先輩の学校にいる蓮司の先輩だっていう人が言っていたって言ってたけど、どうして、そんな噂が流れるのかな。

先輩が、誰もがうらやむくらい整った容姿をしているせい？

「……本当は、あんまり中に入れたくないんだけど」

（え？）

「でも、今は緊急事態だし、仕方ないか」

一瞬、困ったように笑った先輩は、濡れた髪をかきあげ「とりあえず、中に入って」と、私を部屋の中に入るように促した。

タオルを受け取り、濡れてしまった髪、身体、制服、鞄と順にふいていく。

ソックスは、とりあえず脱いだ方がいいよね。床、濡れちゃうもんね。あ、でも素足だと逆に失礼かな？　でも、夏になればみんな素足でサンダルだし、大丈夫かな……。

と、あれこれ悩んでいる私を見た先輩が、徐に口を開いた。

「タオル、貸して。髪、まだ濡れてるよ」

ふっと優しく微笑んだ樹生先輩は、そう言うと私の手からタオルを取った。

ドキリと胸の鼓動が跳ねたのは、身体の距離が物理的に近づいたことだけが理由じゃない。

私を真っすぐに見下ろす樹生先輩が、今まで見たことのないくらい大人びた表情をしたからだ。

おたがいの息遣いさえ聞こえる近さと、髪にふれる冷たい手。

ちらりと見た先輩の髪もまだ濡れていて、いつも以上に先輩を凄艶に魅せていた。

「栞、おとなしくしてて？」

「……っ」

「ん……、いい子」

甘くかすれた声でささやかれ、心拍数は上がるばかり。

雨に濡れた私の髪を先輩がふいてくれている。状況を心の中で言葉にしたら、なんともいえないはずかしさが込みあげて、顔が熱を持っていくのがわかった。

――濡れたシャツの、開いた胸もとからは先輩の鎖骨が見えて、そこを雨のしずくがなぞり落ちる。

それが、やけに色っぽくて、艶やかで。こんな風に、突然の雨さえも味方にしてしまう先輩が、今は恨めしくて仕方がなかった。

「んー……、ちょっとはマシになったかな？」

というか、今さらだけど、私、今、先輩の家にいるんだよね？

ハプニングとはいえ、樹生先輩と、先輩の家にふたりきりだなんて、一度意識してしまったら、緊張と動揺で身体は火照っていくばかりだった。

「──ヤバいな」

（え？）

「栞。ドライヤー貸すから、あとは自分で髪、乾かして？　この家のバスルームは浴室乾燥機がついてるから、制服のブラウスはそれにかけて。で、その間はとりあえず俺のパーカーでも着てて」

けれど、突然まくしたてるようにそう言った先輩は、私からそっと身体を離した。

手渡されたドライヤーと先輩を交互に見たら、先輩は私から目を逸らすように後ろを向いてしまった。

（先輩？）

なんだか、耳の先が赤くなっているような気が……。

「パーカーは、脱衣所に置いてあるから。わかったら、今すぐ行動。俺はホットココア作って待ってる。早くしないと栞の分も飲んじゃうよ？」

でも結局、先輩は私のほうを振り向くことなくそれだけ言うと、キッチンへと入っていってしまった。

残された私はしばらく茫然と立ちすくんでいたけれど、不意に足元が冷えていくのを感じて、あわてて脱衣所へと向かった。

＊＊＊

……ぷかぷか。

先輩に言われたとおり、濡れてしまったブラウスを脱いでパーカーを羽織るとドライヤーで髪を乾かした。

ブラウスは、ハンガーにかけて浴室乾燥機の中に干し、二時間のタイマーをセット。

スカートはいまだに湿っぽいけれど、それはもう仕方がない。

脱衣所を出てリビングに向かい、しばらくすると先輩がカップをふたつ持ってやってきた。

「パーカー、やっぱりちょっと大きいね」

背の高い樹生先輩から借りたパーカーでは、手もスッポリと隠れてしまう。

パーカー越しにカップを受け取った私を見て、先輩は困ったように笑った。

「とりあえず、ブラウスが乾くまでDVDでも見ようか？　それとも、勉強とかする？」

先輩の言葉に一瞬だけDVDを……と、思ったけれど、先輩が受験生なことをすぐに思い出し、あわててスマホを手に取った。

【私のことはいいので、先輩は勉強してください！ 私は、あの、適当にいろいろしてますんで】

「……ありがとう。それなら、栞の勉強を見るっていうのはどう？」

（え？）

「ほら、勉強ってさ。ただひたすらノートに文字を書きうつすより、誰かに教えたりした方が自分の勉強にもなって、記憶に残ったりするんだよ」

こくり、カップを持ちあげ、ひと口だけココアを飲んだ先輩が優しく笑う。

（そうなんですか？）

「うん。だから俺、教えるのとか案外得意でさ。学校でもテスト前にはタマ——あ、友達に教えたり。復習にもなるし、栞さえ迷惑じゃなきゃ、今日だけ〝臨時家庭教師〟するけど、どう？」

今度は、少し挑発的に先輩が笑う。

色っぽい表情と、臨時家庭教師という言葉にドキリとした私は、やっぱり先輩をいつも以上に意識してしまっている。

ダ、ダメダメ。変な妄想禁止っ！ 先輩は親切で家庭教師をしてくれるって言ってるんだから、浮かれたらダメだ。

決意を固めるように唇を引きむすび、私は再び先輩を見上げた。

【お願いします！】

「うん？」

【わからないこととか、私がまだ知らないこと。先輩が知っていること、私にぜんぶ教えてください！】

あまり深くは考えず、高速で打った文字を、そのまま先輩の顔の前に突きだした。するすると、一瞬。ほんの一瞬だけ、ぽかんとして固まった先輩は、すぐに我に返ると私を見て深く長いため息をついた。

「んー……。これ、他の男に言うの、禁止ね？」

（へ？）

「特に、密室でふたりきりの時とか。結構、破壊力あるから」

頬づえをついた手で口もとを隠し、私から目を逸らした先輩の耳は、やっぱりほんの少しだけ赤く色づいていた。

＊　＊　＊

「――そうそう、ここはさっき教えた公式を使うと簡単に解けるよ。ちなみに、こっちも。この公式をひとつ覚えれば、いろんな問題に応用できるから」

先輩のきれいな指が、驚くほどスムーズに問題を解くための道を示してくれる。

先輩の説明はどれもわかりやすくて、丁寧で、ここを押さえておけば、というところを端的かつ的確に伝えてくれた。

(それなら、ここも、これと同じ方法で……答え、あってますか?)

「あ、そうそう。正解。だいぶ慣れてきたんじゃない?」

先輩が、ふわりと優しく笑う。一問解くごとに甘い笑みを浮かべてくれるものだから、これ以上ない贅沢なご褒美をもらっている気分になった。

「――っ!」

その時、部屋の中に予告なく振動音が響いた。

私たちは反射的に動きを止めると、机の上に置かれていた先輩のスマホに目を向けた。

「……ごめん。ちょっと、出てもいい?」

(あ、はい、もちろんです!)

謝る必要なんてないのに、先輩はもう一度「ごめん」と口にして、スマホを手に取り耳にあてた。

だけど、

「なにか用?」

次の瞬間、今まで聞いたこともない、ひどく温度のない声が静寂に包まれた部屋の中に重く、響いた。

……先輩？　今の、樹生先輩の声、だよね？

「いつの間にか、番号変えたの？……ああ、仕事用か。まぁべつに、緊急の連絡取るなら病院にかければいいんだし、正直どっちの番号も知らなくていいんだけど」

《ついさっき──連絡──からきて──んで、──ったんだ》

「べつに、言いたくなかったわけじゃない。ただ、連絡するのを忘れてただけだから」

部屋が静か過ぎるせいなのか、電話口からは相手の声であろう男の人のものが、とぎれとぎれに、もれ聞こえてくる。

でも、それに答える樹生先輩の声が、今日まで一度も聞いたことのない、相手を拒絶するような冷たさを持っていたから、私は自分の耳を疑わずにいられなかった。

「とにかく、あんたがいないと担任は納得しないらしいから。指定された日にちに指定された場所に来てくれるだけでいい。それ以上は、なにも望まないから安心してよね──オトーサン」

……お父さん？

先輩が発した言葉に、思わず身体が強ばった。同時に、胸が痛いくらいに締めつけられる。

ちがう、そうじゃない。今は樹生先輩のお父さんのことで……私の話じゃない。

バクバクと高鳴り続ける心臓と、キリキリと痛みだした胃を落ち着けるように、私はふるえる息を静かに吐いた。

通話相手は、たぶん、樹生先輩のお父さんだ。

「じゃあ、もう切るから」

抑揚のない声で言った先輩は通話を切り、スマホを無造作に机の上に置いた。

まつ毛を伏せた先輩の表情には苛立ちが滲んでいる。それが思いつめたような様子で図書館で立ち竦んでいた先輩の姿と重なって、再び胸がチクリと痛んだ。

〝お父さん〟

当の私も、その言葉がグルグルと頭の中をめぐって、胸の中をかき乱された。

落ち着かなきゃと思っても苦しくて、ほんの少しでも気を抜けば、息の仕方を忘れてしまいそうになる。

「——早く、大人になりたい」

（え……？）

「誰の力も借りずに、ひとりで生きていける力が欲しい」

……先輩？

淡々としながらも、確固たる意志を持った声でつぶやいた先輩は、強く唇を噛みしめていた。

一気に現実へと引き戻された私は、ゆっくりと視線を机の上へと滑らせる。

机の上に置かれた先輩の手は、いつの間にか固く握られ、小さく震えていた。

図書館で見た時と同じ、うつろな目。その目は開かれたままで、まだなにも描かれていない、ノートの真っ白なページに向けられていた。

(先輩?)

「………」

(――先輩っ)

「………」

(樹生先輩っ!)

「え……」

私は図書館の時と同じように、ふるえている先輩の手に、手を重ねた。

そうすれば、肩を揺らした先輩が弾かれたように顔をあげ、私を見て数秒固まったあと、眉をさげた。

「あ……俺……、今……」

弱々しくつぶやいた先輩は、まるで道に迷った子供のような顔をしていた。

樹生先輩……なにが、あったんですか？

今の電話で、お父さんになにか言われたんですか？

先輩は今、なににおびえているの？

「……っ」

心の中で思ったことを、たずねていいのかわからなかった。

私を見つめる瞳が困惑に変わって、宙をさまよい、再び下へとそらされる。

だけど、いまだに拳は固く握られたままで、解けることはない。

先輩は下を向いて眉根を寄せたままで、それ以上は、自らなにかを語ろうとはしなかった。

【……大丈夫です】

「え……？」

【大丈夫です、先輩】

「なに……言って」

【先輩は今、ひとりじゃありません。だから、大丈夫です】

……自分でも、どうしてそんなことを言ったのか、わからない。

気がつけば私はペンを手に持って、先輩の前に開かれたノートに言葉を綴っていた。

【先輩は、優しい人です。出会ってからまだ日は浅いけど、私は先輩の素敵なところ、たくさん知ってます。だから、少しくらいワガママな先輩や、嫌なところを見せられたって今さら嫌いになんてなりません。だから、大丈夫です】

そこまで書いてペンを置くと、私は再び先輩の手に自分の手を重ねた。

そうすれば、握りしめられていた拳からゆっくりと力が抜ける。

ああ、これで。もしかしたら、少しは先輩が落ち着いてくれたかもしれない。

そう思って、私は安堵(あんど)の笑みをこぼした。

――だけど、私は、少しもわかっていなかった。

先輩の心の傷。先輩の想い。先輩が抱える……途方もない寂しさに、バカな私は、まるで気付けていなかったんだ。

「……なにが、大丈夫?」

(え?)

「なにが、大丈夫なんだよ」

静寂を破ったのは、地を這(は)うような低い声だった。

長いまつ毛を揺らしてゆっくりと顔をあげた先輩は、今まで見たこともないほどに無表情で、感情のないロボットのようだった。

「なにも知らないくせに、なんで〝大丈夫〟なんて言える?」

先輩の問いに困惑した私は、反射的に重ね合わせていた手に力を込めた。

（……え？）

すると次の瞬間、痛いくらいの力で手首を握り返された。

そのまま、上へと引き上げられたかと思ったら、力強く後ろに押され、私は床の上に押し倒されてしまった。

受け身も取れなかったから、後頭部がジンジンと痛む。

わけもわからぬまま宙を見上げれば、視線の先には私に覆いかぶさるようにした樹生先輩がいた。

まつ毛が、羽根のように長い。ビー玉みたいに透き通った瞳に見惚れていたら、そのうちゆっくりと、先輩の唇が私に近づいてきて――。

「……キス、されると思った？」

あと、ほんの数センチ。呼吸もぶつかる距離で動きを止めた先輩が、そう言って残酷なほどきれいな嘲笑を浮かべた。

キス。……キス？

先輩にキスされるか、なんて。そんなこと、考える余裕もなかった。

「栞は、俺のこと買いかぶり過ぎなんだよ。俺は、こんな風に女の子のことを簡単に押し倒せるし、今のだって相手が栞じゃなきゃ、なんの躊躇もなくしてた」

（私じゃ、なかったら……？）

「栞はさ、キスだってしたことない、純真無垢な女の子だろ？　俺、こういうことに慣れてない相手とは……絶対に、しないから」

「……っ」

「俺の素敵なところを、たくさん知ってる？　ハハッ。それは俺が、汚くてズルイ自分をうまく隠していたってだけで、偽りの俺しか見てない栞だからこそ言える言葉だよ」

　そこまで言うと、見たこともないような甘美な笑みを浮かべた先輩が、私の顎に手を添えた。

「俺の正体、教えてあげる」

（正体？）

「俺はね、生きてるだけで人の幸せの邪魔をする、〝不必要な子〟なんだよ」

　不必要な子、って……。

「俺は、存在するだけで両親の足を引っぱる——邪魔者、なんだ」

　吐き捨てるように言った先輩の目が、悲しみに染まっていく。

　言葉とは裏腹の笑顔を浮かべている先輩の手は氷のように冷たくて、次々に落ちてくる鋭い声が、私の心を切り裂いた。

「俺の親、離婚してるんだ」

（離婚……？）

「昔から仕事ばかりの父と、そんな父に嫌気が差した母は家庭放棄したあげくに恋人を作って家を出ていった」

（そん、な……）

〝樹生、連れて行けなくてごめんね。でも、あなたなら私がいなくても、べつに大丈夫でしょう？〟

「家を出ていく間際にそう言って笑った母親は、すごく清々した様子でさ。中学生だった俺は、引き止めることができなかった」

「……っ」

「両親が離婚したことは、その日の晩に、父親から聞かされた。その時、俺は一応、どうして母を止めなかったのか父に理由を尋ねたんだけど、父は父で、〝引き止める理由がなかった〟って、淡々と答えただけだった」

「…………」

「はたから見たら、悪いのは母さんかもしれない。だけど、昔から家庭を顧みなかった父にだって原因はあったはずだ。現に、俺には家族でどこかへ出かけた記憶も、家族で笑いあった記憶もないから」

「…………」

「結局、そんな父と俺がうまくやれるはずもなくて、父は扱いに困った俺のことを、このアパートを用意して追いだしたってわけ」

追いだしたって、そんな……。

「家を出る時、父親が俺に言った言葉、教えてあげるよ。〝お前なら、大丈夫だろう〟だよ。母親が出て行った時と同じように、〝大丈夫〟って言われたんだ。〝大丈夫〟って理由で……俺はふたりに、放り出された」

【大丈夫です、先輩】

——ああ、私は。私は、なんて残酷なことを先輩に言ってしまったんだろう。

「〝大丈夫〟なんて、ただ、自分を正当化するための言い訳だ」

今、先輩を傷つけたのは、私だ。

「俺は、自分の親に捨てられた。愛された記憶もなければ、最初から……今、この瞬間だって、ただの邪魔者でしかない。自分の親にも愛されずに捨てられた〝いらない子〟が、本当の優しさなんて持ち合わせてるはずがないだろ」

そう言った先輩があまりに悲しく笑うから、ついにこらえきれなかった涙が、私の目からあふれだした。

「……は？」

あっという間に視界が滲んでいく。先輩の顔はハッキリと見えないけれど、きっと、とまどっているはずだ。

「な、なんで……いきなり、泣くなよ」

だけどもう、我慢できなかった。

だって、先輩が……そんな、さみしさに溺(おぼ)れた表情で、悲しいことばかり言うから。

いらない子、なんて。そんなこと、言うから。

先輩は今日まで、今この瞬間も、そんな風に思いながら生きているんですか？

自分は邪魔者なんだと、誰にも愛されていないと思いながら、毎日を過ごしていたの？

「もしかして、同情？　それなら、余計に迷惑なんだけど」

（ちがうっ！）

「は？」

（同情なんか、してませんっ！）

小さな子供が駄々(だだ)をこねるみたいに、顔を左右に振った私は、そっと手を伸ばした。

そして樹生先輩の頬にふれ、涙を払うように数回瞬きをしたあと、先輩が言葉をくみ取ってくれることを願いながら、ゆっくりと口を開いた。

（せんぱいは、わたしの）

——樹生先輩は、私の、

（希望の、光です）

先輩に、今の私の言葉が伝わったかは、わからない。

口の動きだけで、今の私の言葉を先輩が読みとってくれたかどうかは、わからないけれど。

「……っ」

それでも頬にふれた私の手には、先輩の目からこぼれた〝雨〟が落ちてきた。

頬を伝い、じわりと指先から私の心に染みこむそれは、樹生先輩がこれまで堪え続けてきた〝声〟だ。

苦しい。さみしい。こっちを向いて。

胸は痛いくらいに締めつけられて、私の目からも再び涙があふれだす。

両親に突きはなされ、孤独を抱えて生きてきた先輩は、誰よりも人の気持ちに敏感だった。

きっと、幼い頃の先輩は、ご両親に認められたくて、少しでも振り向いてもらいたくて、ふたりに懸命に歩みよったんじゃないかと思う。

おたがいを見ないふたりを前に、苦しんで。

自分を見てくれないことに、さみしさを抱えて。

それでも、少しでもいいから自分を見てほしくて、先輩は、何度も何度も手を伸ばしたんじゃないかな。

何度も何度も、ふたりの声を聞こうとしたんじゃないかな。

――だからこそ、今の先輩がいるんだろう。

いつだって先回りをして、人の気持ちばかりを考えて行動する。

自分の声を押し殺し、必死に相手の声を聞こうとしている。

人の気持ちや言葉、声に敏感な樹生先輩。

すべての点が線となって繋がったら、先輩が持つ繊細な優しさのすべてに納得がいった。

目の前で静かに涙をこぼす彼の、彼になるまでの道程が見えた気がしたんだ。

(あ……)

と、ゆっくりと身体を起こした先輩は、無言のまま私から目をそらした。

頬には涙のしずくがこぼれた跡が残っていたけど、ぬぐおうともしない。

私は一瞬、もう一度先輩に手を伸ばしかけたけれど――。

遠くで乾燥機と一緒にセットしたタイマーの機械音が鳴ったのが聞こえて、ハッとして目を瞬いた。

「もう、帰りなよ。外、暗いと思うし……なるべく明るい道を帰るか、駅まで行ったらご両親を呼んで。申し訳ないけど、今日は送ってあげられそうもないからさ」

先輩が消えいるような声で言う。

……ああ、先輩は、こんな時まで、人を気遣ってしまうんだ。自分が苦しい時くらい、周りの人のことなんか考えなくていいのに。もっと、自分勝手でいてもいいのに。

樹生先輩の言うとおり、ブラウスだって乾いたはずだし、先輩も今すぐひとりになりたいのかもしれない。

だけど。だけどね、先輩。それでも今、このままなにもせず、傷ついたままの先輩ひとりを残して帰るなんて、私にはできそうにないです。

先輩をこのまま、ひとりぼっちにはできないから。

「栞？　なに、して……」

再び衝動的にペンを手に取った私は、ノートの新しいページを開くとそこに筆を走らせた。

【相馬樹生】

そして、できる限り丁寧にその四文字を綴ると、先輩にノートを差し出してから、自分のスマホを手に取った。

「俺の、名前？」

【初めに、これだけは言わせてください。私は、先輩のご両親の肩を持つつもりはあ

りません。どんな理由があれ、先輩のこと、こんな風に苦しめて……許せません。申し訳ないけど、とても腹が立っています】

「………」

【でも、先輩の名前。〝樹生〟という先輩の名前は、そんなご両親がつけてくださった名前ですよね？】

「そう、だけど」

【森林の中に凛(りん)とたたずむ〝樹〟のように、静かに強く、たくましく〝生〟きてほしい。〝樹生〟という名前は、きっと、そういう意味のこもった名前なんだろうな……って、私、先輩の名前を初めて見た時に、思いました】

「名前……」

【とても。とても素敵な名前で——先輩に似合う名前だと、思ったんです】

そこまで書くと、私は一度手を止めて、先輩を見て微笑んだ。

人の名前には、たとえどんな形であれ、名前をつけた人の〝愛〟がこもっていると、私は思う。

生まれてきたその子がこの世界を生きていくために、必要な〝名前〟。

私の〝栞〟という名前にも、ちゃんとした意味がある。

それは昔に——私の父が教えてくれた、大切な宝物(こと)。

だからこそ私は、樹生先輩の名前にも、その名前をつけたご両親の愛と願いがこもっているはずだと思ったの。

【だけど私、先輩の名前が素敵だと思った理由が、もうひとつあるんです】

私の言葉を読んだ先輩は、眉根を寄せて黙りこんでいる。

【〝樹〟という一字だけでも〝イツキ〟と読むのに、ご両親はどうして〝生〟という字をつけたんでしょうか】

「そんなの、ただの気まぐれだったんじゃ……」

【そうかもしれません。でも、命を扱うお仕事、お医者さんをしている先輩のお父さんにとって、〝生〟という字は特別なものだと思うんです。そんな特別な想いのこもった字を、ご両親は先輩の名前に選んだんですよ】

先輩が、ハッとしたように目を見開く。

【先輩を傷つけた私が、言う言葉じゃないのはわかっています。すべては私の推測だし、先輩に受けいれてもらえなくても仕方がないとも思っています。でも、これだけは言わせてください。少なくとも先輩は……いらない子、なんかじゃない】

「……っ」

【先輩が生まれた時、きっとご両親は喜んで、幸せで。そして、〝樹生〟という特別な名前を先輩にくれたんだと、私は信じたい。信じてます】

「そんな、こと……」

【そして先輩は、その名前に恥じることのない……凛とした、一本の樹のように、今日まで強くたくましく生きてきたんです。そんな先輩が、今度は〝生〟をつなぐための、お医者さんを目指してる。……こんなに素敵なことってありません】

そこまで間髪入れずにスマホで文字を打ちこんだせいで、ほんの少し痺れている指に願いを込めた。

どうか。どうか私の言葉が少しでも、先輩に届きますように。

私の声が、先輩に聞こえますように。

【先輩は優しさなんか持ちあわせていない、自分は人の幸せを邪魔する存在なんだと言っていたけど、そんなことない】

「し、おり」

【だって、私は先輩に出会えて幸せです。ついさっき、先輩のご両親に腹が立つなんて言ったけど、この世界に先輩を立たせてくれたこと。先輩に出会わせてくれたことを、私は先輩のご両親に心から感謝します】

そこまで言うと微笑んで、私は静かにスマホと勉強道具を鞄の中にしまった。

立ちあがり、座りこんだままの先輩に一度だけ頭をさげてから脱衣所に向かう。

先輩に借りたパーカーを脱ぎ、すっかり乾いたブラウスの袖に腕を通した私は、再び鞄を手に持って玄関の扉を開けた。

……先輩、また明日、です。

扉を閉めて、心の中でつぶやいた声は、先輩に届くことはない。

ここに来た時のようにエントランスを抜け外に出ると、あんなにひどかった雨はあがっていて、見上げた先に広がる空には、きれいな星が輝いていた。

『Rosemary（ローズマリー）』

誠実・変わらぬ愛

あなたは私を甦らせる

Lavender（ラベンダー）

――照りつける太陽と首筋をなぞる汗、身体を溶かすような暑さに、ため息がこぼれてしまう。

終業式を終え教室に戻ってきた私たちは、担任の先生からのお決まりの注意事項と長い話を聞き、いつもどおりのあいさつを交わしながら帰り支度をしていた。

気がつけば一学期を通り過ぎ、明日からは待ちに待った夏休みだ。

けれど私は、晴れることのない心を抱えて、もうスッカリ癖になりつつあるため息をついて、うつむいた。

……はぁ。

夏休み前だというのに憂鬱だ。なぜかと言えば、あの日以来、私を避けるようになった蓮司と気まずい関係のまま、今日を迎えてしまったから。

「栞、夏休み、遊べる日は遊ぼうね！」

（うん。でも……）

「あー、ね。結局、あれから一度も話せないままだもんね……。まったく、アイツ……蓮司も、頑固っていうかさ」

（……うん）

「でもさ、大丈夫だよ！　蓮司と栞は付き合いも長いし、そのうちまた前みたいにバカな話ができるようになるよ。だから、ね？　今年の夏は、女だけで楽しも！」

私の肩をたたいて笑顔を見せるアユちゃんも、なんとなく空元気だ。

樹生先輩のことで蓮司と衝突したあの日から今日まで、私は蓮司と一度もまともな会話をしていなかった。

あからさまに私を避ける蓮司はアユちゃんのことさえ避けているようで、同じ教室にいる私たちのことを視界に入れようとすらしなかった。

そんな態度にあきれたアユちゃんが一度、「いい加減にしなよ！」と怒ったんだけど、「もう俺には話しかけてくんな」なんて言い捨てた蓮司は、再びそっぽを向いて行ってしまった。

蓮司は昔から、強情がすぎるところがある。一度〝こう〟と決めたら貫きとおす性格は蓮司らしいけれど、まさかこんな時にも発揮されるとは思わなかった。

メッセージを送っても既読スルーされるし、電話をしようにも声の出ない私は電話をすることもできない。

なんとか話しかけようとしても、部活で忙しい蓮司を放課後に捕まえることもできず、休み時間も他のクラスメイトの輪の中に消えていく蓮司を追いかけることは難しかった。

そもそも、目すら合わせるつもりがないみたいだし。

蓮司の……わからず屋。

心の中で悪態をついても、切なさは募る一方だ。

アユちゃんまで巻き込んでしまった上に、いつまでも気まずい状況が続くくらいなら、いっそのこと謝ってしまおうかとも思ったけれど、それは自分の心が許せなかった。

だって、私が謝ったら、蓮司があの日言った言葉を肯定することになってしまう。

先輩の真実を知った今、あの日の蓮司の言葉を受け入れることも、許すこともできない私も結局、人のことは言えないくらいに頑固者なのかも。

はぁ……うまくいかないなぁ。

今日、何度目かもわからないため息をついた私は、駅に向かってひとり、うつむきながら歩いていた。

夏服のスカートのすそが、ひらりと風になびく。

鞄を持つ手に力を込めた私は、今度は自分を憂鬱にしているもうひとつの理由を思い浮かべて肩を落とした。

樹生先輩、あれから大丈夫かな……。

初めて先輩の心の傷を知り、えらそうに意見と憶測をぶつけたあの日以来、私は先輩とも話をすることができずにいた。

それどころか、一度も会えていないんだ。

──そう。あの日以来、樹生先輩は一緒に乗っていた朝の電車の時刻に、現れなくなった。

さらに、時々会うことができていた図書館でも、先輩の姿を見かけることもなくなった。

図書館で顔を合わせなくなっただけなら、時間が合わなくなったのか、あるいはアルバイトや受験勉強が忙しいとか、いろいろな理由が思い浮かぶ。

でも、朝の電車の時間に現れないというのは、先輩が私を避けているからに他ならなくて、考えれば考えるほど、気落ちせずにはいられなかった。

やっぱり、余計なお世話……だったよね。

先輩が朝の電車の時間に現れなかった初日は、あんなこと言わなきゃよかったって、さすがに後悔した。

なにも言わずに帰った方が、先輩は救われたのかもしれないと、何度も何度も考えた。

だけど、今さら後悔したって意味がないんだ。

あの日、なにもせずに帰るという選択は、私にはできなかったと思うから。

傷付いた先輩を放って帰ることなんか、できなかった。

だけど、そう思うのに、やっぱり樹生先輩に会えないのはさみしくて、悲しくて……。

なにより、先輩が今でもあの部屋でひとり、哀(かな)しみを抱えているのかと思ったら、心配で不安で仕方がなかった。

こんなことなら、いっそのこと、直接先輩の学校に行ってしまおうか、とか。

先輩の家に様子を見にいってしまおうか、アルバイト先にでも、こっそり見にいこうかなんてことも考えたけど、さすがにそこまでするのはお節介にもほどがある。

っていうか、それは一歩まちがえなくてもストーカーだ。

それこそ、お節介を通りこして、ただの迷惑。

そして私は、そんな風に悩んで初めて、自分と先輩には思っていた以上の距離があったことに気がついた。

友達でもなく、クラスメイトでもなく、よく言っても〝知り合い〟程度の関係。

当然、ふたりでどこかへ出かけたこともないし、連絡先を知っているとはいえ、メッセージのやり取りすら、先輩とはほとんどしたことがなかった。

先輩と私は、どちらかが会わないと決めたら、こんなにも呆気なく終わってしまう関係だったのだ。

わかってはいたつもりだったけれど、こうしてあらためて現実を突きつけられると胸が苦しくてたまらなかった。

そして、こんな風に苦しくなるのも、私が先輩に不釣り合いな恋心を抱いてしまっているせいなんだ。

先輩が現れなくなってからも、もしかしたら今日こそは……という期待を捨てきれず、どこにもない先輩の姿を探してしまった。

図書館に行く理由にも、今では図々しくも〝もしかしたら先輩に会えるかもしれない〟なんていう、下心が含まれている。

授業中や学校生活の中でも、ふと気がつくと先輩のことを考えていた。

恋心を彩るのは、期待と落胆の流星群。何度願いが叶わなくても、懲りずに大好きな人のことを想ってしまう自分が哀れで、思わず苦笑いがこぼれた。

あ……そういえば、返却日が今日までの本があったんだっけ。

改札を抜け、電車に乗り、鞄の中に入れてきた本に手を伸ばした私は、意味もなく本の背表紙を親指で撫でた。

そのまま、いつもどおりに最寄り駅で降りると、通い慣れた図書館へと足を運んだ。

図書館に入ると返却口で本を返してから、本の森の中に足を踏み入れる。

いない、よね。

ここでもまた、ひとりで期待と落胆を繰り返す自分が情けない。

本棚と本棚の間で足を止めた私は、意味もなく目の前の本に手を伸ばした。

……会いたい。ただ、一目、樹生先輩の顔を見るだけでいいから。

一瞬、すれちがうだけでいい。……ううん、一瞬だけ、遠くに先輩を見つけるだけでいいから、もう一度だけ先輩に会わせてほしい。

たった一度、顔を見ることができたのなら、もう二度と先輩にかかわらないと誓うから、だから——。

「……やっと、会えた」

「……っ！」

「遅くなって、ごめん」

その時、ふいに、手にぬくもりを感じた。

気がつけば、本にのせたまま冷たくなっていた手に、向かいの本棚から伸ばされた手が重なっていた。

「……そのまま、俺の言い訳を聞いてくれる？」

想い続けた人の声が聞こえて、胸がふるえた。

樹生先輩の声。樹生先輩が……本棚の、向こう側にいる。

重なっていない方の手で口もとを押さえた私は、あふれそうになる涙を必死にこらえながら、一度だけ大きくうなずいた。

「ずっと、逃げてたんだ。両親とのこと、自分の……現実から」

ぽつり、ぽつりと紡がれていく、先輩らしくない不器用な言葉のすべてを、ひとつもこぼさぬよう必死に拾いあげていく。

「小さい頃は、いつも静かな家に帰るのがさみしくて……勉強だってなんだって精いっぱいがんばって、両親になんとか自分を見てもらおうと必死だった」

先輩が灯す声に、必死に耳を傾けた。

「だけど、どんなにがんばっても振り向いてもらえることはなくて。いつしか俺は、両親から愛情をもらうことをあきらめて、現実から目を背けるようになった」

先輩が今日まで感じてきた、さみしさ、哀しみ、切望。

想像すると苦しくなって、先輩が過去を話してくれるまで、なにも気付けずにいたことを悔やんだ。

「父親に反抗して、なにもかもを拒絶して。早く自立したい、一人前にならないとって……ひとりで、毎日そんなことばかりを考えてた」

先輩が、抱え続けてきた孤独。

人がうらやむすべてのものを持ちあわせているように見えた先輩は、みんなが当たり前に持ちあわせている愛情(もの)を持てずに、苦しんでいた。

「でも、本当は、このままじゃダメだってこともわかってた。いつか、ちゃんと向き合わないと——現実は、なにも変わらない。変えられないって、わかってたんだよ」

その言葉と同時に、花から蝶(ちょう)が飛びたつように、重なり合っていた手と手が離れた。

あわてて行方を追うと、伸びた影の先に、何度も会いたいと願った、樹生先輩の姿があった。

「……ちゃんと、向きあってきたよ」

もう何度も見たはずの、凄艶な先輩の立ち姿に唇がふるえる。

もともと声なんて出ないのに、喉の奥が痛んで、まるで言葉が押しつぶされたような感覚に陥った。

「父親と向きあって、話してきた」

(せん、ぱい)

「情けないくらいに怖くて、不安でたまらなかったけど……。栞の言葉があったから、逃げずに向きあえた」

(樹生、先輩……っ)

「栞には、全部終わってから報告に来たかったんだ。だから、遅くなったけど……。

本当に、ごめん。――ありがとう」

樹生先輩の言葉と笑顔に、涙が堰を切ったようにあふれだした。

＊＊＊

「ほめて、くれる？」

きっと大半の人間が、今の俺を見たら頼りないヤツだと言って笑うんじゃないかな。

でも、両手で顔を覆ってうずくまった栞だけは、俺がどんなにみっともない姿を見せても、きっと受け入れてくれるんだろう。

指の隙間からこぼれる涙のしずくは優しい雨のようで、俺の心にはまたひとつ、小さな花が咲く。

「二度も泣かせてごめん。でも……俺のために泣いてくれて、ありがとう」

本当に、自分勝手だけど。

栞の前にしゃがみこみ、彼女のやわらかな黒髪を優しく撫でれば心にまたひとつ、小さな花の蕾が芽吹いた気がした。

今は、自分のために泣いてくれる人がいるということが、ただ、うれしかった。

――夏の夜は、まだ遠い。

それから、しばらく涙を流していた栞が落ち着いた頃、ふたりで図書館をあとにした。

今が冬であれば、もうとっくに陽が沈(しず)んでいる時間帯だ。

栞を遅くまで連れまわすわけにはいかないし、俺たちはほんの少しの遠回りをしながら、栞の家までの道程を肩を並べて歩いた。

話したいこともあった。

栞にだけは、伝えなければいけないと思うことがあったから。

あの日、栞に投げかけられた言葉を受け止めるには、数日という時間が必要だった。

凝(こ)りかたまった気持ちは簡単には解れてはくれなくて、途中……また、繰り返すように現実から目を背けたくもなった。

だけど、もう逃げたくない。もう一度だけ。もう一度だけ、信じてみよう。

栞の言葉を聞いた俺は、生まれたばかりの自分に〝愛情〟をくれた両親のことを、もう一度だけ信じてみたくなったんだ。

──いつぶりかもわからない、再会の場所は父が働く病院だった。

かつて、幼い自分がさみしさを抱えながら生活していたマンションに行ってしまうと、やっぱり心が折れてしまうような気がして、病院を選んだ。

ナースステーションを訪れると、父の息子であることを告げ、父を内線で呼び出してもらった。

昔から忙しい父は、生活のほとんどを病院で過ごしていたけれど、どうやらそれは、今でも変わらないらしい。

「……樹生」

ほどなくして現れた父は白衣を身にまとっていて、突然やってきた俺を不思議そうに眺めた。

あんなに頑なに自分を拒絶していた息子が、予告なく職場に現れたら、何事かと困惑して当然だ。

けれど、父はすぐに平静を取り戻すと、〝当直室〟と札のついた部屋に俺を通して、そこにあった黒革の椅子に腰をおろした。

「座りなさい」

次いで、俺もふたりがけのソファーへと腰をおろす。

短く息を吐いてから父に目を向ければ、必然的に視線が交差した。

「突然、なんの用だ」

唸るような、探るような言葉と視線に、また〝あきらめ〟の文字が脳裏をよぎる。

けれどそれを必死に振りはらい、膝の上で結んだ手に力を込めると、俺は自分の気持ちを確かめながら口を開いた。

「……父さんに、話したいことがあって来た」

父が、息をのんだのがわかった。

切れ長の目や筋の通った鼻、無機質な口もと。自分も歳を重ねたら、こんな顔つきになるのかもしれないと、少し冷静さを取り戻した頭の片隅で考えた。

「なんの話だ」

「なんのって聞かれると……話したいことがあり過ぎるから、とりあえず今一番伝えたいことから言うよ」

まだ、胸のうちのすべてを吐露にするには覚悟が足りない。

さらには、忙しい父の時間を浪費するわけにもいかないから、今は伝えるべきこと、今、伝えたいことだけを話したいと思った。

「……今まで、いろいろと意地を張ってて、ごめん。こんなこと言っても理解してもらえないかもしれないけど……。でも、今日まで父さんに向きあわなかったのは、子供である俺なりの、精いっぱいの抵抗だったんだ」

自分を見てくれない両親への抵抗。

そんな現実を受けいれたくないがための、抵抗。

「今さら、高校生にもなってさみしいなんて言わない。父さんには父さんの人生があるし、俺はそれを邪魔するつもりはないから、それだけは安心して」

　話しながら、ほんの少し胸を痛めている女々しい自分に気付いて自嘲した。

「でも、申し訳ないけど……俺が高校を卒業して、夢を叶えるまでは、息子として甘えさせてほしい」

「お前の……夢？」

「うん。俺……さ。父さんと同じ、医者になりたいと思ってるんだ」

「お前が、医者に？」

「そう。医者になって、苦しんでいる人を、ひとりでも多く助けたい」

　未熟な自分が抱く、遠過ぎる夢。

　それでも今日までその夢が、崩（くず）れそうになる自分を何度も何度も支えてくれた。

　音のない部屋で、幼い頃の俺はいつだって、医者である父の背中を見ていた。

　あの頃は、どんなに追いかけても追いつくことはできなくて。

　振り向いてもらいたい、自分を見てほしいと思う気持ちはいつしか、そんな父の隣に並び……いつの日か、父を追い抜きたいという思いに変わっていた。

「病院から呼ばれたら、たとえ夜中でも家を出ていく。たまにゆっくり家にいるかと思えば、書斎でたくさんの本を読んで勉強している父さんの背中を、俺は子供のころからずっと見てきた」

「………」

「こんなこと、高校生の息子が言うのは気持ち悪いって思うかもしれないけど……でも、医者である父さんが、俺はずっと誇らしかった」

「樹生……」

「振り向いてはもらえなかったから、父さんがどんな表情で仕事をしていたのかは、わからないけど。でも……いつか俺が夢を叶えて、本当に父さんを追い抜けたら、父さんの顔も、見れるだろ？」

「……っ」

「そしたら、今度はきっと、まちがえない。俺も、父さんも。おたがいから目を背けることも、逃げることもなくなるはずだ」

　子供の俺が、こんなことを言うのは生意気にもほどがあるとわかってはいるけれど。だけど、少しでもいいから父にも気づいてほしかった。知ってほしかったんだ。

まっすぐに歩いてきたその道の途中で、落としたものの存在に。

決して見おとしてはいけなかったものの存在に。

「医者である父さんは……今でも俺の目標であり、憧れだよ。それは、ずっと変わらないから」

　医大に行くには、莫大な費用がかかる。医者である父にとってはそんな費用も端金程度だと、ずっと蔑んでいたけれど、そうじゃない。

そのお金は、父が身を粉にして稼いだ大切な大切なお金だ。

自分のプライベートも休みもなく、言葉の通り、すべてを犠牲にして培ったもの。

それを侮辱して蔑んでいた自分は、本当にどうしようもない子供だった。

「……話は、それだけ。また後日あらためて、三者面談の件は連絡するよ。父さんの仕事や時間の都合もあるだろうし」

そこまで言うと、俺は静かにソファーから立ちあがった。

一刻も早く、この密閉された空間から立ち去りたくて。

父の顔をまっすぐに見つめるには、やっぱりまだ、覚悟が足りていなかった。

「忙しいのに、時間くれてありがとう。じゃあ、俺はこれで――」

「……話したいこと、全部話しに来なさい」

「え？」

「話したいこと、まだあるんだろう？」

思いがけない言葉に、弾けるように顔をあげた。

するとそこには相変わらず、自分とよく似た顔つきでこちらを見ている父がいた。

「あと……受験生なんだから、身体に気をつけなさい」

それだけ言うと、黒革の椅子を回して背を向けてしまった父がどんな表情をしているのか、父の背中ばかりを見ていた今までなら、さっぱり想像もつかなかっただろう。

でも、父が今、どんな表情をしているのか。今なら……なんとなく、わかる気がする。

「父さんも、身体に気をつけてよ」

自然と、笑みがこぼれた。

扉を開けて外に出ると、やけに空が青く見えて、俺はそのまま一度も振り返ることなく、足早に病院をあとにした。

＊　＊　＊

「それで、そのあとすぐに父から連絡があって……今日、無事に三者面談も終わって、あらためて進路も確定した」

「………」

「俺が受ける私立医大、父さんの出身校なんだ」

〝いよいよファザコンみたいで気持ち悪いかな？〟なんて。

先輩はおどけて見せたけど、先輩なりの照れかくしであることはすぐにわかった。

きっと、先輩とご両親との間にできた溝(みぞ)は、まだ埋まりきってはいないだろう。

それでも確実に一歩、おたがいが歩みよったことで、新たな道が拓(ひら)けた。

話し終えた先輩の表情はスッキリしていて、そんな先輩を見たら安堵するとともに、心の底からうれしくなった。

（……よかった）

「うん？」

（あ……）

【本当によかったです！　私、先輩に余計なこと言ってしまったと思って、ずっと心配してたので。だから、お父さんとお話しできたって聞いて、本当にホッとしました】

あわててスマホを手に持ち言葉を打つと、先輩へと画面を向けた。

すると、それを読んだ先輩は、一瞬だけ眉根を寄せたかと思えば私へと不満気な視線を寄こす。

「……心配してたのは、余計なことを言ったから？　安心したのも、俺が父さんと和解したから？」

（え？）

「俺の姿が見えないから心配してくれた、とかじゃないんだ。それか、俺とずっと会えなくてさみしかった、とか」

「……っ」

「……べつに。いいけど」

そこまで言うと先輩は、フイッとそっぽを向いてしまう。

かくいう私は、ドキドキせずにはいられなくて……。

(せ、先輩?)

「俺は、栞に会いたかったんだけど」

「……!」

「なんて、嘘。……っていうのが、嘘」

チラリと私を見た先輩を前に、顔が一気に熱くなるのを感じた。

——先輩は、ズルイ。

こんな、私なんか絶対に言えない言葉をサラリと言ってしまうんだ。

先輩は、冗談で言ったのかもしれない。だけど、私は本当に、ずっとずっと先輩に会いたかったんです。

先輩に会えなくてさみしくて、毎日先輩のことを考えてました。

先輩に会えたことが、本当に本当にうれしかったの。

でも……私は。私は先輩みたいに、冗談まじりに、自分の気持ちを言えないから。

だって、先輩が私に抱いてくれているであろう感情と、私が先輩に対して抱いている感情は、まったくちがうものだから。

「明日から、もう夏休みか。なんか、高校生活もあと半年かと思うと、ちょっとさみしいな」

つぶやきながら、樹生先輩が空を仰ぐ。

私は涙がこぼれそうになるのを精いっぱいこらえると、手に持っていたスマホに文字を打って、先輩に差し出した。

【先輩が行きたい大学に受かるように、私も合格祈願します！　先輩のこと、心の底から応援してますから！】

「うん。ありがとう」

【残りの高校生活も、素敵なものにしてくださいね。樹生先輩のお父さんも、きっとそう思ってます】

だけど、そこまで文字を打って先輩に見せた時、私はあらためて、とんでもないことに気がついた。

「栞？」

突然固まってしまった私に、先輩が怪訝な声を出す。

でも……だって。先輩は、今日が三者面談だったと言っていた。

ということは、今日はお父さんと一緒に学校を出たってことだよね？

普通ならそのあとご飯に行くとか、久しぶりに親子でゆっくり過ごしたり、先輩が話したかったことの続きを伝える時間がとれたんじゃないの？

（せ、先輩……）

「うん？」

【今日、三者面談だったんですよね？　ということは、お父さん、もしかしてお仕事お休みだったとかじゃ……？】

「ああ、うん。なんか、ずっと有休とってなかったから、案外、簡単に休み取れたみたい」

【それなら！　私のとこなんかに来ないで、三者面談終わったあとに、お父さんとご飯とか、久しぶりにゆっくりできたんじゃないんですか⁉】

「ああ、ね。でも、一刻も早く栞に報告に来たかったんだよね。そればっかり頭にあったから、三者面談のあとに父さんと食事とか、今言われて初めて、気がついた」

無邪気に笑った先輩の笑顔に、胸がキュウッと締めつけられる。

「俺も父さんのこと責められないくらい、大概、親不孝者だね？」

——ああ、もう。好き。私は、樹生先輩のことが大好きだ。

いつだって周りのことばかり考えて、いつだって温かい言葉をくれる先輩のこと。

繊細な心と優しさを持った先輩のことが、私は大好きなんだ。

「……それより、さ。夏休み、どこか行こう？」

（え？）

「息抜き。さっき、応援してくれるって言っただろ？　受験勉強ばかりじゃ息が詰まるから、そんな時は息抜き手伝ってよ」

そう言った先輩の顔が、ほんの少しだけ赤く染まっているのは、夏の暑さのせいだろうか。

思いもよらない先輩からのお誘いに、コクコクと必死にうなずいた私は、本当に現金なヤツだ。

「約束。今日は本当に、話せてよかった」

再び楽しそうに笑った先輩が、静かに空を見上げる。

誘われるように私も空を見上げたら、今まで見た中でもひときわきれいな一番星が、私たちを見守るように頭上で輝いていた。

『Lavender（ラベンダー）』

あなたを待っています

幸せの訪れ・許しあう愛

Pink（ナデシコ）

「よしっ、できた！　栞、よく似合ってるわ！」

勢いよく背中をたたかれて、前のめりになった身体に力を入れた。

着慣れない浴衣に息苦しさを覚えながら、うしろへと抗議の視線を送れば、楽しそうに笑う瞳と目が合った。

（もうっ！　お母さん、痛いってば！）

「あはは、ごめんごめん。それにしても、浴衣を着て彼氏とお祭りデートなんて、栞もやるわねぇ」

（だ、だから彼氏じゃないってば！）

「えー、でも栞は好きなんでしょう、彼のこと。顔に書いてあるもの。素敵な子だもんねぇ。お母さん、樹生くんが栞の彼氏になってくれるなら大歓迎～！」

浴衣の入っていた箱を片づけながら、うっとりと目を細めるお母さんが先輩と顔を合わせたのは、数週間ほど前のことだ。

樹生先輩が、私の彼氏……。

想像するだけでも申し訳ないのに、でも、彼氏って素敵な響きだなぁ……なんて思ってしまう私は末期だ。

実際のところ、先輩とは以前と比べて格段にメッセージで連絡を取りあうことが増えた。

内容は当たり障りのない世間話から、アルバイトの愚痴や勉強の相談、そして——図書館での待ち合わせの予定などなど。

さすがに毎日連絡を取り合っているわけではないけど、アユちゃんや蓮司と連絡を取っているような、友達同士のやり取りを先輩ともするようになった。

……なんて、私は先輩から連絡がくるたびに心を躍らせているから、決して友達同士なんて感覚ではないのだけれど。

それでも以前は、先輩と図書館で会うのもただの偶然だったのに、今はおたがいの予定やあらかじめ行くつもりの日などを教えあうようになって、偶然は必然へと変化を遂げた。

先輩と過ごす時間はたとえ場所が図書館で、デートなんて言えるものじゃなくても、私にとってはかけがえのない大切な時間。

そして、図書館で一緒に過ごしたあとは必ず、先輩は私を家まで送り届けてくれた。

図書館では勉強に集中しているせいで会話のやり取りもしないことが多く、代わりに帰りは家の前で立ち話をすることが増えた。

——そんなある日。買い物帰りのお母さんと先輩が、偶然家の前で出くわしてしまったのだ。

べつに、先輩とのことを隠したいとか、お母さんには話したくないとか思っていたわけじゃないけど、やっぱり知られるのは少し恥ずかしくて、話せずにいた。

なにより、お母さんに心配をかけたくなくて、先輩と出会うキッカケとなった痴漢のことも話していなかったから、先輩とのことを、どう説明したらいいのかわからなかったんだ。

だから私は、お母さんと樹生先輩が思いがけず顔を合わせてしまって、かなりうろたえたんだけど……。

当の樹生先輩は、呆然としているお母さんに向けて極上の笑みを見せると、とても丁寧に頭をさげた。

「初めまして、僕は相馬樹生と言います。今、高校三年で、栞さんとは最近仲よくさせていただくようになりました。今日も図書館で一緒に勉強をしていたら遅くなってしまったので、こちらまでお送りさせていただきました。大切な娘さんを遅くまで付き合わせてしまって、すみません。次からは、もう少し早く送りとどけられるよう気をつけます」

スラスラと、やわらかな物腰でそんなことを言う先輩に、お母さんは「あらぁ」なんて感嘆して、顔を綻ばせた。

ちょっと、先輩って無敵すぎない？

どんな状況でも臨機応変に対応して、年代問わず相手を魅了してしまう小悪魔な先輩に、お母さんもスッカリ気をよくしてしまったのだ。

それからというもの、図書館の帰りに送ってもらうと、樹生先輩は必ず私のお母さんにあいさつを兼ねて、軽い世間話をしていった。

私は気を遣わなくていいです、大丈夫ですと何度か伝えたんだけれど、先輩は最低限の礼儀だからと頑なにゆずらなかった。

律儀というか、抜け目ないというか、先輩はやっぱり人の心を掴む術を熟知している。

結局夏休みの間中、先輩がそんな風に丁寧に対応し続けたものだから、お母さんも完全に樹生先輩の虜になってしまったのだ。

「そうだ！　今度送ってもらった時は、樹生くんも家で夕飯食べて行ってもらいましょうよ。ほら、樹生くん、ひとり暮らししてるってこの間言ってたでしょう？　だから、たまには大勢で食べるのも楽しいだろうし」

（そんなこと言って、お母さんが樹生先輩とゆっくり話したいだけでしょ？）

「あらぁ、バレた？　だって樹生くんてば、そこらのアイドルとか芸能人よりもイケメンな上に、良い子なんだもの～」

ふふふ、なんて言いながら舌を出して笑ったお母さんに、視線だけで抗議を送ったあと、私はスマホを手に取った。

【予定どおり十七時に、駅前のコーヒーショップで】

十数分前に届いた先輩からのメッセージを読み、高鳴る胸を落ち着かせながら【了解しました】とだけ返せば、すぐにスマホに緑色のランプが点った。

【栞の浴衣姿、楽しみにしてる】

返信を読みながら、先輩がどんな表情でこのひと言を送信したのか、容易に想像できてしまった。

先輩のことだから、これを読んだ私がどんな反応をするかもお見通しなんだろう。

こんな風に、たった一文で人の心をかき乱す先輩と、これから初めての〝お祭りデート〟に出かける。

今日は、しっかり心の準備をしていかないと。

鏡の中の自分を見ながら、私はあらためて自分に言い聞かせた。

＊　＊　＊

「なぁなぁ、今年の祭り、どうする⁉　じいちゃんがさぁ、今年こそアッキーと樹生も神輿担げって！」

夏休みもなかばを過ぎた頃、受験勉強の息抜きと称して我が家にアキとタマがやってきた。

アキは当初の予定どおりスポーツ医学を学べる大学進学を希望、予定は未定なんて言っていたタマも最終的には車の整備士を目指すことに決め、専門学校への進学を希望した。

それぞれが具体的な進路を決めた今、受験生にとっての夏休みは夏休みであって、そうでないようなものだ。

なにをやろうにも常に受験という言葉はついてまわるし、アキのように予備校に通っていれば夏期講習で忙しい。

高校生活最後の夏休みなのに、思いっきり羽を伸ばせないのは正直つまらないと思ってしまうのは、まちがいなくこのふたりのせいだ。

一昨年と去年の夏休みは、海や花火に夏祭り、バーベキューに俺の部屋に泊まりこんで朝までゲーム……と、文字どおり夏休みを満喫した。

そんなふたりとも、近い将来離れ離れになることを意識すると、正直さみしいと思う……なんて、高校入学当初の自分が聞いたら驚くだろう。

「あー、ごめん。その日は十五時まで夏期講習で、夕方から、マリとそのお祭りに行く約束してるんだ」

マリちゃんは、アキが溺愛（できあい）している彼女だ。

そんな彼女とも、アキが予備校に通うようになってから、以前と比べて会う時間が減ってしまっているらしい。

それでも仲のいいふたりは、時間を作って会える時にはしっかりと会っているようで、俺たちが心配するようなこともなさそうだけれど。

「えー！　じゃあ、アッキーは無理じゃん。それなら樹生は!?　樹生と神輿って、すげーミスマッチだけど！」

「俺もパス。その日、俺も別で祭りに行く予定だから」

「えっ？　べ、別でって、まさか女子とか!?　女子と祭り行くとか言わねぇよな!?」

「……お前たち以外の男と、俺が夏祭りに行くわけないだろ？」

「ちょっ！　なに、今のぉ！　樹生相手に、一瞬胸キュンしちゃったんですけど！　一瞬、樹生に惚（ほ）れそうになったんですけどぉ！　でもそれって結局、女の子と行くってことじゃん裏切り者……！　って感じなんですけどぉ！」

「一緒に行くのは、栞ちゃん？」

「……ああ、うん」

頭を抱えて絶叫するタマとは裏腹に、やわらかな笑みを浮かべたアキに、栞とのことを話したのは、つい二週間ほど前だ。

なんとなく、アキには栞のことも父とのことも話しておきたかった——なんて言ったら、その時もアキはうれしそうに顔を綻ばせた。

「シオリ⁉　シオリって、どのシオリだよ⁉　俺の知らないシオリか⁉」

「お前がどの栞を知ってるのか、俺は知らないんだけど」

「キィ——！　樹生の裏切り者っ！　今度は、どんな可愛い女の子をだましてんだよ！」

「……栞は、そういうんじゃないから」

「はぁ⁉　どの口が言うかね！　ピュアと、真逆の世界にいるくせに！　樹生みたいなヤツがいるから、俺みたいなロンリーマンが出てくるんだ！　滅びろ！」

「もう。タマ、落ち着けよ。タマには神輿があるじゃん。今年も、じいちゃんと神輿担げばいいじゃん」

「アッキー、それぜんぜんフォローになってねぇからな！」

再びキィ——！と声を出したタマは、カーペットの上に大の字で寝ころんだ。

ふぅ、と短く息を吐いた俺は、たった今タマに言われた言葉を心の中で反すうして、黙り込む。

『ピュアと、真逆の世界にいるくせに』

……自業自得。なにもかもがタマの言うとおりだ。変えることのできない過去、すべての出来事に対して、今さら後悔したって遅いのに。

これまで俺は、自分から誘ったことはないにせよ、誘われるままに女の子と関係を持ち、決して誠実な付き合い方はしてこなかった。

それはもちろん、相手も合意の上でだ。決して本気にならない俺と、それでもいいからと割りきっている女の子との、持ちつ持たれつの関係。

俺に対して淡い恋心を抱いているような、純粋な気持ちを持った女の子を避けてきたのは、面倒くさいという想いと、罪悪感を感じるのが嫌だったから。

……本当に、クズだと思う。

弁解の余地もないくらいに、人として、男として最低なことをしてきた。

ふと、窓の外を見れば空が闇色に染まっていた。

ああ、今の俺みたいだ。朝の光のようにまぶしくきれいな栞には、到底釣り合わない。

「でもさ、そういうの、もうやめたんだろ?」

「え?」

「だって、最近の樹生は、女の子から電話かかってきてもぜんぜん出ないじゃん」

「それな！　俺は、てっきり樹生はなにか変なものでも食べて、調子悪いのかと思ってたとこ！」

「スマホだってさ、今まではいつもつまんなそうな顔しながら返事とか打ってたけど、最近はそうじゃないみたいだし」

「それな、それな！　たまにニヤけてる時あるしぃ！」

「は？　俺がニヤけてる？」

「やっぱ、気付いてなかったんだ。最近の樹生は、前までの樹生とぜんぜんちがうよ」

　思わぬ指摘を受けて、柄にもなく狼狽えた。

　対して、そっと微笑んだアキは、机の上に開かれたノートの真っ白なページを指すと、もう一度真っすぐに俺を見た。

「大切なのはさ、これからだろ？　変えられない過去に縛られて、変えられる未来を手放すのはまちがってると思うよ」

　まだ何も描かれていない、まっさらなページを見つめ、栞とのこれまでを思い出す。

　いつだってきれいで繊細な、栞の字。彼女がくれる言葉、ひとつひとつに、俺はいつだって心を揺り動かされた。

彼女と過ごす時間のすべてが、俺にとってはかけがえのないものだった。

全部、これまで感じたことのない気持ちだ。抱いたことのない、感情だった。

自分へ直向きに向けられる想いと視線、優しさが育んだ彼女との時間。

道端のコンクリートの間に咲く、強さと儚さを兼ね備えた一輪の花のような彼女から、一時も目を離したくないと思った。

……栞は、俺の大切な子。

そう思えば思うほど、彼女を失うことが怖くなって、自分の気持ちを口にできない臆病者になった。

「樹生なら、大丈夫だよ。俺はいつだって、応援してるから」

これが恋だと気づかないほど、俺は鈍感でもバカでもなかった。

＊　＊　＊

——約束の時間の三十分前にはコーヒーショップに着き、アイスコーヒーを飲みながら時間を潰した。

窓際のカウンター席から駅の方向に視線を移せば、にぎわう駅前には浴衣を着た女の子たちがチラホラと見えはじめた。

正直なところ、夏祭りは苦手だ。

夏祭りに限らず、人混みというものがきらいだから。

それなのに、なぜ夏祭りに行くことになったかといえば、夏休みに入ってしばらく経った頃の、栞とのあるやり取りが理由だった。


「もう、祭りの季節か」

ある日の図書館からの帰り道。せまい地区で催された、小さな夏祭りが公園で行われていたのを見つけて、反射的に足を止めた。

その時、なにげなく栞に視線を移したら、同じく隣で足を止めた栞はどこか遠くを見るような目を、祭りの灯りへと向けていた。

ぼんやりと照らされた横顔が、なにかをあきらめたような……それでいて、憧れを滲ませているように見えて、俺はつい口を滑らせた。

「栞は、祭りとか行く予定はあるの？」

聞いてから、すぐに後悔した。

一瞬驚いたような表情で俺を見上げた栞が、すぐにつくろうように眉をさげて笑い、スマホを手に取ったから。

【予定はないです。というか、しばらくそういうところには行けてなくて】

……そんなの、わざわざ栞に言わせなくたって、少し考えればわかることだった。

祭りでは、人混みにまぎれて友達と離れてしまった時、すぐに声を出して相手を呼ばないと、あっという間に迷子になってしまう。

べつに、はぐれても、『どこにいる？』と、相手に電話をすればいいと思うだろう。

だけど栞は、電話をかけることができない。

メッセージのやり取りをする手もあるけど、人ごみの中で足を止めてスマホを手にしてやり取りをするのは、案外時間を食うし、面倒くさかったりする。

そうなると栞のことだから、一緒に行く相手に迷惑をかけたくないと考えて、たとえ祭りに行きたいと思っていても、行かないだろう。

そして、そういうことを繰り返しているうちに、相手も栞に気を遣って誘わなくなるものだ。

きっと、栞自身も当たり前にそういう場所を避けるようになったんだと思う。

だけど、そんな当たり前ばかりを増やしていったら、栞はこれから今以上に多くのことを我慢して、あきらめなきゃいけなくなる。

「行けてなくて、ってことは、行けるなら行きたいと思うってことだよね？」

「……！」

「じゃあ、今年は夏祭り、俺と一緒に行こ？」

俺の問いに、弾けるように顔をあげた栞は目を見開いたあと、申し訳なさそうに眉をさげた。

その反応を見ただけで、今自分が想像したことはまちがいではないと確信した。

そして、俺の誘いにとまどっている栞が今、考えていることもわかる。

〝行きたいけど、私と一緒に夏祭りに行ったら、樹生先輩に迷惑をかけちゃう〟

……健気だな、と思う。

そんな小さな願いくらいだったら、いくらでも叶えてあげるのに。

俺を見上げたまま戸惑っている栞を見てそっと目を細めれば、そんな栞もまた、俺の言いたいことを悟ったのか、そのきれいな瞳を潤ませた。

「俺は、栞の思ってることを知りたい。遠慮とか我慢とか、俺の前ではそういうのはいらないから、栞の本音を聞かせて」

（……せん、ぱい）

「はい、スマホ持って。思ってること、全部打って」

一瞬躊躇した栞も覚悟を決めたのか、スマホに自分の想いを綴り始めた。

【声が出なくなる少し前に】

「うん？」

【声が、出なくなる前に、おばあちゃんが浴衣を縫ってくれて……本当は、それを着

てお祭りに行くのを楽しみにしてました】

「……そっか」

【でも……やっぱり、一緒に行ってくれる人に迷惑をかけるのは心苦しいし、面倒くさいって思われるんじゃないかって、怖くて。だから、先輩にも迷惑をかけるのは、申し訳ないです】

「へぇ。栞は、俺がそんなことを迷惑だなんて思う、ちっちゃな男だと思ってるんだ？」

【そうじゃなくて！　正直なところ、自分でもどこまでが大丈夫かとか、わかってない部分がありますし、それに……】

「それに？」

【い、樹生先輩は、お祭りとかきらいそうですし】

「………」

【というか、お祭りに限らず、人混みとかきらいそうです】

——墓穴を掘るって、こういうことだ。

言われたことが図星過ぎて、思わず口をつぐんでしまった。

いや、べつに人混みくらい、栞のためなら全然我慢するけど。でもまさか、そういう俺の苦手なことを栞に見抜かれていると思わなくて驚いた。

　でも、それだけ栞も俺のことを見てくれているってことだ。それはちょっと嬉しいけど、いろいろ見透かされるのは、なんだか少しくすぐったいというか……。

　つい黙り込んでしまった俺を前に、あわてた様子でスマホを握りしめた栞が、再び言葉を打って俺に向ける。

【だ、だからですね……！　先輩がきらいなところへ行っても、つまらなそうにしている先輩を見るのは悲しくなりますし、私もお祭りに行ける立場じゃないということが言いたくて】

「……浴衣、着てくれるんなら、つまらなくも嫌でもないけど」

（え？）

「栞が浴衣を着て来てくれるんなら、夏祭りでも人混みでも大歓迎、ってこと」

　そう言うと意地悪く笑い、図星を突かれた仕返しとばかりに、白くやわらかな頬へと手を滑らせた。

「浴衣を着た栞、絶対に可愛いだろうし？」

　あえて耳元でささやいてから、もうそれ以上の抵抗をさせないために、栞の唇を人さし指で、そっとふさいだ。

　すると次の瞬間、栞はボッ！と音でも出そうなくらいに顔を赤く染め、また眉を八の字にさげた。

＊＊＊

約束の時間の五分前。待ち合わせの場所に到着してすぐ【着きました】と先輩に連絡をすると、スマホを胸に抱きよせ、息を吐いた。

駅前のコーヒーショップから、改札の方へと視線を移せば、あでやかな浴衣姿の女の子たちが目にとまる。

……大丈夫、かな？

可愛らしい女の子たちを見て、つい不安が胸をよぎった。

おばあちゃんが私のためにと縫(ぬ)ってくれた浴衣は、撫子(なでしこ)柄(がら)の素朴(そぼく)で可愛らしいものだ。

私は気に入っているけれど、みんなが着ている浴衣に比べたら、少し地味かもしれない。

でも、この浴衣は私の宝物のひとつなんだ。

浴衣をくれた時におばあちゃんが、「撫子柄の浴衣にはね、優美、笑顔という意味があるんだよ」と、こっそり教えてくれたから。

ずっとずっと着たくて、でも、ずっとずっと着られなかった浴衣。

だから、先輩がお祭りに行こうと言ってくれた時は、本当にうれしかった。

そして、それ以上に大きな不安も抱いてしまった。

先輩は大丈夫だと言ってくれたけど、やっぱり迷子になったら迷惑をかけることになるだろうし、先輩にわずらわしい思いはさせたくない。

でも正直、そんなことも気にしている余裕もないほど、大好きな先輩との初めてのデートに緊張してる。

ああ、もう。家を出てからずっと、心臓がドキドキしてる。

「……可愛過ぎて、一瞬、誰かわかんなかった」

その時、突然声が聞こえて弾けるように顔をあげた。

すると、そこにはやわらかな笑みを浮かべて私を見つめる樹生先輩が立っていた。

「浴衣、似合ってる。めちゃくちゃ可愛い」

——可愛いなんて言われて、本当なら浮足立つところだけれど、先輩本人を前にしたら緊張がピークに達して、頭の中が真っ白になった。

私服姿の先輩はもう何度か見たことがある。先輩の私服は基本的にモノトーンコーデで、シンプルなのにいつもオシャレ。

今日も隙がないほどに完璧な先輩に見惚れていたら、ふいに先輩が、「へぇ……」と感心したような声をもらした。

「撫子柄の浴衣か。栞のおばあさんの、栞への愛情が伝わってくるね」

完璧な容姿だけじゃない。聡明な先輩は、人の心を読む超能力でもあるんじゃないかと、時々本気で思うことがある。

「とりあえず、行こうか」

（え？）

と、緊張で固まっていた私の目の前に、先輩のきれいな手が差し出された。

思わず樹生先輩の顔と手を交互に見たら、小さく笑った先輩に、空いていた方の手をつかまれた。

「こうやって、手をつないでいれば迷子にもならないだろ？　まぁ、迷子になんて、絶対にさせないけど」

だけど先輩はそう言うと、繋いだばかりの手に力をこめて、なぜか私に背を向ける。

不思議に思って先輩を見上げれば、先輩は繋いだ手とは反対の手の甲で自身の口元を隠した。

「……自分で言っといて、なんだけど」

「……？」

「俺も結構、照れる」

フイ、と、前を向いた先輩の耳が赤く染まる。

ワンテンポ遅れて意味を理解した私の頬にも赤が差して、私たちはおたがいの顔を見られないまま、改札へ向かって歩きだした。

『Pink（ナデシコ）』
純粋な愛・思慕

Sunflower（ヒマワリ）

お祭りが開催されている場所の最寄り駅は、すでにたくさんの人であふれていた。

また不安に押しつぶされそうになったけれど、下を向きそうになるたびに先輩がつないだ手に力を込め、湧きあがる不安を払拭してくれた。

「……あ、」

と、改札を抜けてお祭り会場のメイン通りに向かう途中で、先輩が突然足を止めた。

どうしたんだろう？

不思議に思いつつ見上げれば、先輩はなぜか驚いた表情をしている。

その視線の先を追うと、そこには先輩同様、驚いたような表情でこちらを見ている人たちがいて私も思わず固まった。

「そ、相馬くん!?」

一番に声をあげたのは、浴衣を着た可愛らしい女の人だった。

そして隣にいる男の人とひと言ふた言なにかを話すと、ふたりは満面の笑みを浮かべながら私たちの方へと歩いてきた。

「樹生、偶然過ぎだろ！」

「相馬くん、ホントに偶然だね！　それに、初めまして？　すごく可愛い子だね！」

キラキラと、ヒマワリのようにまぶしい笑顔を私に向ける女の人の手は、隣の爽やかイケメンさんの手と固くつながれていた。

ふたりの雰囲気から、カップルさんなんだろうな、というのは容易に想像ができる。

「アキ……それに、マリちゃん」

（え？）

次の瞬間、樹生先輩の口からこぼれた名前に、思わず目を見開いた。

というのも、アキという名前が、先輩の口から耳にタコができるくらいに聞いたことのある、先輩の大切な親友の名前と同じだったから。

じゃあ、もしかしなくても、この人が先輩の親友のアキさん？

「初めまして。樹生とは友達で、だいぶ仲よくさせてもらってるアキです。それで、こっちは、俺の彼女のマリ。君は、栞ちゃんだよね？」

丁寧な自己紹介と、まぶしいくらいの爽やかな笑顔を前に、反射的に何度もうなずいてから頭をさげた。

「栞、そんなに緊張しなくても大丈夫。しょせんアキと、マリちゃんだから」

「相馬くん、いつになく毒舌……」

「そうかな。いつも、こんな感じだけど？」

「樹生ってば、デート現場見られて照れてるんでしょ？」

「えー!? そうなの？」

和気あいあいと話しはじめた三人を前に、私は忙しく視線を動かした。

アキさんと樹生先輩は同じ学校で、さらにはアキさんの彼女のマリさんと樹生先輩はバイト先が一緒で友達なのだと、以前、先輩から聞かされた。

「栞、ちゃん？」

（は、は、はい！）

と、ふいにアキさんに話しかけられて、あわてた私はつい金魚のように、口をパクパクと動かしてしまった。

対するアキさんは優しい笑顔を浮かべると、まるで内緒話をするみたいに私の耳に唇を寄せる。

「……樹生のこと、よろしくね」

（え？）

言われた言葉に驚いた私は、目を見開いてアキさんの顔を見た。

けれど次の瞬間、グイッと腕を引かれて、勢いよくアキさんから身体が離れたと思ったら、なぜか樹生先輩に抱き寄せられていた。

「アキ、栞に近づき過ぎ」

あまりに唐突な出来事に、言葉を失ったまま先輩を見上げれば、そこにはアキさん

へと鋭い視線を向ける樹生先輩がいた。

そんな先輩を前に、アキさんとマリさんはなぜかうれしそうな笑みを浮かべていて、

ひとり、ついていけない私は困惑と緊張で、目を泳がせるしかなかった。

＊　＊　＊

アキとマリちゃんと別れたあと、お祭りのメイン通りへ向かった。

屋台の灯りと人でにぎわうそこは、お世辞にもきれいだなんて言えないのに、笑顔であふれていた。

足もとには、かき氷の入っていたであろうカップや割り箸など、無造作に散らばったゴミたちが転がっている。

もともと人ごみがきらいなのに加えて、浴衣に欠かせない下駄を履いている栞がゴミを踏んでケガでもしないかと心配にもなり、憂鬱な気持ちが上乗せされた。

栞はどうせ、ケガしたって心配かけたくないからって黙っていそうだし。

っていうか、ゴミくらい、ちゃんとゴミ箱に捨てるべきだろ。

「え……」

だけど、つい悪い癖で祭りの光景を蔑んで見ていた俺は、腕を引かれたことで我に返った。

隣に視線を移せば、俺を見上げて無邪気に目を輝かせた栞がいる。

(りんご飴、食べたいです！)

「うん？」

(り、ん、ご、あ、め)

パクパクと口を動かし、屋台の先を指さしながら笑う栞を見たら、ささくれ立った心があっという間にほどけていく。

「了解、りんご飴ね。っていうか、栞が行きたいとこ、全部行こう」

俺の言葉に花が咲いたような笑顔を見せた栞が、大袈裟なほど元気にうなずいた。

——なにこれ、可愛すぎるだろ。

栞の表情と仕草を見ただけで、たった今抱えたばかりの憂鬱な気持ちは消し飛んでしまった。

それどころか、それまで見ていた祭りの光景がやけにまぶしく感じて、無意識に顔が綻んでいた。

「栞、そんな急がなくても大丈夫だから。ゆっくり見よう」

数年ぶりと言っていただけあって、栞のはしゃぎっぷりは、同じ祭りに来ている小学生並なんじゃ？　なんて思うほどだった。

浴衣を着ているくせに、俺の手を引いたまま早足になったり、興味を引いたものの前で突然立ち止まったり。

栞のペースに合わせるのと、そんな栞を人混みから守るのに必死になっているうちに、自分もまた祭りのにぎやかな空気に感化されつつあった。

「一旦、そこで休憩しよう。その公園の入口のとこ」

俺の提案に、つながれた手とは反対の手にいちごミルクのかかったかき氷を持った栞が笑顔でうなずく。

それに笑みを返し人混みの流れから抜けると、俺たちは小さな公園の入口へと歩を進めた。

公園の入口付近に着くと、そこに設置されていたU字型の太いパイプに座るように身体を預けた。

公園の周りや中では十数人の人たちが俺たちと同じように休憩をしていて、なんとなくにぎやかではあった。

夫婦だったり、同じような年代の高校生、中学生の女の子たちのグループ。

それぞれがそれぞれに楽しそうになにかを話し、その中に自分たちもまぎれながら祭りの灯りを遠目に見つめた。

「かき氷、俺にもちょうだい？」

つないでいた手を放し、空いた手でかき氷に刺さっていたストロースプーンを持って、今まさに、口へとかき氷を運んだ栞を見ながら言う。

だけど、俺のその言葉に一瞬目を見開いた栞は、おずおずと口からストローを抜くと、俺とストロースプーンを交互に見つめて、困ったように眉をさげた。

その仕草と表情だけで、栞がなにを言いたいのか、なにを気にしているのかわかってしまう。わかってしまうから、つい虐めたくなるなんて、本当に俺は、どうしようもない。

「しょうがないなぁ、こうやって、食べさせる。オッケー？」

「っ！」

ストロースプーンを持っている栞の手をつかみ、かき氷をすくうとそのまま自分の口へと運んだ。

「冷た。かき氷とか何年ぶり」

暗闇でもわかるほどに顔を赤くした栞が、言葉にならないといった風にパクパクと口を動かす。

俺は掴んでいた手をゆっくり放すと、今度はなにも言わずに栞をジッと見つめた。

そうすれば勘のいい栞は、しばらく考え込んでから覚悟を決めたように唇を引き結び、今度は自らかき氷をすくって俺の口へと甘酸っぱい香りを運んでくれた。

＊　＊　＊

「ん、やっぱり栞に食べさせてもらった方が、甘い」

……本当に、どうにかなってしまうんじゃないかと自分でも不安になる。

誘惑されるがまま、樹生先輩の口にかき氷を運んだ私は、自分もこのかき氷みたいに溶けてしまうんじゃないかな、なんて、バカなことを考えた。

先輩のことが好きで、大好きで、幸せ過ぎて……このまま時間が止まってくれたらいいのにと本気で願った。

「次は、どこに行く？　他にも食べたいものとか欲しいものとかある？」

だけど、先輩のその言葉に返事をしようとした瞬間、

「……栞？」

甘い甘い夢は、夏の夜の闇の中に、あっけなく消えてしまった。

「なに、して」

（……れん、じ？）

　振り向けばそこには数人の男女と一緒にこちらを見ている蓮司がいて、反射的に肩が強張った。

「栞の友達？」

　どれくらい、呆然としていたかはわからない。

　樹生先輩のやわらかな声にようやく我に返った私が顔をあげれば、そこには声同様、やわらかな笑顔を見せる先輩がいた。

　それに心の底から安堵した私は、問いに答えるように一度だけ小さくうなずく。

「そっか」

　だけど、その安堵もすぐに隠しきれない不安へと色を変える。

　私同様――驚きに固まっていた蓮司が、突然声を荒げたのだ。

「おい、栞。なんで、こんなとこにいんだよ！　祭りなんか来て、迷子にでもなったらどうすんだ！　あぶねぇだろうがっ！」

　おだやかな先輩とは裏腹に、決裂したあの日の様に激昂した蓮司が鋭い視線を私へ向ける。

　けれど、それも一瞬。蓮司の目はすぐに、私の隣に立つ先輩へと移った。

　蓮司の敵意がこもった視線に、隠しきれない不安と焦りが募る。

だけど動揺していた私は、一方的に先輩をにらみつける蓮司を、見つめ返すことしかできなかった。

「もしかして、前に言ってた幼なじみ？　ケンカした、って言ってた」

「っ！」

「……なるほど」

一触即発。張りつめた空気を破ったのは、こんな状況でも取り乱すこともせず、ひたすらに冷静な先輩の、おだやかな声だった。

再び蓮司から先輩に視線を戻せば、先輩はとまどう私を見て優しく微笑んでくれる。

ああ……先輩は、どこまで〝気づき〟ができる人なんだろう。

胸が、苦しくなる。同時に、今のやり取りだけですべてを察してくれる先輩のぬくもりに——先輩が持つ包みこむような優しさに、声をあげて泣きだしたくなった。

今は、先輩のその聡明さが恨めしい。

だって、蓮司とのケンカの原因も、蓮司が先輩に敵意を向けている理由もなにもかも、樹生先輩はきっと、気づいてしまったにちがいないから。

「俺のせい、か」

ちがう、そうじゃない、先輩のせいじゃない。

すぐにでもすべてを否定したいのに、やっぱり声は出てくれない。

思わず先輩の手をつかめば、つかんだその手の冷たさに、今度こそ本当に涙がこぼれそうになった。

「えー、蓮司の知り合い？　超カッコよくない？」

「っていうか、相馬さんじゃん！　私の友達が、前に超カッコいい人と遊んだことあるって言ってて写真見せてもらったことあるもん──！」

「嘘！　マジで⁉　あの人が相馬さん⁉」

蓮司のうしろにいた三人の女の子たちが、樹生先輩に気がつき、瞳を輝かせた。

──胸が、押しつぶされそうだ。

うつむいて、必死に唇を噛んで涙をこらえれば、怒りを顕(あらわ)にした蓮司の、盛大な舌打ちが耳に届いた。

「栞っ！　早く、こっちにこい！」

「……っ！」

再び顔をあげればそこには、私をとがめるかのような、強い目を向ける蓮司がいる。

だけど私はその一方的な命令に対して、強く首を横に振った。

──行かない。行きたくない。

まるで許しをこうように、握り返してくれることのない先輩の手に必死に力を込めた。

すると苛立ちの限界を越えたらしい蓮司が、再び舌打ちをして拳を強く握ったかと思ったら、そのまま私と先輩のそばまで詰めよってきた。

「いいからっ、来いっ！」

そうして、かき氷を持っていた方の私の腕を乱暴につかむ。

（あ……っ）

衝撃で離してしまったカップが、勢いよく地面へとたたきつけられた。

腕を引かれ、よろけた拍子に下駄を履いていた素足に冷たさがにじんで視線を落とせば、先ほどまで甘く色づいていたかき氷は、無残にも足もとに散らばって黒く大きな染みを作っていた。

先輩の手をつかんでいた手が、必然的に離される。

「だから言ったじゃねぇか、こんなヤツとかかわるのやめろって！　お前のこと無責任に、こんなとこ連れてきて、どんなにあぶないか、わかってねぇ！　栞のことなんか、少しも考えてねぇんだよ！」

私の腕を強く掴んだまま、蓮司が叫ぶ。

「いいか!?　お前のことを少しでも大切に思ってんなら、声の出ないお前をこんなとこに連れてこねぇんだよ！　お前も、声が出ないくせに、のんきにこんなとこになんて来るなよ！　考えたらわかんだろうが！」

続けられたその言葉は、今の私にとってはまるで、鋭いナイフのようだった。

ひとつひとつが私の心を切り裂いて、今日まで少しずつ育んできた勇気も、決意も、すべてをボロボロにする。

そして、凶器となった言葉は次の傷をつけるために、今度は別の牙をむくんだ。

……ほら。蓮司の後方、私たちのやり取りを好奇の目で見ていた蓮司の友達らしき人たちが、興味の行方を変えた。

「え、あの子、声が出ないの？」

「なんで声が出ないの？」

「見た目、普通なのにね」

「声が出ないなんて……かわいそう」

本人たちはヒソヒソと、私には聞こえない声で話しているつもりなのだろう。

けれど言葉は、自分の思う距離より遠くまで届くものだ。

そして、無意識に振りまわされたそのナイフほど、深く、人の心に突き刺さるものはない。

「ほんと、かわいそうだね」

いつだって傷つけられるのは、簡単だった。

こうやって、知らず知らずのうちに突きつけられたナイフに、私は今日まで何度も傷つけられてきた。

……だけどね、蓮司。心にできた、たったひとつの傷を治すのには、どれだけの時間が必要か、今の蓮司にはわからないでしょう？

「……っ」

——絶対に、泣くもんか。泣いてなんか、やらない。

ささやかれる声に気付かぬふりをして、心にそう言いきかせながら、私を見下ろす蓮司をまっすぐに見上げた。

そうすれば、そんな私に蓮司が慄いて、息をのんだのがわかる。

「しお、り……？」

一歩、うしろへと引かれた足。痛いくらいにつかまれていた蓮司の手から力が抜けた瞬間、ゆるく、振りはらうように腕を引いた。

そして、ゆっくりと蓮司に背を向ける。

もう二度と、蓮司と笑いあったあの日々は戻らないのだと思った。

私たちはもう、これで終わりだ。

だけど、そのまま私がすべてをあきらめ、蓮司と離れようとしたら——。

「……栞。思ったこと、ちゃんと話さないと後悔するよ？」

暗闇に響いた樹生先輩のおだやかな声が、私の身体をそっと制した。

顔をあげれば、そこには変わらず、優しさに濡れた瞳で私を見つめる樹生先輩がいる。

「大切なものは、簡単に手放さない方がいい。手遅れになった時、自分を責めることになる」

（せん、ぱい）

「ほら。世の中は、ちゃんと向きあわないと解決しないことばかりみたいだから。栞が俺に、教えてくれたことの筈だけど？」

（樹生、先輩……）

「大丈夫。絶対に、伝わるから。だって……俺には栞の声が聞こえなかったことなんて、一度もないよ。それに、〝声が出ないこと〟は、〝普通の毎日〟をあきらめなきゃいけない理由にはならない」

――必死にこらえていた涙が、堰を切ったようにあふれだした。

先輩。樹生先輩。

今すぐにでも、この場にうずくまって、子供のように声をあげて泣きたかった。

冷たくなった頬に、温かな涙のしずくがこぼれ落ちる。

声が出なくなってから先輩に出会うまで、うれしくて、幸せで泣いたことは、一度もなかった。

反対に、悔しくて、悲しくて泣いたことは何度もあった。

あきらめてきたことも……たくさんあった。

あきらめなければいけないことなのだと、自分の中でもそれが当たり前になっていた。

だけど先輩は、いつだって私をあきらめさせてはくれない。

あきらめなければいけないことなんて、ひとつもないのだと。

たとえ声が出なくても、想いを叫べば届くことを、先輩は私に教えてくれた。

先輩……樹生、先輩。

先輩のことが好きで、先輩の言葉が好きで、先輩のすべてが……好き。

今すぐにでも声にして伝えたいほどに心を埋める想いに、私はあと何度、胸を締めつけられるのだろう。

私はこれから何度、樹生先輩への恋心を自覚するのだろう。

——たとえこの恋が叶わなくても、先輩を好きでいられるだけで十分だ。

私に笑顔を向けてくれている先輩を前に、こぼれた涙をぬぐって顔をあげれば、先輩は一度だけ小さくうなずいた。

それを合図に、私は再び蓮司の方へと向き直る。

そして拳を強く握り、大きく息を吸いこむと——。

　今にも泣きそうに顔をゆがめている蓮司を、力いっぱいにらみつけた。

「し、栞……」

（蓮司は、なにもわかってない！　ば、か！）

「バ、バカ？　バカって……俺はなぁっ」

（バカだよ！　蓮司は、大バカっ！　だって、言って後悔するくらいなら、最初から言わなければいいのに！）

「な……っ」

　蓮司は私の言葉に驚いたあと、眉を八の字にさげ、唇を引きむすんだ。

　家が近所で、小さい頃から一緒にいた、私の唯一の幼なじみ。

　声を出せていた時も、声が出なくなった時も、声が出なくなってからも、蓮司はいつだって私のそばにいてくれて、いつだって私を助けてくれた。

　だからきっと、伝わる。伝わっている。

　私が今、なにを言いたいのかも。私が今、なにを伝えたいのかも。

　だって私も——蓮司が今、どれだけ自分の言った言葉を後悔し、自分を責めているのか、手に取るようにわかるから。

　そっと、スマホを開くとそこに言葉を打ちこんだ。

（蓮司の、バカッ！）

そして、ゆっくりと歩を進め、蓮司の前に立つとスマホの画面を向けた。

【私は、自分の意思でここにいる。それを否定する権利は蓮司にはないし、私は私なりに、最大限の注意はしてる、つもり】

「だ、だけどっ」

【樹生先輩は、そんな私の気持ちをくんで、お祭りに連れてきてくれた。先輩のおかげで、今日はたくさん笑ったよ？　本当に本当に、楽しかったの】

「それ、は……」

【先輩は、蓮司が思ってるような人じゃない。優しくて、思いやりがあって、とても温かい人】

「で、でも、」

【先輩が女の人と遊んでいたことも、先輩自身から聞いた。でも、蓮司が心配するようなことはなにもないよ？　当たり前だけど、先輩に嫌なことをされたこともないし、先輩はそんなこと絶対にする人じゃない。そもそも先輩と私じゃ不釣り合い過ぎて、心配することすら馬鹿馬鹿しくて、笑っちゃうくらい】

文字を打ちながら、自嘲した。

苦しくて悲しくて、仕方がない。

蓮司のほうを向いているせいで、今の私の表情は背後に立つ先輩には見えていないだろう。

……背を向けていて、よかった。

こんな情けない顔を先輩に見られたら、優しい先輩をただ困らせてしまうだけだから。

【先輩は、私にはもったいないくらい素敵な人だから。そばにいられるだけでも奇跡なんだよ】

そこまで打った画面を蓮司に見せたあと、私は静かにスマホを持つ手を降ろした。

眉根を寄せ、困惑したような表情を見せる蓮司を前に笑顔を浮かべれば、蓮司はそんな私を見て、今度は悲しげに眉をさげた。

それを合図に、そっと、一歩うしろへ足を引く。

けれど、〝夏休み明けに、また学校でね〟と、口の動きだけで蓮司に言葉を伝えて静かに振り向いたら――。

(え……?　樹生、先輩?)

そこにはもう、先輩の姿はなかった。

心臓が早鐘を打つように高鳴って、あわててキョロキョロと視線を動かせば、まるでそんな私の行動を見はからったかのように手の中のスマホがふるえた。

【お祭り、楽しかった。息抜きに付き合ってくれて、ありがとう。今日は、このまま

幼なじみくんに送ってもらって。じゃあまた、夏休み明けに電車で】

いつもどおりの、先輩らしいシンプルな文章。

それなのに、こんなにも胸が締めつけられるのは、暗闇にぼんやりと光る無機質な灯りが、やけにさみしく感じられるせいだろうか。

先ほどまで、先輩と過ごしていた甘い時間は、夏の夜の夢のように儚く消えてしまった。

──気がつけば、時刻は二十時を指していた。

訪れた夜の早さに、高校三年生である先輩と過ごす時間があとわずかであることを、私はこの日、初めて自覚した。

『Sunflower（ヒマワリ）』

あなただけを見つめる

Autumn

Cosmos（コスモス）

一ヶ月半もあった夏休みも瞬く間に過ぎ去り、今日から新学期が始まる。

もうすっかり慣れた時間帯に駅のホームに立った私は、つい余計なことを考えてしまった。

頬を撫でる風は、まだ夏の暑さの名残があって、私の心をあの夏の夜に連れていく。

【じゃあまた、夏休み明けに電車で】

あのメッセージを最後に、夏休みの間は一度も先輩から連絡がくることはなかった。

と、いっても五日程度の話で、夏休み前に比べたら不安になるような期間ではない。

それでもたった五日を長く感じてしまうのは、先輩との距離が、この夏休みの間に急激に縮んだからなのだろう。

……急激に、なんて言っても、出かけたのはお祭りのみだけれど。

つい自嘲してうつむくと、突然自分の靴の隣に見慣れた靴が並んだ。

「おはよう」

艶のある甘い声。弾けるように顔をあげれば、五日ぶりに会う、大好きな樹生先輩の姿があって、瞬きを繰り返した。

「……久しぶり、なんて。たった五日だけど」

なにげない先輩の言葉に、胸がキュンと高鳴った。

だって、たった五日を長い時間に感じていたのは私だけではないのだと、勘ちがいしてしまいそうだ。

「幼なじみくんとは、無事に仲直りできた？」

やわらかな口振りでそう言った先輩は、きっとすべてお見通しなんじゃないかと思う。

先輩の質問に小さくうなずいてから、「ありがとうございます」と口の動きだけで伝えると、先輩は私の髪にそっと手を伸ばして――その手を私の頭にのせることなく元の場所に戻すと、「よかった」と言葉をこぼし、静かに目を細めた。

その、なにげない仕草に胸がざわついた。

けれど、まるで見はからったかのようにホームに電車が滑りこんできて、不安を吐露することはできなかった。

騒がしく行きかう人の波に逆らってドアを潜れば、お決まりの座席に当たり前のように、ふたりで腰をおろす。

目の前には、見慣れたＯＬさんと、学生さん。

あらためて、今日からまた学校生活がはじまることを自覚し、高校三年生である先輩との、この朝の時間が本当にあとわずかであることを実感した。

樹生先輩は受験を控えているけれど、優秀だから推薦をもらうことが確定していて、早ければ二学期の終わりには他の受験生より一足先に受験を終えてしまう。先輩のことだから、そのまま難なく合格するんだろう。

実際、受験勉強だって合格してからの勉強についていけなかったら困るから……なんて、冗談を言っているくらいだ。

一見すると要領もよく、世渡り上手かつ、恵まれているような印象を与える先輩のライフスタイル。けれどそのすべては、先輩が今日まで重ねてきた努力の賜物であることを、私は知っている。

先輩は、そういう努力を表面に出さない人なのだということも、この短期間で思いしった。

まず第一に、先輩が図書館で勉強するのも、家の電気代を少しでも節約するためなのだということ。

お父さんからの生活費の仕送りの中には、高校生である先輩が遊ぶために必要なお金も含まれていたらしい。

けれど先輩は、それには一切手をつけていないとのことだ。

その分のお金を大学への進学費用にさせてもらおうと思っていたらしく、自分のお小遣にするお金は、バイトをして稼いでいるんだと、先輩が世間話の中で話してくれた。

アルバイトと学校生活、さらには医学部受験をするようなレベルの勉強の両立が、どれほど大変なものかは私には到底想像もできない。

けれど、先輩がこうして朝早く登校する理由も、朝早く学校に行って静かな教室や図書室、資料室で勉強をするためで、そうやって、コツコツと重ねてきた先輩の努力がすべて、今回の受験につながっているのだ。

先輩のことを知れば知るほど、隠された努力と思慮深さに、尊敬の念を抱かずにはいられなかった。

……だけど、本当にあと少しなんだ。

三年生ともなれば二学期を終え、三学期になると学校へ登校する日も格段に減るだろう。

去年、ふたつ上の先輩たちがそうだったように、よほどの例外がない限り、樹生先輩の学校でもそうなのではないかと思う。

そう考えたら、こうして一緒に登校できるのも、あと三ヶ月と少し。

先輩との、朝のおだやかなこの時間を過ごせるのも、本当にあとわずかなのだ。

そんなことを考えたら余計に気持ちが沈んでいって、鼻の奥がツンと痛んだ。

さみしいけれど、仕方のないこと。

そもそも先輩とこうしていられるだけで、夢みたいなんだから。

ただ、夢から醒めるだけだ。ただ、先輩と出会う前の、元の生活に戻るだけ。

わかっているのに胸が苦しくて、先輩が卒業してしまったら、先輩とのつながりもなくなるんだろうと思えば情けないほど泣きたくなって……。

つい、スンと鼻を鳴らして、膝の上にのっていた手を固く握れば、隣に座る先輩の手が、そんな私の手を予告なくつかんだ。

「……本当は、朝からこんな話したくないけど、聞いてくれる？」

弾けるように顔をあげれば、眉をさげ、憂いを帯びた表情で私を見つめる樹生先輩がいた。

儚さをまとった先輩の空気に、落ちこんでいた気持ちがあせりへと色を変える。

私の瞳をまっすぐに見つめる先輩におそるおそるうなずけば、先輩は小さく「ありがとう」と言葉をこぼすと、ゆっくりと話し始めた。

「前に少し話したとおり、俺は女の子とはかなり曖昧な関係を持って、それすら自分で正当化しているような、最低なヤツだった」

それは、先輩から初めて心の傷を打ち明けられたあの日、先輩が自棄になって吐きだした、あのことを言っているのだろう。

『女の子のことを簡単に押し倒せるし、今のだって相手が栞じゃなきゃ、なんの躊躇もなくしてた』

『俺、こういうことに慣れてない相手とは……絶対に、しないから』

「あの幼なじみくんの思っているとおりで、女の子と遊んでたのも全部本当のこと。だから、なにも否定できない俺は、純粋できれいな栞には不釣り合いな人間だ」

――純粋できれいな、私とは。

「栞に軽蔑されても仕方がないと思ってる。だから、栞が俺のことを少しでも迷惑だと思うなら……俺は大丈夫だから、正直に言ってほしい」

樹生先輩。先輩は……なにも、わかってない。

「今さら、過去の行いを後悔したって遅いけど。でも全部事実で自業自得だし、言い訳をしようとも思ってない。だから――」

(……私は)

「え？」

(私は、先輩が思っているような人間じゃありません)

重ねられた手を握り返すように、先輩のきれいな指をつかんだ。

私の突然の行動に驚いたのか、先輩が動きを止めて私を見る。

今の私の言葉は、私の口もとを見ていなかった樹生先輩には届かなかっただろう。

……だけど、それでいい。

とまどっている先輩に曖昧な笑みを返すと、今度はスマホを取り出して、自分の気持ちだけを綴った。

【本音を言えば、すごくショックでしたし、今も、ショックです。蓮司から初めてその話を聞いた時、絶対嘘だって言って、ケンカして。私は先輩を、心の底から信じてましたから】

「……栞」

【ハッキリ言って、最低だとも思います。先輩の言う曖昧な関係とか、私には理解できないし、理解したいとも思いません】

「……うん」

【でも、先輩は後悔してるんですよね？　もう絶対そういうことはしないって、決めたんですよね？】

私の問いに、樹生先輩は真剣な表情で一度だけうなずいた。

それを見て私は口元をゆるめると、再びスマホに指をのせた。

【それなら、もういいです。私は、もうなにも言いません】

「でも……」

【だって、先輩はもう反省してるみたいだし。そもそも、それを聞いたところで今さら先輩のことを軽蔑なんてできません。……できそうもありません】

そこまで言うと私は一瞬の間を空けて瞼を閉じると、覚悟を決めて無機質な画面をタップした。

【でも、約束してください】

「約束？」

【はい。もう、絶対にそういうことはしない、って。だって、いつか先輩に好きな人や、彼女ができた時に絶対にまた後悔するから、もう二度と繰り返したらダメです】

そこまで打ち込んだ画面を先輩に見せたあと、私は静かにスマホをしまった。

視線の先の先輩は、私を見つめてなぜか切なげに眉をさげたまま、「ありがとう」と消え入りそうな声でつぶやいた。

電車と電車がすれちがったことで、窓がガタガタと短く騒ぐ。

しばらくして電車は私たちの学校のある駅に着き、大きくドアを開けて新しい季節のはじまりを告げた。

『Cosmos（コスモス）』
乙女（おとめ）の真心・調和

Tatarian aster（シオン）

——その些細な違和感を、辛辣に受け止めなかったことを後悔する日がくるなんて、この時はまだ想像もしていなかった。

「……栞？」

瞬く間に過ぎ去ろうとしていた九月。

今日も駅のホームで肩を並べていたら、どこかぼんやりと遠くを見つめる栞に小さな違和感を感じた。

俺の言葉にハッと我に返ったように顔をあげた彼女の目もとには小さなクマができていて、どうしたのかとたずねたら「テスト勉強で夜更しをして」なんて答えた栞は、曖昧に笑った。

一方で俺も、受験勉強が大詰めを迎えていた。

推薦をもらっての受験には小論文の練習も必要で、朝早くに登校したらまずは資料室に用意されている新聞を広げる。

そして、自分で決めた時間とテーマで小論文を書きあげたら、担当の教師にアドバイスをもらいにいった。

学校側からお墨つきをもらってはいるものの、難関校なだけに最後まで気を抜くわけにはいかない。

「じゃあ、また明日」

駅に着き、お決まりの言葉で栞と別れると、俺はいつもどおり学校へと向かった。

二学期が始まってからというもの、栞と会うのも朝の電車の時間だけ。

さすがに一番の踏んばり時の今、アルバイトや図書館でのマイペースな勉強に時間を費やすわけにもいかず、できる限り集中できるようにと放課後はまっすぐ家に帰って勉強していた。

……無事に受験が終わったら、また図書館で勉強はできるし。

栞と図書館で勉強する時間は、心おだやかでいられる、とても大切なひとときだ。

まさか、栞と出会ったばかりの頃は、自分がこんな風に思う日がくるなんて少しも考えていなかった。

駅から学校までは、歩いてもそう遠くはない。

朝も早いこの時間、同じ方向へと向かうのは部活動で朝練のある下級生や、俺と同じように大学進学を目指す受験生のみだ。

同じように門を潜り、それぞれが目的の場所へと散っていく景色が、毎朝繰り返されている。

と、昇降口で見慣れた姿を見つけた俺は、その相手の視線に答えるように軽く手をあげた。

「樹生っ！　おはよう！」

「アキ、おはよ。今日は早いじゃん」

朝がよく似合う、爽やかな笑顔を見せながら手をあげるアキに、小さく笑みを返す。

すると、アキの隣にいた見慣れない先客は、アキとひと言ふた言言葉を交わすと、俺を避けるように校庭の方へと消えていった。

「今日は課題のレポートを担任に見てもらうために、ちょっと早めに来たんだ」

「そっか。っていうか、今のヤツは？　いいの？」

「ああ、アイツ、就職希望で受験とか関係ないからって、サッカー部引退したのに朝練だけ参加してるんだよ。さっき偶然駅で会ったから、ここまで一緒に来たんだ」

「へぇ。引退してるのに朝早く来て朝練だけ参加するなんて、後輩からすると迷惑……っていうか、物好きだな」

「ははっ。まぁアイツ、サッカー好きだし。部活引退してから、サッカーできない環境で、かなりストレスが溜まってるみたい」

「ああ、ね」

自分で聞いておきながら、ほとんど興味の削がれた話に適当な返事をしつつ校舎に入ると、アキとは職員室の前で別れた。

その足で資料室へと向かい、まだ誰もいない空間で静かに息を吐く。

そしてお決まりの場所へと腰をおろすと、目の前に乱雑に置かれたいくつかの新聞のうちのひとつを手に取った。

……今日は、なにをテーマにしようか。

今朝の新聞は、ここには届いていないらしい。

毎日新聞を持ってくる進路指導の先生が、まだ出勤してきていないせいだろう。

仕方ないな、なんて思いながらも、練習のためであればなんでもいいかと何年か前の新聞であるそれに、ザッと目を通していく。

選挙の話題や政治家の汚職、当時の日本の経済状況、環境問題……と。

とある小さな記事が目について、俺は滑らせていた指をその上で止めた。

「この近くで、バス事故なんてあったんだ」

なんてことはない、毎日、日本のどこかで当たり前のように起きる交通事故の記事だ。

記事には死傷者数名と書かれていて、そんなことが今日もどこかで自分の知らぬ間に起きているのかと思うと、今こうして当たり前のように生きていることも、決して当たり前ではないのだと思わざるを得なかった。

もしかしたら、明日は我が身、なんてこともある。

一分一秒を大切に生きなければいけないな……なんて、栞と出会う前の自分だったら、こんなこと、考えもしなかった。

「おー、相馬。今日も早いな。感心感心」

ぼんやりと、そんなことを考えながら新聞をながめていれば、資料室の扉が開いた。

手に新聞を持った進路指導の先生が、俺の前まで来ると、無造作にそれを机の上へと置いた。

「相馬は、今年一番の期待の星だからなぁ。がんばってる姿を見ると、俺たち教師一同、安心するよ」

「期待の星なんて言われるほどの人間じゃないですけどね」

「ハハッ。まぁ、とにかく。ここまできて問題だけは起こさないでくれよ！　人生を棒に振るようなもんだ。そういうことでもなきゃ、お前なら高確率で大丈夫だって、みんな思ってるんだからなぁ」

「……恐縮です」

大丈夫、なんて。そんな無責任なこと、軽々しく言うなよ。

心の中で悪態をつきつつ、なんの身にもならないやり取りを二、三したあと、先生は騒がしく資料室を出ていった。

再び静寂に包まれた空間で、先ほどまで目を通していた新聞を閉じた俺は、渡されたばかりの新聞を開くとひとり、黙々と作業に取りかかった。

＊＊＊

——その変化は、新学期が訪れたその日にやってきた。

「ちょっと蓮司！ あんた、栞にちゃんと謝ったの⁉」

「うるせぇな！ もう解決したことを、今さらお前がゴチャゴチャ言うな！」

「はぁ⁉ あんたのせいでね、こっちは超嫌な気分になったんだから！ 無視するとか、子供か！ この、お子ちゃま！」

「お、お子ちゃまとか言ってんじゃねぇよ！ 今のでテメェとは、今後も話す気失せたわ！」

「あっそ！ じゃあ、もう二度と話しかけてこないでくれるぅ？ ねぇ、こんなお子ちゃま置いて先行こっ、栞！」

（あはは。蓮司とアユちゃんは、本当に仲よしだねぇ）

私の笑いに、ふたりが声をそろえて「どこがっ！」と叫んだ。

高校二年の二学期は、お決まりの校長先生の長い話を聞かされる始業式から始まって、このあとのホームルームを終えれば今日は午前で学校も終わり。

放課後は久しぶりに三人でファミレスでも行こうと提案したのはアユちゃんで、蓮司もそれにふたつ返事し、笑いあっていた。

……私的には、ふたりはすごくお似合いだと思うんだけどなぁ。

息が合うというか、合い過ぎるから今みたいにすぐに言い争いになっちゃうけど、言い争いになっても息が合ってるし。

なにより、いつもふたりは楽しそうだ。蓮司が私とアユちゃんを避けている時は、アユちゃんもなんとなく元気がなかったけれど、今はすごく元気だし。

蓮司だって、自分がこんな風に気を遣わずにやり取りできる相手はアユちゃんだけなこと、気づいてないのかな？

いまだに言いあらそっているふたりと並んで、始業式を終えた体育館をあとにした。

と、教室へと向かう道の途中、何人かの後輩たちがこちらを見てなにかを話しているのが目につき、私は心の中で首を傾げた。

なんだろう……というか、実は、こんな風に向けられる好奇の目を今朝から何度か感じていて、つい後輩たちの会話に耳を傾けてしまう。

「……ほら、あの人」

「えー、マジ？」

「あの噂がホントだったら、超ヤバくない⁉」

本人たちは、ヒソヒソと声をひそめているつもりだろうが、丸聞こえだ。

けれど、そんなことより話しているその内容が気になって……不安で、つい視線を下へと落としてしまった。

「栞？」

そんな私の様子に目ざとく気づいた蓮司が、すぐさま声をかけてくれる。

あわてて顔をあげれば、蓮司はあからさまに眉をひそめて、いまだにバレていないと思っているらしい、後輩たちへと唐突に声をかけた。

「おい。なんだよ、さっきからチラチラ見やがって気分悪ぃ」

低く這うような声を出した蓮司に、後輩の女の子たちが一瞬ビクリと肩を揺らした。

「え、なに？　なんの話？」

「いや。こいつらが、さっきから俺らをチラチラ見ながらなにか話してたから」

「えー。なに？　まさか、蓮司のファンの女の子たちとか？　だとしたら、私たちは蓮司の彼女でもなんでもないし、ぜんぜんもらっていってもいいからねぇ？」

「アァ⁉　そういうんじゃねぇだろ！」

「えー、そう？　だとしたら、なに？　なんの用？」

「いや、だから今、それを聞こうと――」

「あ、あのっ！」

――嫌な、予感がした。

「平塚栞さんは……なんで、声が出ないんですか？」

目の前の彼女の瞳は、好奇心で満ちている。

リーダー格らしい女の子のひとりが、ズイッと前に出て私をまっすぐに見つめながらたずねた。

思わず私だけではなく蓮司とアユちゃんまでもが息をのみ、彼女の次の言葉を待った。

「なんかぁ、夏休みの終わりくらいから、SNSで変な噂が広まってるんです」

「……SNS？」

「先輩たち、もしかしてこのSNSのアカウント持ってないですか？　その投稿、うちの高校名つきで、名前はSって伏せられてますけど。うちの学校に通ってる人なら平塚先輩のこと知ってる人多いしー。すぐに誰かが、二年の平塚栞ってヤツが声出ないよって、その投稿にコメントつけててぇ」

呆然としている私たちの反応がおもしろいといった風に、間延びした口調でそんなことを言う彼女は、自身のスマホを取り出すと指で画面を軽快にタップした。

「あ、ほらほら、この投稿です。もう二百十五人に拡散されてる」

楽しそうな声とは裏腹に、あせりと困惑で高鳴る心臓は治まってはくれなくて、今すぐにでもここから逃げだしたくなった。

それでも目を背けるわけにはいかず、おそるおそる差し出されたスマホの画面を見れば、今度こそ本当に息の仕方を忘れてしまう。

【○○高校のSの声がでなくなった原因がマジでやばい】

そんな書き出しから始まった、スカイブルーに縁取られた画面に綴られた文章を読んだ瞬間、世界が色を失い絶望に染まった。

どうして。どうして、誰が、こんな――今さら、こんなこと。

「これって、本当のことなんですかぁ？　この理由、本当か嘘かって、うちら一年は、みんな騒いで――」

「ふ、ふざけんなっ！」

「きゃあっ」

「こんなの、本当なわけねぇだろうがっ！」

声を荒らげた蓮司を前に、私以外の女の子たちが大袈裟に肩を揺らした。

たったひとり、私だけが呆然と立ちすくんだまま、真っ白になった頭で目の前の光景を他人事のように見ていた。

現実に起きていることにとまどいを隠せず、壊れた人形のように、瞬きの仕方さえ忘れたのだ。

「……誰」

「え？」

「……っ、誰が、そんなこと広めてるの⁉」

「あ！　ちょっとっ！」

そんな私をよそに、前に立つ蓮司を押しのけ、アユちゃんは彼女からスマホを取りあげると問題の文章をタップした。

すると画面は、SNSに投稿をしたらしき人のアカウントのトップへと移った。

そして、そこに書かれた文の数々に目を通していくと、今度は蓮司だけでなく、アユちゃんまでもが表情に困惑と怒りを乗せて拳を握った。

「なによ、これ……っ」

【Sの話はまぎれもなく本当】

【Sの元中のヤツにも確認済】

【Sの秘密への質問受付中】

【Sの話は世界に向けて拡散希望】

そこに書かれた、敵意に満ちた言葉の数々。

心をえぐるような、言葉たち。

そのうちのひとつは、そう。五年前──。


【──Sの父親は、人殺し】

私の声を奪った、色のない世界につながる言葉と同じだった。


「なんで、こんな……っ。この話は、今さら出てくるような話じゃないのにっ」

「ってことは、やっぱり本当の話なんですかぁ？」

「ちがうっ！　栞の父さんは……っ」

「平塚先輩のお父さんは、なんですかぁ？」

アユちゃんからスマホを取り返した彼女が、言葉を続ける。

「平塚先輩の元中を名乗る人で、この投稿にマジだよって返事してる人も何人かいるしぃ。それに今、蓮司先輩も〝今さら出てくるような話じゃない〟って言ったってことは、このSNSの話は事実ってことですよね？」

「っ、ざけんなよ、テメェっ！」

「ひゃっ！」

「蓮司っ！」

薄ら笑いを浮かべながら、噂の真相を解明しようと必死になる彼女の肩を、我慢の限界を越えたらしい蓮司が乱暴につかんだ。

そんな蓮司をあわてて止めに入ったアユちゃんと、蓮司の剣幕に今度こそひるんだらしい彼女があわててうしろへと足を引く。

そのやり取りのひとつひとつを、私はいまだに真っ白な頭の中でぼんやりと理解し、なんとか地に足をつけたまま浅く呼吸を繰り返した。

そうして、ゆっくりと。

ゆっくりと瞬きをすると、拳を握りしめて——。

「……栞?」

その手を制服のポケットへと入れ、自分のスマホを取り出すと、指を静かに滑らせ真っ黒な画面をタップした。

そのまま、ゆっくり、ゆっくりと。ふるえる指で、なんとか伝えたい言葉をスマホに綴って、いまだ好奇心を含んだ表情を浮かべたままの彼女に差し出す。

「え? なに。これを読めってこと?」

(はい)

うなずけば、彼女が恐る恐る私の手からスマホを取った。

そして食いいるように画面を見つめはじめる。

彼女の目は真実を知ることができるかもしれないという期待と喜びに輝き、せわしなくスマホに綴られた文章をなぞっていった。

「え……」

けれど、彼女はそこに書かれた〝真実〟を読むと、みるみる表情を曇らせ、次に顔をあげた時には困惑に顔をゆがめながら、私に憐(あわ)れみの視線を寄こした。

「こ、これ……本当ですか？」

私は曖昧に笑って、一度だけうなずいた。

そして彼女からスマホを受けとると、再び言葉を綴って、もう一度彼女に画面を向ける。

【今、私から聞いた話はSNSに書くも書かないも、あなたの判断に任せるし、好きにしていいから。その代わり、蓮司が乱暴したことを許してください。本当に、ごめんね】

「べ、べつに……。それは私だって、ちょっと煽(あお)ってた部分もあるし」

【ありがとう。でも、もうひとつお願いがあるの。今後、この噂を流した人が私に関する新しい投稿をしたとしても、あなたはそれになにも反応しないで無視するって、約束してくれる？】

「そんなの、簡単ですけど……」

【ありがとう。じゃあ、私からのお願いはそれだけです】

「……え。っていうか、本当にそれだけでいいんですか？　もし、今先輩が教えてくれたことが事実なら、反論したくならないんですか？」

眉を顰め、いまだに真実を探して瞳を揺らす彼女に向けて微笑んだ私は、ゆるゆると首を横に振った。

【画面越しに、どんなに必死に真実を叫んでも。結局はその声だって、面白がっている人たちの〝燃料〟になるだけなんでしょう？】

「そ、それは」

【私には、私の言葉を信じてくれる人がいたら、それでいい。だから、私が今伝えたことを信じるも信じないも、あなたに任せる。ただ……あなた自身も、ちょっとだけ、よく考えてみてほしい】

そこまで伝えると、彼女は申し訳なさそうにうつむいたまま一度だけ頭をさげた。

そして、やり取りをうしろで見ていた仲間たちを連れて逃げるように去っていった。

「栞……？」

私はその背中を見送ったあと、心配そうに私の名前を呼んだアユちゃんと蓮司に向き直って笑顔を見せた。

【私は、大丈夫】

「でも、こんな……」

【人の噂も七十五日っていうでしょ? だからね、またみんな噂に飽きたら忘れると思う。五年前に、そうだったみたいに……】

――だから、私は大丈夫。

言葉と同時に再び笑えば、ふたりはもう、それ以上はなにも言おうとしなかった。

〝大丈夫〟

私の強がりに、優しいふたりはきっと気づいている。

それでも私は〝大丈夫〟と言って、笑顔を見せる。笑顔を、見せなきゃいけない。

大切なものを守るため。大切な人との思い出を、守るために。

大切な家族を守るために、私はどんな苦しみにもたえてみせると誓ったから。

私だけは絶対にお父さんの心に寄り添うのだと――五年前、あの冷たい雨の降る日に決めたのだから。

『Tatarian aster(シオン)』
追憶・君を忘れない
遠くにいる人を思う
どこまでも清く

Gentian（リンドウ）

　瞬く間に時間は流れ、九月は長月という別名とは裏腹に、通り雨のごとく過ぎ去った。

　色を失いはじめた木の葉を見ながら、私はもうスッカリ癖になってしまったため息をついて空を仰ぐ。

　後輩の彼女からＳＮＳの件を聞かされて以降、蓮司やアユちゃんが犯人を特定するためにいろいろと試行錯誤を繰り返してくれたようだけど、結局いまだに犯人はわからずじまい。

　それでも犯人は今も私の噂を定期的に投稿しているようで、学校にいればそれを知った生徒たちから痛いほど視線を浴び、陰口をたたかれた。

　気にしてはいけないと思っても、暗闇から迫る足音に、どうしても耳を澄まさずにはいられない。

「栞、今日も寝不足？」

　朝、ぼんやりと意識を浮遊させていた私に、樹生先輩のやわらかな声が落ちてきた。

あわてて焦点を合わせると、眉根を寄せながら私を見ている先輩がいる。

つい、あせり混じりにうなずけば、寝不足のせいでほんの少し頭が痛くなった。

【あ、あの……最近、ハマってしまった小説があって。それで、夜も夢中になって読んでたら、つい時間を忘れてしまって】

我ながら、苦しい言い訳だと思う。けれど今はテスト期間でもないし、こうでも言わないと先輩が納得してくれるとは思えない。

「へぇ。そんなにおもしろい本なんだ？　それなら、俺が受験終わったら、その本のタイトル教えてもらおうかな。でも、それがどんなにおもしろい小説でも、たまには早く寝ないとダメだよ？」

私の顔をのぞきこみながら目を細め、試すような視線を寄こす先輩に、コクコクと何度もうなずいた。

……本当は、先輩にすべてを話してしまいたいと何度も思った。

眠れぬ夜を過ごすたび、何度心の中で先輩のことを想ったかわからない。

だけど今、受験生である樹生先輩に心配をかけるわけにはいかない。

先輩を、余計なことで悩ませるわけにはいかないから――。

「あぁ、そういえば。今日は雨が降るみたいだよ」

私は口をつぐんで、見えない敵と、弱い自分と、ひたすら戦い続けるしかなかった。

＊＊＊

その日は予報どおり、午後から冷たい雨が降ってきた。

「あ、ねぇねぇ、あの子だよ。例のあの、ＳＮＳの……」

この一ヶ月で私の噂は学校中に広まり、今では後輩だけでなく同学年の子たちや先輩までもが私を見ては口々になにかをささやいた。

ヒソヒソと話される噂話、すべてが聞こえるわけではない。

けれど、聞こえないからこそ余計に気になって、気にしてしまうからこそ余計な声まで聞こえてしまうのが噂というものだ。それが、自分のことならなおさら。

「……栞？　大丈夫？」

（え……）

「やっぱり、私もアカウント作って、犯人に反論してみようか？」

うつむきながら廊下を歩く私にそう提案してくれたのはアユちゃんで、あわてて顔をあげれば心配そうに私を見つめるきれいな瞳と目が合った。

【だ、大丈夫！　本当に、大丈夫だから！】

「でも、このままだと栞が……」

【私は気にしてないし……って、本当は少しは気にしてるけど、でも変に反論なんてしたら余計におもしろがられるだけだろうし、きっと相手にするだけ無駄だと思う。なにより反論なんてしたらアユちゃんまで標的にされるかもしれないし、本当に本当に大丈夫！】

「私はべつに、標的にされてもいいけどさぁ。でも、本当、犯人誰なんだろう。アカウント名は当然匿名だし、栞も今さら噂を流されるようなこと、身に覚えがないんだよね？」

（……うん）

スマホを持った手を力なく下ろしてうなずけば、アユちゃんは「だよね」とこぼしてからため息をついた。

ごめんね、アユちゃん。本当にごめんなさい。

大好きなアユちゃんにも、これ以上心配をかけてはいけないということも重々わかっているけれど、どうすることもできない私は、ただ心の中で謝り続けるしかない。

「蓮司？」

「ん？　……あ、ああ」

「なによ、うちらのこと待ってたの？」

「……まぁ、うん」

雨の日の体育館での体育の授業が終わり、教室に戻る途中で蓮司を見つけたアユちゃんが、いつものように声をかけた。

ここ最近、蓮司も私と同じように話していてもどこか上の空なところがあって、なにかを考えこむような時間が多くなった。

せっかく、蓮司とも仲直りできたのに。アユちゃんだってせっかく元気になったのに、こんな風にふたりを悲しませて心配までかけている自分に腹が立ってくる。

やっぱり、なんとかしなくちゃいけない。少なくとも私が表情や態度に出さなければ済むことで、私はアユちゃんと蓮司という大切な友達さえそばにいてくれたら、それでいいと本気で思っているんだから。

だから、私がもっとしっかりしないと。私がもっと、強くならないと。

拳を握り、決意を胸に顔をあげた。

(アユちゃん、蓮司。あのね、私は本当に大丈夫だし、もうこれからは気にしないようにするから、だから――)

「あっ！　平塚さん、いたいた！　なんか今、体育の授業でうちらがいない間に、誰かが教室に入ったみたいで、黒板に平塚さんのことが書かれてて――」

けれど、忍びよる足音は私の気づかぬ間に、確実にすぐそばまで迫っていたのだ。

【人殺しの娘は、この学校から出ていけ】

【平塚栞がいると、安心して学校生活も送れない】

敵意に満ちた声は耳を澄ます人間の欲をそそり、その中の一部の人間の興味を悪意に変える。

そして、いつの間にかひとつではなくなっていた足音は、脳天気な私の足場を確実に崩していった。

＊　＊　＊

なにが、どうしてこんなことになってしまったのか。

気がついた時には手遅れで、気がついた時には怒りで自分がどうにかなりそうだった。

「なぁ、この噂、知ってるか？　これ、駅向こうの学校の子の話で、マジみたいだぜ」

「あ、これ、俺も知ってる！　俺の友達が昨日の帰りに駅でこの子を見かけたから声かけたら、本当にしゃべんなかったって」

「マジで！　つーか、怖くね？　自分の近くに殺人犯の子供がいたとか」

「それな！　結構前の話でみんな知らなかったとはいえ、同じ学校のヤツとか災難過

「つーかさ、ヤバくね！〝見かけたら一一〇番〟とか、モザイクかかってたけど本人の写真までアップされてるしさぁ」

「いやーでも、殺人犯の子供が自分の近くにいたら、普通に怖いっしょ！　だから、こうなるのもしょうがないんじゃね？」

午後からの自習中、大学受験組ではないクラスメイトのヤツらがそんな話をしているのを聞きながら、俺はひとり、黙々と机に向かっていた。

窓の外を見れば予報どおりの雨。灰色に染まる空に、今朝会った栞が傘を持っていなかったことを思い出して、大丈夫かな、なんて、つい、そんなことを考えた。

「でもさー、父親が殺人犯だからって、子供は捕まえられなくね？」

──だから、かもしれない。

普段はまるで気にしない、他人が他人をけなして楽しむ、くだらない噂話に耳を澄ませてしまったのは。

ちょうどタイミングよく栞のことを考えていたからこそ、余計にその〝名前〟が、ハッキリと耳に届いた。

「この平塚栞って女、どうにかなんねぇかなぁ」

「……は？」

反射的に肩を揺らして、弾けるように噂話をしているヤツらの方へと振り返った。
勢いよく身体を動かしたせいで大袈裟に椅子が唸った。
その音に反応した、噂話をしていたヤツらもまた同様に、俺へと一斉に目を向けた。
「え、なに、相馬。ごめん、俺らうるさかった?」
「……いや、悪い。今の話、俺にも詳しく教えて」
今の今まで、というか普段は絶対にそんな噂話には興味を示さない俺が反応したと
あって、ほんの少し動揺を見せたクラスメイトたち。
けれど、すぐにたがいに目配せをしあうと、手に持っていたスマホを迷うことなく
俺に手渡した。
「いや、なんかさ、最近このSNSで話題になってる投稿があってさ。ほら、駅向こ
うの高校あるじゃん? そこの生徒のことらしくて、それで俺らも他人事には思えな
くて話してたんだけど」
『他人事には思えなくて』なんて、体のいい言い訳だ。
他人事だからこそ、なんの躊躇もなく楽しそうに話題にしているんだろう?
陰口を正当化しようと必死になるなよ、みっともない。
思わず口を衝いて出そうになった言葉たちをのみこむと、差し出されたスマホを無
言で受けとった。

するとそこに並んでいたのは、目を覆いたくなるくらいに悪意に満ちた言葉の羅列だった。

はやる気持ちを精いっぱい抑えながら画面をスクロールしていけば、あとを追うように込みあげてきた怒りに追いこされそうになって、それを理性で必死に押しこめた。

「この噂、いつ頃から広まってんの？」

自分でも、驚くほど平坦な声が出た。

怒りを押し殺した俺の様子にも気付いていないクラスメイトたちは、「夏休みの終わりくらいからかなぁ」なんて、のんきに答える。

夏休みの終わり？　それならもう、一ヶ月以上は経ってるってことか？

「誰が最初に言いはじめたとかは、わかんないの？」

「えー、そう言われると、誰なんだろ。お前、知ってる？」

「えー、こういうのって全部匿名じゃん？　でも、一番拡散されてる投稿をしたヤツが、最初じゃね？　今も定期的に、Sの噂ってタグ付けて、投稿してるし」

言われるままに、その匿名アカウントをタップすれば、その人物のトップページへと飛んだ。

するとそこには、悪意と敵意に満ちた言葉がおびただしく並んでいて、今度こそつくろい切れないほどに自分の眉間にシワが寄ったのがわかった。

「そ、相馬?」

突然表情をゆがめた俺を見て、クラスメイトたちがうろたえたような声を出す。

不愉快極まりない文章は読むに堪えなくて、俺は無言でスマホをクラスメイトに返した。

「あれー、樹生、なにやってんのー? サボりか? 余裕しゃくしゃく受験生の安定のサボりか?」

「おい、タマ! 樹生は今大事な時期なんだから邪魔しちゃダメだって——って、樹生? どこ行くんだよ!」

気がつけば、身体が勝手に動いていた。

駆けだした足は、自分の心のまま、まっすぐに彼女のもとへ。

冷たい雨に降られているであろう彼女のもとへと、俺は無我夢中で走った。

＊＊＊

「こ、これ、誰がやったんだよ! ふざけんなっ!」

声を荒らげる蓮司は、怒りで拳をふるわせていた。

私は教室の黒板の前に立ち竦み、目の前に書かれた言葉を呆然と見つめていることしかできなかった。

アユちゃんはそんな私の肩を抱き、寄り添うように立ってくれている。

けれど今は、蓮司の怒りに満ちた声も、アユちゃんのぬくもりも、なにもかもを感じることができない。

小さくふるえる手。冷たくなった唇。焼けたように熱い喉。

今は、こぼれそうになる涙を必死にこらえることしかできずに、ただその場に立っていた。

「こんなことして、はずかしくねぇのかよっ⁉」

シン、と静まりかえった教室に、蓮司の荒くなった息遣いだけが響いた。

「で、でもさ。本当のことだろ?」

ぽつり、その静寂にたえられなくなった誰かがつぶやく。

「そ、そうだよ！　それに俺らじゃねぇよ、それ！」

「だって、体育の授業が終わって帰ってきたらすでに書いてあったんだぜ⁉」

「平塚には悪いけど、この学校にいるヤツなら、もう誰だってこの噂も知ってるだろうし、俺たちだけに言うのはまちがってんだろ！」

次々にあがる声は、みんなの本音だろう。

赤信号を誰かひとりが渡った瞬間、それなら自分だってと次々に足を踏みだす。

気がつけば、いつの間にか騒ぎを聞きつけたらしい他のクラスの人たちまでもが集まってきて、私たちの教室を包囲するかのように取りかこんでいた。

「なにも、知らないくせに……っ。噂だけを信じて、大勢で寄ってたかって攻撃する方がまちがってんだろうが！」

蓮司の一声に、再びクラスメイトが押しだまった。

けれどそれは一時で、すでに赤信号を渡りはじめてしまった人たちはその足を止めることはない。

だって、今足を止めてしまったら、自分がケガをしてしまうかもしれないから。

「し、知らねぇよ、そんなこと！　実際、平塚はしゃべれねぇし、噂どおりの部分もあんだから、俺らは噂の方を信じるのが普通だろ！」

「だいたいにして、平塚だって否定しなかったし、お前らだって噂のこと否定しなかったじゃねぇか！」

「そ、それはっ」

「ほら！　今だって、その〝なにも知らない〟の〝なにも〟の部分を、なにひとつ説明しようとしないじゃねぇか！」

批判、非難、否定、攻撃、飛びかう声と、いくつもの視線。

そのすべてを受け止めながら、まちがっていたのは本当は自分だったのではないかと思った。

蓮司やアユちゃんに、なにも言わないでいてほしいとお願いしたのは私だ。

そして、ふたりはその言葉どおりに沈黙を貫き、私と一緒にたえてくれていた。

私のことを、ずっと守ってくれていた。

「お前らだって、俺らの気持ち考えたことあんのかよ⁉　お前らこそいい人ぶって、ただの正義面した偽善者じゃねぇか！」

「ぎ、偽善者、なんかじゃっ」

「正義面なんか、してねぇよ！」

「してるだろ！　さっきから、俺らばっかり悪者にしてんじゃん！」

今、ふたりを傷つけているのは私だ。

ふたりに向けられた非難の声はすべて、私のせいだ。

どこまでも脳天気で間抜けな私のせいで、取り返しのつかないことになってしまった。

こんなはずじゃなかった。こんなことになるなんて思ってもみなかったと言い訳を連ねても、もうなにもかもが手遅れだった。

私のせいで、ふたりが責められているのに。蓮司とアユちゃん、ふたりのことだけでも守りたいと思っても、その術が見つからない。

向けられる、いくつもの敵意の視線と好奇の目。

ささやかれる、いくつもの心ない声と言葉に、眩暈を覚えた。

「俺らは、悪くねぇよ」

きっと、悪意をささやくみんなが、そう思ってる。

――もう、なにもかもが限界だった。

今のこの状況でまっすぐに前を向けるほど、私は大人でもないし、強くもない。

私は大切な人さえ守れない、ちっぽけな臆病者だ。

……助けて。

心の中。声にならない声で、そう叫ぶ。

助けて。助けて、助けて……たすけて。

決して声にはできないとわかっていても、私は心の中で、何度も何度も叫び続けた。

叫び続けることしか、できなかった。

「お前らはさ、平塚を守ってる自分たちが正義だと思ってんのかもしれねぇけど、思いあがるのも大概にしろよ」

「そうだよ。こうやって、みんなを代表してお前らにいろいろ言うのも勇気が必要なんだから。俺らのほうこそ、正義なんだよ」

「だいたいにして、ちょっとは俺たちの迷惑も考えてからえらそうにモノを言えば、俺らだって――」

〝俺らだって、少しは助けてやったのに〟

と、誰かが言った瞬間、私の視界を人影がさえぎった。

「ひとりで立ちむかうこともできないヤツらが、えらそうなことばかり言うなよ」

（ああ、どうして――）

「正義なんて、曖昧な道徳を他人に説けるほど、俺たち高校生は人間できてない」

再び静まりかえった教室に、碧く澄みわたるような声が響いた。

弾けるように顔をあげれば見慣れた姿があって、今度こそ私は息をのんだ。

にじむ視界に映るその人は、私をまっすぐに見つめると、この冷たい空気とは正反対に、とてもやわらかに微笑んだ。

（な、なんで……？）

「栞が……傘、持ってなかったみたいだから、迎えに来た」

「……っ」

「今日の雨は、やけに冷たいから。傘がないと、風邪引くよ？」

――どうして樹生先輩が、ここにいるの？

やわらかに微笑む先輩に対して、私はこれが夢か現実かも曖昧なまま、ただ呆然としていることしかできなかった。

そんな私の顔を見て、「栞、おもしろい顔になってるよ？」なんて、いつもどおりの声色と調子で先輩が言うから、張りつめていた心が自然とゆるんでしまう。

けれど、普通でいるのは先輩だけで、それだけですべてが日常に戻るほど、今の私を囲む空気は優しくなかった。

「あ、あんた誰だよ！」

「っていうか、その制服……駅向こうの男子校の制服じゃね？」

再び、ざわめきだした教室。

先ほどまで声高々に正義を語っていたクラスメイトたちは、とまどい混じりにトゲのある言葉を吐きだした。

だけど、それにも少しも動じることのない先輩は、彼らを視線だけで一蹴すると、その瞳をゆっくりと黒板に移した。

「くだらない、な」

軽蔑を含んだ声色で、樹生先輩が言う。

視線の先には、先輩だけには絶対に見られたくなかった言葉が書きなぐられたままだった。

胸が苦しくなって、なんとか息を吐きだした私はふるえる拳を胸の前で握った。

床に張りついたままの足を動かして、黒板へと駆けより黒板消しを手に持つ。

そうして、もう一度ふるえる息を吐きだして、書かれた言葉たちを消そうと腕を伸ばしたのだけれど、

「……っ」

その手は、隣に立った先輩の手によって止められてしまった。

「制服、汚れるから、貸して?」

再びやわらかな声でそんなことを言った先輩は、私から黒板消しを奪うと無言で黒板に書かれた言葉を消していく。

先輩の手によって、ゆっくりと消されていく悪意。

そのまま黒板は、あっという間に不確かな白へと塗りつぶされた。

もう読めなくなった文字と黒板をひたすらに見つめていると、隣でパンパンと手を払う音が聞こえた。

(せ、先輩……あの)

「今度、こんな風にくだらないことしたら、同じ目にあわせてあげる」

そう言った先輩が、再びクラスメイトたちへと冷たい目を向ける。

「意味わかるよね? 正義の味方くんたち?」

笑顔を携えた表情とは裏腹に、抑揚のない声を出した先輩が、先輩の動向を見ていたクラスメイトたちへと問いかけた。

先輩の雰囲気と様子に、クラスメイトたちはゴクリと喉を鳴らし、それぞれに口をつぐんだ。

そんな様子を見て小さく笑った先輩は、続けて廊下に視線を移すとゆっくりと口を開いた。

「おもしろ半分、興味半分で噂を広めて、無抵抗な人の心を平気で傷つけるヤツらも同罪だ。今ここにいる人たちを貶めるようななにかを、彼女がしたのか？　こんな風に、一方的に攻撃されて当たり前だと言いきれるようなことを、彼女はしたか？」

「………………」

「自分がなにかをされたわけじゃないのに、周りの意見に同調することで自分を守って、ひたすらに他人を傷つけて楽しむ人間を、どう思う？　噂を流している張本人と、わざわざ同じ位置に立つ自分をどう思う？」

「……っ」

「俺だったら、そんな情けないヤツに成りさがるのは、ごめんだけどね」

淡々とした口調で言い放ち、再び周囲を視線だけで一蹴した先輩は、今度は私へと目を向けた。

まっすぐに向けられた、きれいな瞳。

ひたすらに見つめ返していれば、先輩の手が静かに目の前へと差し出された。

「今日は、疲れたから……帰ろう」

苦笑しながらそんなことを言う先輩を前に、またぼんやりと視界がにじんだ。

一度だけ小さくうなずいて、先輩の手にそっと手のひらをのせれば、その手は静かに握り返された。

相変わらず、ひんやりと冷たくて、今にも壊れそうなほど繊細な手。

それなのに――その手は、誰よりも優しくて、温かい。

「サボりに誘うなんて、俺も人のこと、えらそうに言えないかな?」

冗談交じりにそんなことを言った先輩が、強く腕を引く。

樹生先輩の言葉を合図に私の目からこぼれ落ちた涙はもう、悲しみに染まってはいなかった。

『Gentian(リンドウ)』
正義・誠実
悲しんでいる貴方を愛する

Geranium（ゼラニウム）

先輩に手を引かれるがまま学校を出ると、いつもどおり電車に乗って、いつもどおりの駅で電車を降りた。

学校を出てから駅に着くまで、樹生先輩とは一度も言葉を交わさないまま。

改札を抜けて足を止め、これから一体どこに向かうのかと考えながら先輩を見上げると、ふいに視線が交わった。

「ゆっくり話がしたいから、俺の家でもいい？」

一瞬迷いながらもおずおずとうなずけば、つないでいる手に、そっと力が込められた。

「今、ココア入れてくるから座ってて」

先輩の家に着き、渡されたタオルで制服と鞄についた雨滴（うてき）をぬぐうと、促されるままカーペットの上に腰をおろした。

キッチンに消えた先輩のうしろ姿を見おくりながら、あらためて小さく息を吐く。

先輩の家に来るのは今日で二度目だけれど、一度目の時とはちがって部屋が明るく見える。

テレビ台の横に、観葉植物が新たに置かれたせいだろうか。

先輩が買ったのかな、なんて、ぼんやりとそれをながめていると、テーブルの上にマグカップがふたつ置かれた。

「そのパキラ、父さんが持ってきたんだよ」

（え……）

「なんか、緑を部屋に置くと気持ちがリラックスできるから、って。……よくわかんないけど、まぁ言われた通り、とりあえず置いてみた」

「世話するのは面倒だけど」と続けた先輩は、言葉とは裏腹に、うれしそうに見える。

思わず口もとが綻んで、いただきますと唇を動かしてから目の前に置かれたココアに手を伸ばせば、甘い香りが私の鼻孔(びこう)をくすぐった。

「……本当は、話したくないなら話さなくていいよって言いたいところだけど」

「……！」

「できれば俺は……栞の口から、説明してほしいと思ってる」

私がマグカップを両手で包みながらテーブルの上へ置いたのを見計らって、先輩が改めて口を開いた。

眉根を寄せて私を見つめる先輩と目が合って、思わずゴクリと喉が鳴る。

ゆらゆらと、先輩の持つマグカップからのぼる湯気はまるで、今の私の心を表しているようだ。

——先輩に、話したくないわけじゃない。

こんなことになって、先輩にまで迷惑をかけておきながら、なにも話さずにいるなんてできない。

先輩が学校に来た時の様子を見る限り、先輩はもう例のSNSの件も知っているのだろう。

だからもう、いい加減話さなきゃ。すべてを、話さなきゃいけない時がきたんだ。

わかってる。わかってる、わかってる、けど——。

先輩にどう思われるかと考えたら、不安で不安で、仕方がなかった。

「……怖い？」

尋ねられ、小さく鼻をすすりながら、うなずくことしかできなかった。

すると一度だけため息をついた先輩は、自身のカップを手に持ち、ココアをひと口、口に含む。

そうして再びひと呼吸置いたあと、なにかを考えるみたいに頬杖をついて、ゆっくりと、言葉を紡ぎはじめた。

「俺も、怖かったよ」

（え……？）

「栞が壊れちゃうんじゃないか、って。栞の笑顔が消えちゃうんじゃないかって、すごく怖くて仕方がなかった」

悲しげに微笑んだ先輩を前に、再び涙が込みあげてくる。

「こんなことになるまで気づいてあげられなかったこと。気づけなかったことを、心の底から後悔した。もう、こんな後悔は絶対にしたくない。もう、こんな風に不安になるのは嫌なんだ」

「……っ」

「だから、さ。こんな臆病な俺のために、栞の抱えている苦しみを、話してくれない？」

とうとう、涙のしずくが頬を伝ってこぼれ落ちた。

先輩の言葉はいつだって優しくて、いつだって温かい。

次から次へとこぼれ落ちる涙を隠すように両手で顔を覆えば、先輩の手のひらが私の髪を優しく撫でた。

「大丈夫。俺は、いつだって栞の味方だから」

先輩の言葉はまるで魔法のようで、私の悲しみに染まった心を優しく包みこんでくれる。

……好きです、先輩。

先輩がくれたこの尊い優しさに、私はなにを返せばいいですか？

誰よりも繊細で、誰よりも温かい先輩のために、私はなにができますか？

先輩が教えてくれた愛に、私はどう応えればいいのだろう。

【私の、お父さんは――】

ひとしきり泣いたあと、透明なフィルムをなぞるようにスマホに手を添えた。

私が落ち着くまで、ずっと髪を撫でてくれていた先輩も、それを合図にゆっくりと手を放す。

小さく息を吐き、自分の呼吸を整えた。

胸の動悸(どうき)がひどくなるたび、胸に手を添えて自分の心に大丈夫と言いきかせる。

――どれくらいの時間をかけて、そこに言葉を綴っていたのかわからない。

けれど、私の心のうちが伝わるように。私の声が、先輩に届くように。

五年前の、あの日のことが――。

樹生先輩に、まちがいなく伝わるようにと願いながら、私は言葉を綴り続けた。

――五年前。あれは、ひどい嵐(あらし)の夜だった。

私の家は、近所でも評判なくらい仲のよい三人家族だった。

バスの運転手をしているお父さんと、保健師をしているお母さん。

両親が共働きの一人っ子で、小さい頃はさみしい思いをしたこともあったけれど、ふたりはそれを補うように、私にたくさんの愛情を注いでくれた。

いつだって明るくて、いつだって笑顔の絶えない家の中。

年甲斐(としがい)もなく仲のよいふたりは見ていてはずかしくもあり、私の自慢でもあった。

「栞が高校生になったら、ぶらり途中下車でバスの旅とかしてみるか？」

「えー。私、やっと中学生になったばっかりだよ？　っていうか、お父さん、休みの日までバスに乗ったら飽きちゃわない？」

「飽きるわけないだろー。お父さんは日本一バスを愛するバスの運転手なんだから」

　そう言って、うれしそうに笑ったお父さんのことを、私は今でも鮮明(せんめい)に覚えている。

「あ、そうだ。お父さん、これ、お守り！　手芸部でね、作ってみたの！」

「おー、栞手作りのお守りか？　んー、これはバスの形か？　なんか、不格好だなぁ」

「もう！　そういうこと言うなら、あげないし！」

「ははっ、冗談だよ。ありがとう。毎日持っていって、大切にするな？」

大きな手。お世辞にも上手とは言えない、フェルトで作ったバスの形をしたお守りを持って、うれしそうに笑ったお父さん。

「あなた、今日は雨が降るみたいよ。傘、持っていってね」

「ああ、ありがとう。それじゃあ、お母さん、栞。今日も、いってくるな！」

「うん。いってらっしゃい！」

――その日も、いつもどおりの朝だった。

「……なんか、今日の雨はすごいね」

そんなことをお母さんに言ったのは、ちょうど、朝の十時を過ぎた頃だろうか。

テレビでは、記録的豪(ごう)雨だとアナウンサーが話していて、その時はどこか他人事のように聞いていた。

だけどなぜかその日は、降りしきる雨で真っ黒に染まった景色を見つめながら、ぼんやりとお父さんのことを考えたら、ふと不安が胸をよぎった。

お父さん、こんな雨の日にお仕事なんて……明日の休みも、雨だと出かけられないかな。

明日は、私が中学校に入学してから、お父さんと初めて休みがかぶる日だ。

バスの運転手をしているお父さんは、土日も仕事のことが多い。

たまの平日の休みも、私が学校に行ってしまうとお父さんと出かけるなんてこともできなくて。

だからこそ、明日はめずらしく休みのかぶった日曜日。

お父さんとは、どこかに出かけようとあらかじめ約束していた。

「きゃ……っ！」

その時、背後でガチャン！と、なにかが割れる音とお母さんの短い悲鳴が聞こえた。

「お母さん、どうしたの⁉」

「ちょっと手が滑っちゃって、お茶碗を落としたの。栞、あぶないからこっち来ちゃダメよ」

「えー？　誰のを割ったの？」

「お父さんのお茶碗。これ、お父さんのお気に入りだったんだけど……仕方ないわね。新しいの、買ってこなきゃ」

眉をさげ、残念そうに言いながら、お母さんは割れてしまったお父さんのお茶碗を片づけていく。

その姿を見ながらまた胸がざわついて、再び外を見れば雨の悲しい音だけが何度も何度も、耳の中に木霊した。

――そして、その日の夕方。

「はい、もしもし。はい。……え？　主人が？」

リビングでソファーに身体を沈めながらテレビを見ていると、突然一本の電話がかかってきた。

初めはいつもどおりに応対していたお母さんの声色が、だんだんとふるえたものに変わっていき、なんとなくつけていたテレビを消した。

「わ、わかりました。それで……あの、主人の容態は……？」

「え？　お父さん？」

「はい、はい……。わかりました。今すぐ。今すぐ……娘と、向かいます」

電話を切ったお母さんは、その場に立ちすくんだまま、自失茫然としていた。

普通ではない雰囲気と、ほんの少し聞こえた会話に私まで不安になって、お母さんのそばまで駆け寄った。

「お母さん、どうしたの？　お父さん……なにか、あったの？」

私の問いかけに、ようやく我に返ったらしいお母さんがこちらを見る。

だけどお母さんは私を見たとたん、じわじわと目を潤ませ、赤く色づいた鼻の頭を隠すように、ふるえる唇に手を添えた。

「……お母さん？」

「い、今……お父さんの会社から、電話があって。お父さんが、事故をおこしたって。それで……お父さん、瀕死の重体みたいで、今から、病院にきてって言われて」

そこからは、なにがなんだかわからぬまま、お母さんと車に飛び乗ると、嵐のような雨の中を必死に病院まで向かった。

病院に着く直前、真っ黒な空に翔（か）けた稲妻（いなずま）。

雷がどこかに落ちた音が、あたりに響きわたったことを覚えている。

「すみません、平塚さんの奥様でしょうか？　少しおうかがいしたいことがございまして――」

病院に着いてしばらくして、手術中の赤いランプが点いている扉の前へと案内された私たちのところへ、黒いスーツを着た男の人たちがやってきた。

その人たちは黒い革の手帳を持っていた。

お母さんとその人たちを交互に見つめれば、お母さんは「わかりました」とだけ返事をして、静かに立ちあがった。

「お、お母さん？」

「ごめんね、栞。ちょっと、そこでお父さんのこと、待っててくれる？」

「大丈夫だから」と、笑顔でそう言ったお母さんは、黒いスーツを着たふたりと出ていった。

そのうしろ姿と手術中のランプを見ながら、無力な私はなにもできずに、ただそこで、待ち続けるしかなかった。

「力及ばず、申し訳ありません……ご主人は、今夜が峠でしょう」

手術室から出てきたお父さんは個室に移され、それを呆然と見ていたところで、お母さんがようやく戻ってきた。

たくさんのチューブにつながれて、顔を見ることもままならないほど包帯を巻かれたお父さんの前で、白衣を着たお医者さんが私たちに頭をさげた。

今夜が、峠。

ドラマで耳にしたことがあるけれど、大抵の人は奇跡的な復活を遂げると決まっている。

だからきっと、お父さんも大丈夫。絶対に、大丈夫に決まってる。

そう信じて、何度も何度もお父さんの無事を願った。

夜も眠らず、お父さんの無事だけを願った。

そうして、明け方。

お父さんは、私たちに看とられながら帰らぬ人となった。

「昨日、午前十一時頃〇〇市の路上で――」

病院のロビーに備えつけられたテレビで、そんなニュースが流れている。

まさかそれが、自分のお父さんの起こした事故で、その事故のせいで数人が亡くなっただなんて、昨日の今日ではとても信じられなかった。

──バスの運転手をしていたお父さんは、仕事中に事故を起こした。

大雨の中、お父さんが運転していたバスと一台の乗用車がぶつかった。

その事故でお父さんを含め、バスに乗っていた乗客が数人と、乗用車を運転していた人が死亡したという。

……私は、なにか悪い夢でも見ているのだろうか？

そう思って何度も頬をつねったけれど、決して夢から醒めてくれることはない。

いまだ現実を受けいれることもできず、ぼんやりと病院の景色をながめていると、突然トントン、と肩をたたかれた。

「もしかして、平塚──栞さん？」

突然声をかけられて、誰？と思って首をかしげると、その男の人は私を見て厭らしい笑みを浮かべた。

手にはお世辞にもきれいとは言えない真っ黒な手帳と、ノック式のボールペン。

肩にはカメラがぶらさげられていて、よれたスーツには得体のしれない液体のようなものがシミとなってこびりついていた。

「お父さんが、以前から様子がおかしかった、なんてことはありませんでしたか？」

「え？」

「たとえば、ほら。薬のようなものをやっていたとか、鬱のような症状があったとか」

生まれて初めて向けられた好奇の目。嫌悪感を覚えた私は、ようやくそこで、その男の人がマスコミ関連の人なのだということに気がついた。

思わず全身から血の気が引いて、あわてて立ちあがると逃げるように一歩、うしろへと足を引いた。

けれどその人は、そんな私を追いつめるかのごとく、息もかかりそうな距離で私を見つめると、再びニヤリと笑みを浮かべた。

「警察の見立てでは、昨日のひどい嵐で視界が悪かったということが原因、と。それで、バスの運転手の前方不注意だったと言われているようですが……ほら、それ以外にも、ご家族ならなにか思いあたる節でもあるんじゃないかと思いまして」

「そ、そんなのっ、ありません！ 父は、昨日もいつもどおりでしたっ」

「ほう、それなら、ご家族の知らないところでなにかあったんでしょうか？」

「し、知らないところで？」

「たとえば、家族にうしろめたいことがあって、それがストレスになっていたとか。借金があって首が回らなくなっていたとか。ほかにもアルコールに依存していたとか、その他にも家庭外で女性関係など――」

「すみません。ここは病院ですので、そういったことはお控えください」

と、不躾に私に迫りよってくるその人のせいで周りからも好奇の目を向けられはじめた時、たまたま通りかかった壮年のお医者さんが、私とその人との間に割って入ってくれた。

「あなたは、ここの医者ですか？　それなら、昨日の事故を起こした運転手がなにか事故の原因となるようなことをしていたか――」

「患者様や、そのご家族のプライベートなことは一切お話しできません。ここは身体の具合の悪い方が、治療のためにいらっしゃるところです。どうぞ、関係のない方はお引き取りください」

キッパリと、有無を言わさぬ口調で言ったお医者さんに、マスコミの男の人もそれ以上はなにもいえないといった様子で言葉をのみこみ、病院から出ていった。

そのうしろ姿を見つめ、今さらながら、お母さんが昨日連れていかれたあれは事情聴取で――昨日のあの人たちは、今の人とはちがう、警察の人たちだったのだと思い至った。

「……大丈夫かな？」

「あ……」

「私が言うことではないかもしれないが、ああいう人間には気をつけた方がいい。彼らはあることないこと言って人の心を揺さぶり得た情報で、ひどく低俗な記事を書くのが仕事だ」

あふれ出る涙を精いっぱいこらえながらうつむいていると、ふいに声をかけられて、私はあわてて顔をあげた。

見上げれば、たった今私を助けてくれたお医者さんが心配そうに私を見ている。

やわらかな目もとと清廉(せいれん)な雰囲気が印象的なお医者さんは「これを使いなさい」と言って〝S〟と、イニシャルの入ったハンカチを渡してくれた。

私は、ハンカチを受けとると、「ありがとうございました」とお礼を告げてから頭をさげ、逃げるようにその場をあとにした。

けれど、そのマスコミらしき男の人との一件が、ほんの序章に過ぎなかったことを、私はこのあと嫌というほど思いしることとなった。

お父さんが亡くなってから数週間、外を歩けば何度も何度も似たような人たちに声をかけられて、そのたびに心ない言葉を浴びせられた。

あげくの果てには家の前に張りつくその人たちにモラルというものは存在しないのか、家を出ることすら困難になり学校に行くことができなくなってしまった。

バス事故は豪雨による視界不良と、バスの運転手の前方不注意によって起きたものと判断されて、お父さんは結局、被疑者死亡のまま書類送検となり不起訴処分。

けれど、それに納得のいかないマスコミらしき人たちは、何度も何度も私たち家族の前に現れた。

私たちからするとおもしろがっているとしか思えない行動の数々に、そろそろ我慢の限界を覚えた頃、どこかで凶悪事件だかが起きて、ようやくその人たちは私たちに飽きたようにいなくなった。

——そうして、再び学校へ通えるようになった頃には、私の周囲は百八十度変わってしまっていたのだ。

「え？」

学校に着いてすぐ、中学にあがってできたばかりの友達のところへ行って「おはよう」と声をかけると、思いがけない言葉が返ってきた。

「……あのさ。悪いけど、もう話しかけないでくれる？」

友達のひとりにそう言いはなたれて、思わず言葉に詰まって唇を引きむすべば、私を見る彼女たちの目が軽蔑に染まっていることに気がついた。

「あ、あの……な、んで……」

「なんで？　聞く、そんな当たり前のこと？」

「あ、当たり前？」

「はぁ？　当たり前でしょ！　人殺しの子供なんかと仲よくしてたら、うちらが周りから変な目で見られちゃうじゃん！」

一瞬、目の前が真っ黒になった。

喉の奥が熱くなり、鼻がツンと痛む。

——人殺し。

マスコミの人たちからも、何度も浴びせられた言葉だ。

やっと解放されたと思っていたのに、そうじゃなかった。

——だけど、ちがう。そうじゃないの。だって、私のお父さんはバスが大好きで、バスの運転手という仕事を、誰よりも誇りに思っていた。

お客さんのことをいつも一番に考えていて、毎朝会う学生さんやOLさん、サラリーマン、足の悪いおばあちゃんやおじいちゃん、妊婦(にんぷ)さんや可愛い赤ちゃん。

誰にでも分け隔(へだ)てなく声をかけ、今日はどんな人を乗せたのか、その道程で見た景色を、娘の私に楽しそうに話してくれた。

だからこそ私は、いまだに信じられないんだ。

安全運転を常に心がけていたお父さんが、あんな事故を起こしただなんて。

お父さんが愛したバスが、お父さん自身の命を奪っただけでなく、お父さんが大切に思っていたお客さんたちの命まで奪ってしまったことが信じられない。

もしも天国なんてところがあるのなら、お父さんは今頃きっと泣いている。

自分が大好きだったバスに、あんな事故を起こさせてしまったこと。

自分のお世話になっていた会社に、たくさん迷惑をかけてしまったこと。

罪のない人たちの命を奪ってしまったこと。

──私たち家族を、悲しませていること。

お父さんはきっと、何度も懺悔を繰り返し、あれからずっと悔やんでいるにちがいない。泣いているに決まってる。

だからこそ、人殺しなんて、お父さんのことをなにも知らない人たちに、そんなことを簡単に口にしてほしくなかった。

「私の……お父、さんは」

「は？」

「お父さんはっ、人殺しなんかじゃないっ！」

この時の私は、マスコミからの執拗な取材や、周りから向けられる好奇の目に、限界を迎えていたんだと思う。

「お父さんは……好きで、あんな事故っ。あんな事故を起こしたくて起こしたんじゃないのに……っ」

「あんた、なに言って……」

「あ、謝ってっ！　私のお父さんに、今すぐ謝って！」

怒りで我を忘れたのは、初めてだった。

腕を組み、私に軽蔑の目を向けていた彼女へと声を荒らげた。

すると、そんな私たちのやり取りに気がついたクラスメイトたちが、ざわめき出す。

「なに？　えらそうにっ。謝るわけないじゃん！　事実を言ったまでなんだからっ！」

「きゃっ⁉」

ガッ！と肩を強く押されて、身体が一歩うしろへよろめいた。

それでも私は絶対に引いてなるものかと決意を固め、両足を踏ん張った。

周りに、なんと言われようとも。周りから、どんな好奇の目を向けられようとも絶対に引いてやらないと、強く拳を握ったのだ。

「私は、絶対にまちがってなんか――」

けれど再び、私が反論の声をあげて、大きく息を吸った瞬間――。

「あんたのお父さんがっ、この子の弟を殺したのは事実じゃんっ！」

思いもよらない事実を告げられ、私は今度こそ、口をつぐんだ。

「あんた、なにも知らないんだね？　自分の父親が自分の友達の弟を殺しておきながら〝今すぐ謝って〟とか、マジで親子そろって頭おかしいんじゃないの？」

吐き捨てられた言葉を受け止め、バカな私はようやく自分の過ちに気がついた。

彼女の後方で、目にいっぱいの涙をためて、私をにらんでいる瞳。

私へと一心に向けられる、敵意のこもった目――。

「嘘じゃない。この子の弟は、あんたのお父さんが運転してたバスに乗ってたの。あんたのお父さんが、どれだけのことをしたのか。人殺しって言われても、仕方ないんだよ！」

「嘘……そん、な……」

返す言葉が見つからず、ただ呆然とその場に立ちすくむしかなかった。

ガタガタと身体が震えだして、指先が冷たくなっていくのを感じた。

私は自分のことに、いっぱいいっぱいで、事故に巻きこまれた人のことや、遺された人たちのことまで考える余裕がなかったんだ。

一番の被害者は、お父さんが起こした事故に巻きこまれた人たちだというのに。

遺された人たちは、これから先、私が抱える悲しみ以上のものを背負っていかなければいけないのかもしれないのに。

それなのに、私……。私は今、なにを言った？

決して癒えることのない傷を背負う彼女に、なにを言ったの？

困惑と後悔で惑う視線をさまよわせながら、なんとか後方の彼女へと目を向ければ、彼女の瞳からは大粒の涙のしずくがこぼれ落ちた。

思わず、息をのむ。

なんとか呼吸を整え、彼女へと謝罪の言葉を告げようとすれば――。

「……あんたの声、もう二度と聞きたくない」

私はその言葉のとおり、自分の声を失った。

＊　＊　＊

【それから……もう、その中学校にはいられなくなってしまって。学校とも話し合って、隣の中学に転校したんです】

栞から聞かされた話は、重く深く、俺の心を押しつぶした。

すべてを聞き終えた自分は、なんと彼女に声をかけたらいいのか、わからなくなってしまった。

大変だったたね、つらかったね、なんて、安易なことも言えないほど、彼女の過去は壮絶で、悲しみに満ちていた。

【隣の中学でも、しばらくは噂とかのせいで爪弾きにされてたんですけど……。でも、そこには小さい頃から知っていた幼なじみの蓮司がいて。蓮司が、学校ではずっとそ

ばにいてくれたんです】

「…………」

【本当は、こんな風に普通に生活をしていたらいけないということもわかっています。あの事故以来、お母さんも周りにキツく当たられたりしていて……。だけど、お母さんはなにを言われても堂々として、自分たちだけでもお父さんを信じるんだって。いつもいつも、私の前では明るく振るまっていました。だから私も、これ以上、お母さんを悲しませるわけにはいかないから、できる限り前を向いていなきゃって思って】

「…………」

【そんなこと言っても……声が出なくなっちゃったから、結局お母さんのことは悲しませてるにちがいないんですけど】

自嘲の笑みをこぼした栞に胸が締めつけられて、苦しくて、たまらなかった。

だけど、目の前にいる彼女は。不安にふるえる手をなんとか俺に気づかれまいと必死に隠し、必死に恐怖にあらがおうとする彼女は、今日までたったひとりでその苦しみを抱えてきたんだ。

自分の声を失うほどに心を砕かれ、それでも懸命に今日まで罪を背負って生きてきた。

大好きだった父親をけなされ、蔑まれ。

それでも懸命に、彼女は家族を守ろうと必死になっただけなのに。

どちらが正しいかなんて、きっと誰にもわからない。

大切な家族との思い出を、大切な家族との時間を消されてしまわぬようにと、残酷な運命に十二歳だった彼女は必死に抵抗しただけだ。

栞の過去を知り、栞の声が奪われた原因を知れば、なにかが変わるんじゃないかと漠然（ばくぜん）と思っていた。

そんなことを安易に考え、ひとりで彼女のヒーローを気どっていた自分は、本当にただのバカだった。

——栞の過去を聞かされたことで、俺はあらためて自分の浅はかさと幼さを、思いしったんだ。

あの時、俺から父親の話を聞かされた栞は、一体どんな気持ちだった？

どんな気持ちで俺の話を聞き、飲みこみ、励ますための言葉をくれたのだろう。

どれだけ自分の想いを押し殺して、過去にしがみつく俺を救ってくれたんだろうか。

【ごめんなさい、先輩。嫌な話を聞かせてしまって。今日は助けてくれて、本当にありがとうございました】

神様は、どうしてこんな風に意地悪をする。

どうして彼女ひとりに、こんなにもひどい罰を与えたのだろう？

再び自嘲してうつむいた栞は、持っていたスマホを鞄にしまった。

部屋には壊れたラジオのような雨音だけが響き、さみしさが俺たちを包みこむ。

その静寂に、栞も俺も決してあらがおうとはせず、ただひたすらに時間に身を預けた。

――それからどれくらい、声のない時間が続いたのかはわからない。

けれど、ゆっくりと。再び高鳴りだした鼓動に任せるように、俺は小さく深呼吸をすると、いまだに窓をたたく雨音を聞きながら沈黙を切った。

「……嫌な話、なんかじゃない。だけど、すごく、苦しくて哀しい、話だった」

「……っ」

「俺のために話して、なんて。そんな無神経なお願いをして、本当にごめん。デリカシーのないお願いだった」

でも、俺は。それでも、俺は――。

「それでも俺は、栞の言葉で聞けてよかったって思ってる。俺の方こそ、話してくれて、ありがとう」

栞が、顔をあげた。

彼女はまだ十七歳だというのに、その肩にのる苦しみは、彼女から最愛の父を奪っただけでなく、苦しみを吐きだすための声までもを奪ってしまった。

「もう、我慢しなくていいよ。泣いていい。俺が、全部受け止めるから」

その声を合図に、栞の瞳から音もなく大粒の涙のしずくがこぼれ落ちた。

白く滑らかな頬を伝い、次から次へと落ちていく、苦しみのしずくたち。

それを隠すように、再び栞が両手で自身の顔を覆った瞬間、俺は衝動のままに彼女の身体を抱きしめた。

腕の中。ふるえる身体と落ちていく涙のしずくが声となって、俺の心に語りかける。


——ごめんなさい。

傷つけてしまって、ごめんなさい。

それなのに前向きに生きていて、ごめんなさい。

たくさんの人を傷つけて、ごめんなさい。

守ってくれた人を守れなくて、ごめんなさい。

大好きなお父さんを、守れなくてごめんなさい。

——声が出なくて、ごめんなさい。


「栞は、なにも悪くない。栞はこれ以上、自分を責める必要なんてない」

俺の言葉に、そんなはずがないと首を振る栞の心をなだめるように、何度も何度も彼女の背中をさすった。

その優しい心が。

これ以上、傷つくことのないようにと願うことしか、今の俺にはできないから。

今だけはせめて、苦しみのすべてを預けてほしいと真摯に願う。

頼むから。今ここにいる、彼女が。

——先輩。たくさん迷惑をかけてしまって、ごめんなさい。

優しい彼女が、悲しみの渦の中に飲み込まれてしまわぬようにと精いっぱい願いながら……俺は、腕の中で震える小さな身体を、きつくきつく抱きしめた。

『Geranium（ゼラニウム）』
決意・慰め
君ありて幸福

Sweet Alyssum（アリッサム）

先輩にすべてを話したあの日、先輩は私が泣き止むまでずっと、私の身体と心を抱きしめていてくれた。

降り続く雨は、どんなに身体と心を冷やそうともやんでくれることはなく、いつの間にか自分ではどうすることもできないほどに凍えていた。

そんな私を先輩は、つなぎ止めるように温め続けてくれたんだ。

雨の中、お母さんが心配するからと家まで送りとどけてくれた先輩は「無理はしなくていいから。今は、休みたいだけ休んだ方がいい」と、最後まで優しく声をかけてくれた。

その言葉に甘えるように、一週間も学校を休んでしまった私は、いい加減このままではいけないと再び自分の心を奮いたたせた。

……学校、行かなきゃ。

「あら、栞。もう、具合はいいの？」

制服を着て、リビングの扉を開けた私にお母さんが明るく接してくれる。

お母さんは体調が悪いなんて私の嘘にも気付いているけど、わかった上で気づかないふりをしてくれたんだ。

「ありがとう」という気持ちを込めて精いっぱいの笑顔を見せると、私は前に進むべく扉を開けた。

一週間ぶりの、駅のホーム。

乗るのは――いつもの電車よりもひとつ早い、乗り慣れない時間の電車。

けれど、乗る車両は乗り慣れた一両目。

ホームに立てば景色は変わっていなくて、少しだけ安堵した。

……先輩とは、あれから何度かメッセージでなにげない会話のやり取りをしたけれど、今日から学校へ行くことは伝えていない。

だって、優しい先輩はきっと私が学校に行くと言えば心配するだろう。

それだけならまだしも、朝は家まで迎えにきて、帰りも私の通う学校まで迎えにくるとか言いかねない気がした。

全部、私の自意識過剰で終わればいい。

でも、もし本当にそんなことになれば、先輩に今以上の迷惑をかけることになるのだ。

今は先輩にとって、今後の人生を左右するとても大事な時期で、先輩の将来を邪魔するようなこと、絶対にしたくなかった。

——でも結局、先輩は私よりも、一枚も二枚も上手だった。

「一本早い電車に乗るとか、反抗期？」

突然背後から声をかけられ、弾けるように振り向いた。

そうすれば、すっかりと秋仕様の制服姿の樹生先輩が立っていて、思わず目を見開いた。

「やっぱり、こういう時のために信頼関係を作っておくのって大事だよね。栞のお母さん、メッセージでは可愛いスタンプとか使ってくれて、すごいフレンドリー」

ゆるく着こなされたカーディガンの袖に、半分ほど隠された手に握られているのは、先輩の真っ黒なスマホだ。

先輩はそのスマホをヒラヒラと動かしながらニヒルに笑うと、胸ポケットに滑らせた。

「栞ならきっと、俺にこれ以上迷惑かけたくないとかいうどうでもいい理由で、学校行く気になっても言わないだろうなと思ってさ。だから、栞のお母さんにあらかじめ、栞が登校する時は朝一で連絡くださいって言っといたんだ」

（うそ……）

「そもそもさ。迷惑なんて思うくらいなら、こんなに深くかかわってないよ」

続けて、「そこまで信用ないかな、俺」と、自嘲した先輩に対して、何度も首を左右に振った。

必死に否定する私を見てやわらかに微笑んだ先輩の手が、私の頭を優しく撫でる。

一週間ぶりに、先輩の温もりを感じて視界がにじむ。

朝からこんなところで泣くわけにはいかないから、ごまかすように瞬きを繰り返した。

「……なんで、こんなに理不尽なんだろう」

(え?)

先輩のつぶやきに驚いて、顔を上げる。

樹生先輩は私の方は見ずにまっすぐ前を向きながら、眉根を寄せていた。

「悲しいけど、こっちがどんなに必死になって気持ちを伝えても、心ない言葉を平気で言える人間はたしかにいて、そんなヤツに毎日を必死に生きてる人間が当たり前に傷つけられるんだ」

(それは……)

「栞を、そんな心ない声から守りたいと思って、俺なりに必死に考えた。……でも、どうすることが一番いいのか答えは見つからなくて。結局俺は口だけで、栞のためにしてあげられることはなにもないことを、思いしらされただけだった」

悔しそうにまつ毛を伏せた先輩は「本当に、ごめん」と、独り言のように言葉をこぼす。

私は樹生先輩の横顔をしばらくながめたあと、胸に手をあてながら、一度だけ深く息をはいた。

（……先輩は）

「うん……？」

樹生先輩は、やっぱり、どこまでも優しい人だ。

私のためになにもできていないなんて、そんなはずない。そんなわけがないのに。

だって私は、先輩にたくさんの優しさをもらっている。

私が今日こうして、学校に行こうと思えたのも先輩のお陰だ。

あの時、凍えきっていた私の心を先輩が温めてくれたから、私は逃げずにいられたの。

我慢しなくていい、俺が全部受け止めるから……と、その言葉に、私がどれだけ救われたのか、先輩はわかっていない。

そして、そんな先輩の優しさに答えなきゃ、答えたいと思ったからこそ、私は今日ここに立っている。

（……ねぇ、先輩）

「……どうした、栞？」

私がそっと先輩の手にふれると、樹生先輩は驚いたように目を見開いて私を見た。きれいな瞳。私は静かに微笑んでから、ゆるく首を横に振り、ゆっくりと口を開いた。

（私は、もう十分過ぎるくらい、先輩にかけがえのない優しさをもらいました）

「え……」

（だから、今日はその優しさに応えたいんです。この一週間、私も私なりに考えました。それで……私ももっと、がんばってみようと思ったんです）

「栞？」

（見てて、ください。私は、生まれ変わった自分の姿を、樹生先輩に見てほしいです）

そこまで言って手を離せば、さすがの先輩も口の動きだけではすべてをくみ取れなかったのか、難しそうな顔をして私を見つめた。

そんな先輩を前に再び笑みを見せると、今度はスマホを取り出して指を這わせる。

【はずかしいので、二回は言えません。だから、内緒です】

「内緒？」

【忘れてください。でも、できれば忘れないでください】

自分でも、あきれるほど理不尽な言葉だと思う。

だけど、そのすべてが私の本心で、私が今、先輩に伝えたいことでもあった。

「仕方がないな」

タイミングよく、ホームに電車がやってくることを伝えるアナウンスが流れる。

先輩も私がもうそれ以上なにも言うつもりがないことに気がつくと、あきれたように小さく笑って、私の髪を静かになでた。

【先輩は、大丈夫ですか?】

電車に乗り、いつもとはちがった乗客の風景をながめながら、隣に座る先輩に問いかけた。

今日も相変わらず完璧な容姿の先輩が、なんとなく疲れているように見えるのはたぶん、私の気のせいではない。

眉目秀麗（びもくしゅうれい）な先輩の横顔をジッ、と見つめれば、「栞、顔が怖くなってる」と言われた。

先輩はいつだって私のことを気にかけてはくれるけど、私からすれば今くらいは自分のことだけに集中してほしいのが本音だということもわかってもらいたい。

「まぁ、とりあえず推薦で受験できるし、せっかくのチャンスだからがんばらないとって思ってるよ」

【もうすぐ、ですよね？】

「うん。一応、十一月の頭には願書出して、試験日が十一月末。合格発表はその十二月の頭で……。だから今日あたり、担任に提出書類のチェックとか頼む予定」

【本当に、いよいよですね。でも、休む時は、ちゃんと休んで無理だけはしないでくださいね？】

だけど、私がスマホの画面を向けてジッと先輩を見つめれば、ふいにトン、と額を指で小突かれた。

思わず目を瞬かせれば、先輩が私を見て小さく笑う。

「……それは、おたがい様」

（え？）

「栞も無理しないように、ってこと」

「……！」

「今日も、学校でなにかあったらすぐに報告すること。あと、わかってると思うけど帰りはそっちの学校まで迎えに行くから、帰り時間がわかったら連絡して」

（で、でも、そんなことしたら、先輩は受験で大変なのに……）

「大切なものって手もとに置いておかないと、逆に不安でいろんなことが手につかなくなることってない？　それと同じだから」

「……っ」

「ってことで、連絡は必ずするように。約束」

まるで、さっきのお返しだと言わんばかりに、先輩はそれ以上の異論を唱えさせてはくれなかった。

同時に、私たちが乗っていた電車がタイミングよく駅につく。

「じゃあ、また放課後に」

そう言うと改札を抜け、先輩は片手をあげて踵を返した。

——でも、この時、反対の出口へと歩いていくうしろ姿を見つめながら、なぜだか無性に胸騒ぎがしたんだ。

後ろ髪を引かれる思いで私も歩き出したけど、やっぱり最後に見た先輩の姿が、いつまでも頭から離れなかった。

＊　＊　＊

先輩と別れ、学校に着き、一週間ぶりの図書委員の仕事を終えた私は、不安で押しつぶされそうになりながら教室へと向かった。

教室までの道程では、相変わらず周囲の人たちから好奇の目を向けられた。

でも、一週間前に比べて、全体的な数が減った気がする。

なにより、向けられる視線は遠慮がちなものに変わっていて、私はそれがとても不思議だった。

いつもよりも、長く感じる廊下を歩く。

そうしてクラスのプレートが見え、開けっぱなしの扉を確認した瞬間、否が応でも緊張と不安はピークを迎えた。

……がんばるって、決めたじゃない。

決意を胸に、深呼吸を繰り返す。

その決意が揺るがぬうちにと、私は意を決して教室へ向かう足を速めた。

「…………」

扉の前に立ち、一歩教室内へと入ると、私に気づいたクラスメイトたちが一斉に動きを止めた。

それぞれが私を見て、目を見開き、驚いた顔をする。

「し、栞⁉」

（アユちゃん……）

空気が変わった教室で、私を見つけて一番に駆けよってきてくれたのはアユちゃんだった。

「栞っ、来るなら来るって言ってくれたら、家まで迎えに行ったのに！　っていうか、まさか図書委員の仕事してきたの⁉　どんだけ真面目よ！」

（アユちゃん、ごめんね……たくさん心配してくれて、守ってくれて、ありがとう）

口の動きだけでそう伝えると、「……なにそれ。ぜんぜんわかんない」なんて、本当はわかってくれたはずなのに、照れ隠しでそう言ったアユちゃんが私から顔をそらした。

そんな、アユちゃんの変わらぬ様子と態度に再び勇気をもらう。

そうして、一度だけ教室内を見まわした私は、バツが悪そうに私を見ていたクラスメイトたちに向かって深々と頭をさげた。

（――私のせいで、たくさん迷惑をかけてしまって、ごめんなさい！）

さげた頭をあげ、パクパクと口を動かしてそう言えば、クラスメイトたちが「え、なに？」「なんて言ったの？」と、それぞれ首をかしげる。

そんなみんなを見て、今にもその場に根を張りそうなほどに臆病な足をゆっくりと動かし黒板の前まで行くと、私は真っ白なチョークを手に取った。

【私のせいで、たくさん迷惑をかけてしまって、ごめんなさい。嫌な気持ちにさせてしまったことも、ごめんなさい】

そこまで書いて、再びクラスメイトたちを振り返ると頭をさげる。

また顔をあげると黒板に向き直り、手に持ったままのチョークを真っ青な空のような黒板に滑らせた。

【みんなに嫌な思いと不安を抱かせたままで本当に申し訳ないのだけれど、私はやっぱりこの学校に通い続けたいです。ワガママかもしれないけど、ここでできた友達や、今日までこんな私を受けいれてくれていたみんなと一緒に卒業したいです】

……いつだって、逃げるのは難しかった。

苦しければ逃げればいいなんて簡単に言うけれど、私の逃げ場なんてどこにもなかった。

どんなに逃げても過去が追いかけてくる。どうにか逃れるための方法を、私は今日まで必死に探したけれど、結局見つけられなかった。

それは、私がこの五年間で嫌というほど思いしったこと。

ようやく世間から忘れてもらえたと思った頃にまた掘りおこされて、そのたびに打ちのめされる。

これからもきっと、その繰り返しなんじゃないかと思う。

……だからこれは、あきらめだ。逃げ場がないなら、逃げることをあきらめる。

あきらめて、放棄して——私は、開き直ることに決めたんだ。

【私の父は、仕事中に取り返しのつかない事故を起こしました。その事故では多くの

方が亡くなられました。それはすべて事実です】

【でも、これだけは、父の名誉のために言わせてください。父は、わざと事故を起こしたわけじゃない。父は、自分の仕事にかかわるすべての人を愛し、なにより自分の仕事に誇りを持っていました】

ふるえる指先が、白く染まる。

書いては消して、書いては消して。

まだ書いたばかりの文字が消えたあとの残る黒板に、私はクラスメイトたちの表情を振り返る勇気もなく、それでも必死に言葉を綴り続けた。

【私のことを受けいれてほしいなんて言いません。ただ、この教室にいさせてほしい、それだけです。そして、私の周りにいる大切な人たちのことだけは、どうか傷つけないでほしい。彼らは、ただ私のそばにいてくれて、私に笑顔をくれただけなんです】

書いてから、ななめうしろに立つアユちゃんへと笑顔を向けると、「栞……」と、静かにつぶやいた瞳から、きれいな涙のしずくがこぼれ落ちるのを見た。

いつだって守ってくれて、ありがとう。

だけどこれからは、私も守れるように強くなるよ。

そしたら今度は堂々と、あなたは私の大切な親友だと、胸を張って言えるから。

【今まで、本当にごめんなさい。それと――】

（──これからも、どうぞよろしくお願いします！）

最後だけは文字にせず、クラスメイトのみんなを見つめながら精いっぱい唇を動かした。

伝わらなかったかもしれない。受けいれてもらえないかもしれない。

──でも、もう、それでもいいの。

伝えたことに意味があると思いたい。

こうして伝えたことで、ほんの少しでもなにかが変わると、私は信じたいんだ。

ふるえる息を吐きだして、そっとまつ毛を伏せればいくつもの足が視界に映った。

……信じてる、信じたい。

だけど本当は──すごく、怖い。

樹生先輩の言うとおり、心ない言葉を平気で言える人はたしかにいるから。

そんな人たちにはきっと、なにを言っても無駄なのだろう。

だけど私は、私がいるこの場所には、そんな人はいないと最後まで信じていたいんだ。

「……俺らの、方こそ」

「俺たちの方こそ……いろいろ、ごめん」

それは、まるで真っ青な空をかけた、飛行機雲のようだった。

教室の隅。声のした方へと目を向ければ、そこにはあの日、先頭に立って私に想いをぶつけた男の子たちがいた。

彼らは目が合うとバツが悪そうにまつ毛を伏せ、しばらく考え込んでから言葉を続けた。

「あの時は、俺らも、さすがに言い過ぎたなって。でもなんか、もうあとに引けなくなってて……」

「本当は、わかってたんだ。あの噂が変だってこともなんとなく感じてたし、でもやっぱ、周りが騒いでると一緒になって騒ぐのが楽しくて、つい調子に乗ってさ」

「あの、突然入ってきたヤツに言われたことに反論できなかったのも、心のどこかで矛盾に気がついてたからなんだと思う」

「言われてみて、もし自分が平塚の立場だったら……って、あの時、初めて考えた」

そこまで言うとふたりは、一瞬だけたがいに顔を見合わせた。

「自分勝手だけど、平塚が学校休んで、もしも平塚になにかあったら、それって俺らのせいじゃん?って思ったら、急に怖くなってさ」

「きっと、次は俺らが平塚と同じ立場になる。俺らがSNSでつるし上げられるかもって、急に不安になって……」

「でも平塚は、俺らが騒いでるせいで、ずっとそういう想いをしてたのかもなって」

「くだらない噂を言いはじめたヤツも、それをおもしろ半分で広げてるヤツも、結局は同罪なんだって……ほんと、そのとおりだと思った」

「そんなことがわからないほどガキでもないのに、周りに流されてた自分を、今は本気ではずかしいなって思う」

「今さら、俺らがこんなこと言っても信用ないかもしんないけど。それでも……平塚のこと、いろいろ傷つけて、本当にごめん」

「……本当に、ごめんな」

そう言うと、私をまっすぐに見つめた彼らは深々と頭をさげた。

彼らの言葉に嘘はないと思えるのはきっと、私も彼らと同じようにたくさんの後悔と反省、そしてこのままではいけないと奮起したからなのだろう。

彼らも私と同じように、勇気をだして自分の気持ちを話し、謝罪した。

結局は私も彼らも、似た者同士だった。

私は噂が自然と消えていくのを待つことで、自分からはなにひとつ行動しようとは思わなかった。

それはきっと、彼らも同じ。

自分からはなにひとつ行動せず、ただ周りの流れに身を任せていただけ。

彼らが正義ではないのなら、私だって正義ではなかった。

開き直ることは、決して簡単ではない。

心ない言葉を吐き、拒絶を示す人は絶対にいる。

だけど……勇気をだして一歩前に踏み出せば、理解を示してくれる人も、必ずいる。

教壇からおり、いまだに私に向けて頭をさげている彼らのもとへとゆっくりと歩を進めた。

私の影に気がついた彼らもまたゆっくりと、頭をあげる。

再び視線と視線が交わって、思わずこぼれそうになった涙を必死にこらえながら、私は静かに彼らの前へと右手を差し出した。

(ありがとう)

「……っ」

――ほら、ここにも先輩が教えてくれた優しさがあった。

〝君の声、俺にはちゃんと聞こえたよ〟

誠意を持って言葉にすれば、それは伝わるのだと先輩が教えてくれたから。

ゆっくりと、手と手が重なり合う。

だけど、それに思わず笑みをこぼして、再び「これからも、よろしくね」と、そう言葉を紡ごうとした――瞬間。

「……栞っ！」

突然、蓮司が教室に飛びこんできて、大きな声で叫んだ。

「あいつが──相馬先輩が、今……っ」

続けられた言葉に、私は現実を受け止めきれずに言葉を失くした。

「俺がっ、あんなこと、言わなきゃ……っ」

──それは、降り続いた雨のせいで泥濘(ぬかる)んだ足もとに、呆気なくさらわれた未来だ。

私はいつだって、自分のことばかりで周りが見えていないから。

ようやくのぞいた青空に、つい安堵していた私は今日も、足元にあるあやうさに気づくことができなかった。

＊＊＊

朝、栞と別れ、ひとり学校へと迎えばいつもどおりの校門の前に、見覚えのある男が立っていた。

その人物は俺を見つけるなり壁に預けていた身体を放し、眉間にシワを寄せたまま足を止めた俺の方へと歩いてきた。

「おはよう。俺になにか用かな、幼なじみくん？」

仏頂面という言葉がピッタリな彼に向けて笑顔を見せれば、眉間に刻まれたシワがさらに深くなった。

栞と同じ学校の制服を身にまとい、あきらかな威嚇を押しだしてくる彼が、俺に一体なんの用なのか。

今からされる話が、いい話じゃない気がするのは、きっと気のせいではないと思う。

「……俺は、あんたのことがきらいです」

「うん、それはよくわかるよ」

開口一番、なにを言われるかと思えば。

けれどそれに、笑みを貼りつけたまま返事をすると「そういう余裕ぶったところは、大きらいです」とまで言われてしまった。

「きみ、蓮司くんだっけ。それで？ 今日はそのきらいなヤツに、なんの用かな？ 栞なら、ついさっき駅で別れたばかりだけど」

「あ、あいつ、学校に……？」

「みたいだね。俺は、もうちょっと休んでてもいいと思ったけど、栞は……どこまでもまっすぐで、不器用な子だから」

言いながら、今朝の栞のどこかスッキリとした表情を思いおこし、今度は自然と笑みがこぼれた。

栞は俺が思っている以上に芯の強い子だ。

その分傷つきやすくもあり、ほんの少しのゆがみで壊れてしまうような脆さと儚さを併せもった子。

だから余計に、俺は彼女から目が離せない。

「……あいつは、大丈夫でしたか？」

「それは、どうだろう。今すぐ追いかけていって、自分の目で確かめてみたら？」

今度は意地悪半分でそう言うと、それを合図に視線を外して足を動かし、目の前の彼をその場に置き去ろうとした──の、だけれど。

「あいつはっ。栞は、あんたのこと、信用しきってます！」

通り過ぎようとした俺の腕を痛いくらいの力でつかんだ彼によって、それは叶わなかった。

放たれた言葉の重さと腕をつかむ力強さに、再び視線を彼へと向ける。

すると、俺をまっすぐに射ぬくその目の強さに、今度こそその場に足の根を張った。

俺を試しているというわけではなく、懇願するような、それでいて栞への愛情をにじませた瞳に、心が絆される。

「知ってるよ。だから俺は、そんな栞の気持ちを裏切らないって決めた」

「え……」

「栞の期待にどれだけ応えられるかはわからない。でも、栞が悲しむようなことだけは絶対にしない」

「そ、それってつまり、あんたは栞のこと……」

「確かめたかったのは、それだけ？　それなら俺はもう行くから――」

だけど、踵を返そうとした俺に、突然切羽詰まった声を出した幼なじみくんは、思いもよらないことを言いだした。

「犯人っ！」

「え？」

「あの、栞の噂を流したSNSの犯人……っ。俺、わかったかもしれないんです！」

その声色と様子に、それが俺を引き止めるための嘘ではないということはわかった。

そして――そう言う彼が、なにかにおびえているということも。

「……誰だよ」

「え……あ、あの」

「知ってること、全部言え」

自分でも、驚くほど温度のない声が出た。

けれど気持ちにフタをする余裕もなくて、俺はつかまれた腕を振りはらって彼へと身体を向けると、その目をまっすぐに見つめ返した。

一瞬ひるんだ彼だったけれど、彼もまた意を決したように一度だけ喉を鳴らし、今度はゆっくりと、言葉を紡ぎはじめる。

「俺、ガキの頃、栞のことが好きでした。でも、中学入ってあの噂のせいで栞が周りからハブられたり、悪く言われたりしてるのを見て、なんていうか今度は好きとか以前に、守らなきゃって思いが強くなって。それは今でもそうで、だから俺にとって栞はなんていうか妹みたいな、そういう感覚で……」

バツが悪そうに、けれど懺悔するかのように紡がれるその言葉に、不思議と嫌悪は抱かない。

「それで、俺は……。栞に初めて、あんたのことを話した時に、あんたのことを悪く言う俺を、栞はキッパリと否定して。その潔さに、ああ、もう、栞は俺以外に自分を守ってくれる存在を見つけたんだって思ったら……なんか、すげぇムカついて……」

「……で？　噂を流した？」

「ち、ちがうっ！　俺はただ、そういう自分の気持ちを、ある先輩に相談しただけで……」

「ある先輩？」

「その人、俺の中学の時のサッカー部の先輩で、今はあんたと同じここの高校に通ってるんです。実は、あんたの噂もその先輩から聞かされて。お前の幼なじみが、相馬樹生に弄ばれてる。早く引きはなさないと、栞ちゃんが痛い目に遭うぞって」

そこまで言うと、目を伏せた彼は、後悔で拳をふるわせた。

「でも、今思えば、なんかいろいろ変なところがたくさんあって。先輩から聞かされたあんたの話も、ただ一方的に悪意のこもった悪口に近かったし。なにより俺……先輩に、栞が幼なじみだって説明したことあったかなって……」

彼の言葉に、違和感を覚えたのは俺も同じだった。

栞と幼なじみの彼は、俺のひとつ下の学年。

つまりサッカー部の先輩というヤツは、俺と同じ学年なんだろう。

俺と同じ学年のサッカー部だったヤツ。

この、なにかに引っかかるフレーズを、俺はどこかで聞いたことが――。

「その、栞とのことを相談したのが、あんたと栞にお祭りで会った直後で。その時に、俺、聞かれるがまま、その先輩に栞の過去の話まで、つい話しちゃったんです……」

「…………」

「今さら言い訳にしか過ぎないけど、あの時は、なんか我を失ってたって言うか。あんたのすごさをあらためて目の当たりにして、自分の不甲斐なさを思いしって……それで、懺悔の気持ちも含めて、つい……」

「…………」

「そ、そしたらっ。そのあとすぐに、栞の噂がSNSで流れはじめて！　どうして今さらって俺も考えたんですけど、でもなんか、あまりにもタイミングがよすぎるから、まさか……って。そういうこと、ここ最近ずっと考えてたら、なんかもう答えはひとつな気がして――」

「……もしかして、」

「え？」

「そいつ――あの時、そこにいた？」

「あ、あの時？」

「その、お祭りの時に。君の友達の中に、そいつがいた？」

「祭りの時？　い、いました、けど……。最初に栞とあんたが一緒にいることに気がついたのも、その先輩で……」

「ああ――」

『そのサッカー部のヤツは、俺のファンなの？』

『うーん……そうじゃなくてさ。もしかして、あの子のこと気になってるんじゃない？』

――見つけた。

あの時、誰もが好奇の目を栞に向けていた一方で、ひとりだけ、俺へと憎悪に満ちた目を向けていた男。

敵意に満ちたその目が時折、浴衣姿の栞のことを欲に塗れた目で見つめていたことも。

そして、その男に——つい最近、出くわしたことも、全部、思い出した。

「あ、おいっ！」

駆けだした足はまっすぐに、グラウンドを横切り部活動をする生徒たちのために建てられた部室棟へと急いだ。

そこでにぎわいを見せる後輩たちの中、ひとり、えらそうに足を組んでベンチに座る、場ちがいな様子の男を見つけた。

そして、俺に気づくこともなくのんきにその男が紡いだ言葉に、俺の中に芽吹いた疑念が確信に変わる。

「ほら、例のあの声が出ない女の噂だけどさ。俺、その女と仲いい後輩から聞いて結構詳しいから、なんでも聞いてよ。っていうか、初めに噂を流したＳＮＳのヤツ、いよいよヒーローじゃね？」

「せ、先輩……？」

幼なじみくんも同じ確信を抱いたようで、背後でつぶやかれたその声はひどく震えていた。

「父親が人殺しとか、マジないよなぁ？　普通に気持ち悪くね？」

――ふざけるな。

気がつけば俺はそいつの前に立ち、誇らしげな表情を浮かべるそいつの胸倉をつかみあげていた。

「なっ、そ、相馬⁉」

突然現れて、なんの予告もなしに胸倉をつかまれたそいつは当然のことながら驚きの声をあげる。

けれどそんなことにもお構いなしに、俺は冷めた目でそいつを見下ろすと、ゆっくりと口を開いた。

「お前、か？」

「は、はぁ？」

「お前が、栞の噂を流した、あのＳＮＳの犯人なのかって聞いてる」

つかんだ胸倉を自分の方へと力いっぱい引きよせれば、目の前の顔が息苦しそうにゆがんだ。

でも、俺がつかんだ手にさらに力を込めれば、俺へと目を向けるそいつの目に――あの時見た、みにくい憎悪の火が点った。

「だ、だったら、なんだよ！　べつに俺は、真実をみんなに伝えただけだっ！　みんなのために、みんなが少しでも安心して暮らせるように、真実を書いただけだ！」

俺に必死に訴えるそいつの声を聞いても、感情が少しも動かないのはどうしてだろう。

栞と出会って言葉の尊さを知ったのに、目の前で張りあげられるこいつの言葉は、俺の胸には少しも響かない。

ただ……軽蔑の思いが、強くなる一方だ。

「本気で、言ってるのか？」

「え？」

「だとしたら——救えないヤツだな」

吐き捨てた言葉は、最大限の蔑みの意が込められていた。

目の前の男を見る自分の目から、さらに温度がなくなっていくのを感じる。

対して、縮みあがるという言葉がこんなにも似合うかというほどに顔を青くしたそいつは、今度はあせったように口を開いた。

「お、俺が悪いんじゃない！　あ、あの子がっ、栞ちゃんが悪いんだっ。俺の方が、お前なんかよりずっと前から、栞ちゃんのこと見てたのに！」

「は？」

「それなのに、お前がっ。お前が突然間に割って入ってきて、栞ちゃんのことたぶらかしてっ。ホントなら、こんなはずじゃなかったのに、それなのに！」

「…………」

「お前みたいになんでも持ってて、なんでも思いどおりにできるヤツには、俺の気持ちなんかわからないだろ！　俺の方が、お前よりずっと先に栞ちゃんのこと――」

「――順番なんか、関係ないだろ」

「え……」

「自分が相手を、いつからどれくらい好きだったかなんて、そんな曖昧な主張は恋愛には通らない。大切なのは、相手の心に近づくために、自分がどれだけ努力したかだ」

言いながら、栞との今日までを思い出した。

出会ってから今日まで、たった半年。

けれどその半年という期間は俺にとって、栞というひとりの女の子のことを知り、理解し、見つめあい、そのすべてを愛しいと感じるようになるには十分な時間だった。

反論もできず、今度こそ口をつぐみ、目に後悔をにじませるこいつもきっと、そんなことは重々承知しているんだろう。

だけど、どんなにこいつが後悔を重ねようと、こいつがしたことは、到底許されるものではない。

「お前は今、俺のことを〝なんでも持ってて、なんでも思いどおりにできるヤツ〟なんて言ったけど。俺のことをなにも知らないお前に、そんなことを言われる筋合いはない。そして、それは——栞も、同じだ」

「うう……っ」

「お前が栞に抱いている感情がもし、俺と同じものだったとして……。お前と俺が逆の立場でも、俺は、たとえどんなに自分がくやしい思いをしても、栞をあんなに苦しめるようなこと、絶対にしない」

そこまで言うと、俺はそいつを投げ捨てるように胸倉から手を離した。

そうすれば、その勢いで、そいつはよろけてその場に尻餅をつく。

足もとに倒れたそいつを再び冷ややかに見下ろすと、ふるえる拳を精いっぱいの理性で留めて静かに口を開いた。

「わかったら、もう二度と、栞に近づくな。今度、栞を少しでも傷つけるようなことをしたら、俺はお前を許さない」

絶対に、許さない。

「それと、お前みたいなヤツが……栞の名前を、気安く口にするな」

吐き捨てるように言うと、踵を返してそいつに背を向けた。

そうすれば、俺のうしろで呆然とした様子で俺たちのやり取りを見ていたらしい幼なじみくんと目が合った。

罪悪感と絶望に濡れるその目を見た俺は、〝忘れろ〟と声をかけようとしたのだけれど——。

それは、背後から突然投げられた言葉に、阻(はば)まれてしまった。

「ふ、ふざけんなよ、えらそうにっ！」

「…………」

「悪いのは全部、俺の気持ちに応えなかったあの女と、途中から入ってきて横取りしたお前だろうがっ！」

足を止め、振り返ることもせずにその場に立ち止まれば、幼なじみくんが困惑で身体を小さくふるわせたのが視界の端に映った。

「せ、先輩？　なに、言って……」

「もう、どうなったって知るか！　ＳＮＳで、あの女の写真を今以上に流しまくってやるっ！　もっともっと、噂を広めてやるっ！　そしたら今度こそ、あの女もお終いだっ！　今よりもっと、苦しめてやる！」

「…………」

「お前とあの女が悪いんだっ！　ふたりして俺のことをバカにしやがってっ。人殺しの子供のくせにっ。父親は、どうしようもないクズのくせに！」

「…………」

「声が出なくてしゃべれないなんて普通じゃない女が、俺みたいな真っ当な人間に好きになってもらえただけでもありがたいと思え！〝欠陥品〟のくせに、調子に乗るのもいい加減にし――」

気がついたら、身体が勝手に動いていた。

『心ない言葉を平気で言える人間はたしかにいる』

怒りで真っ黒に染まった思考の片隅で、ほんの数十分前、栞に言った言葉を思い出した。

俺は栞に出会って、言葉の尊さと言葉の持つ優しさを知った。

栞は、知っているだろうか。

言葉は口にした瞬間、言霊という名の目には見えない不思議な力を持つらしい。

口にした言葉には見えない力が宿って、その言葉を現実に起こり得る出来事にしてしまうってこと。

そんな非現実的なこと、今までの自分なら絶対に信じなかった。

だけど、今になって思うんだ。

栞に出会ってから、その見えない力はいつだって俺に、たくさんの感情と力を与えてくれた。

いつだって、栞の優しい言葉が俺の背中を押してくれたんだ。

「お、おいっ、そ、相馬——相馬先輩っ！」

「……うっ、ぐ」

「せ、先輩っ！　やめ——」

「おいっ！　お前ら、そこでなにやってるんだっ！」

「ぐ、っ」

「そ、相馬⁉　相馬か⁉　お、おいっ、やめろ！　相馬、今すぐおりなさいっ‼」

そんな——俺を制する大人の声を聞いたのは、どれくらいが経った頃か。

気がつけば俺は馬乗りになり、許しをこうそいつの顔を殴りつけていた。

拳には血がにじみ、自分の手がいつの間にか切れていたことすら気づけなかった。

騒ぎを聞きつけた大人たちに無理矢理腕を捕まれ、引きはなされ、切れる息で精いっぱい呼吸を繰り返しながら。

痺れるような手の痛みを感じてもまだ——足りない、気がした。

「そ、相馬っ。お前なんで、今の大事な時期に、こんなこと……」

「——足りない」

「な、なんだ？」

「ぜんぜん、足りない……っ」

拳が切れて、そこから赤がにじんで追いかけるように痛みが広がっても。

俺にどんなに痛みが増えても、まだ、なにもかもが足りない気がした。

――栞が今日まで痛めてきた、心の傷に比べたら。

こんな痛みじゃ到底足りない気がして、それを思えば悔しくて悲しくて、やりきれない気持ちだけが広がって……。

すべてにフタをするように一度だけ瞬きをすれば、冷たくなった頬に涙のしずくが一滴、静かに伝ってこぼれ落ちた。

『Sweet Alyssum（アリッサム）』

美しさを超えた価値

蓮司の口から語られたこと、すべてが信じられなくて、信じたくなくて、話を聞きながら、どうかこれが夢であってほしいと何度も願った。

こんな風に思うのは、お父さんのあの事故以来だ。

私の心はあの日のように、現実を受けいれることを拒絶している。

けれど、いつもは男の子特有の凛々しさとたくましさを携えている蓮司のひどくうろたえた様子が、今聞かされた話のすべてが真実なのだと私に告げていた。

「俺はっ、そうなった事情を先生に説明しようとしたんだけど！　あいつ……相馬先輩が、絶対に言うなって耳打ちしてきてっ。先生に話したらことが大きくなって、また栞が傷つくことになるかもしれないから黙ってろって言われて」

（そんな……）

「ほ、本当は、その時、栞にも言うなって言われたんだけど。でも、黙ってるわけにはいかねぇよっ。俺……まさか、こんなことになるなんて思ってもなくて！」

「それでっ、樹生先輩はどうなったのよ!?」

「は、犯人だった先輩と一緒に先生に連れてかれて、でも、俺は他校生ってことで帰された……。だから、そのあとどうなったかはまったくわかんねぇ……っ」

　そこまで言うと、「俺が会いに行かなきゃ……全部俺のせいで、本当にごめんっ」と、頭を抱えた蓮司を、それ以上責める気になんてなれなかった。

　だって……蓮司が、悪いんじゃない。

　悪いのは、その犯人の先輩と——こんなことに樹生先輩を巻きこんでしまった、私だ。

　全部私のせいで、こうなった。私にかかわってしまったばっかりに、先輩は——。

「栞⁉」

「ん？　おお、平塚。もう、体調はいいのか？　ホームルーム始めるから席につけよぉ」

　けれど、先輩のもとへと駆けだそうとした足は、タイミング悪く教室に入ってきた先生によって止められてしまった。

　私を不思議そうに見下ろす先生に、あわてて事情を説明しようと頭の中で考えたけれど、なんと説明したらいいのかわからなかった。

　結局、私はそのまま自分の席に戻る他なくて、ホームルームが終わるまで、ふるえる手を制服のスカートの上でひたすらに握りしめていた。

【先輩、蓮司から話を聞きました。学校が終わったあと、会えませんか？】

【先輩、話し合いは終わりましたか？ 説明はしましたか？】

【先輩、今もまだ学校にいますか？ 先輩の授業が終わる時間に合わせて私も学校を出るので連絡をください】

【先輩、先生にすべての事情を話して、どうか私をかばわないでください】

【樹生先輩、大丈夫ですか？】

ホームルームの合間と授業の合間に、先生の目を盗んで何度も先輩にメッセージを送った。

うっとうしい、迷惑だと思われてもいい。とにかく、樹生先輩のことが心配で仕方がなかった。

結局、朝のホームルームが終わったあと、本当は先輩の学校へと向かおうと思ったけれど、冷静なアユちゃんに諭されて踏み留まった。

「闇雲に会いに行っても、あっちは男子校な上に授業中だろうし、学校には簡単に入れない。まずは樹生先輩に連絡を取ってみたら」と。

たしかにアユちゃんの言うとおりだと思ったし、今のこの状態で先輩に会いに行っても、さらに先輩に迷惑をかけることになるかもしれない。

だから私は、先輩に何度もメッセージを送った。

同じような内容の、返信を求めるメッセージを、何度も何度も。

だけど、先輩からの返信がくることはなかった。

その現状に、私の中であせりばかりが大きくなっていく。

「――起立、礼。ありがとうございましたぁ」

「あ……、栞っ！」

そうして、今までの学校生活で一番長く感じた一日を、学級委員長のあいさつとともに終えた私は、待ってましたとばかりに鞄をつかんで教室を飛び出した。

教室を出る瞬間、アユちゃんのあせったような声が聞こえたけれど、それに答える時間すら惜しくて、そのまま駆け足で学校を出た。

私が向かったのは、駅向こうにある樹生先輩が通う男子校だ。

（つ、ついた）

校門の前まで来ると、乱れる呼吸を必死に整えながら校舎へと目を向けた。

初めて来るそこは、当たり前だけど見わたす限り男の人ばかりで、漂う空気もなんとなくだけれど、私の通う共学の学校とはちがっている。

樹生先輩のクラスは、三―A。

だけど、クラスはわかっても、それがどこにあるのかまではさすがにわからない。

だ、誰かに聞かなきゃ……っ！

校門の前で立ち往生する私を、通り過ぎる学生たちが物めずらしそうに見ていく。

私はスマホを手に取ると、急いで文章を綴った。

【突然、すみません。私は声が出ないので、スマホにお願いしたいことを書かせていただきました。もし、あなたにお時間があれば、私を三―Aの、相馬樹生さんのクラスへ連れていってくれませんか？】

それだけを書いた画面を開くと、キョロキョロとあたりを見まわす。

と、私を見ている生徒のひとりが目につき、足早にその人の前まで駆けよると、顔を確認する間もなくスマホを差し出し深々と頭をさげた。

「え？」

（すみません、お願いします！）

突然の私の行動に、目の前の彼はきょとんとして固まった。

樹生先輩と同じブレザーのジャケットの下に赤いパーカーを着こみ、大きな目を見開くその人は、男の人なのにどこか可愛らしい雰囲気を持っている。

数秒、その大きな目をまっすぐに見つめていれば、私とスマホの画面を交互に見つめた彼は、ふいにため息をついてから思いもよらないことを口にした。

「うーん、君がアイツとどういう関係なのか俺にはわかんねぇけど、今、アイツ、それどころじゃないんだよねぇ」

（え？）

「詳しいことは言えないんだけどー、連れていこうにも行きようがないし、っていうか、そもそもアイツ、今はもう学校に――」

「おい、タマ！　今までなにやってたんだよ！　樹生のとこ行くんじゃないのかよ！」

タマ……？

可愛らしい容姿をした彼の言葉をさえぎったのは、凛とした声だった。

弾かれたように振り向けば、そこにはお祭りで会った――樹生先輩の親友である、アキさんがいた。

「いやいや、俺のこと待たせてたのアッキーじゃん？　こんな時に日直なんてやっちゃう真面目くんを、俺は健気に校門で待ってたわけで、キレられる筋合いないじゃん？」

「なに言ってんだよ！　タマだって俺と同じ日直だったのに、先週掃除サボったのを担任に怒られるのが嫌で、先に逃げただけだろ⁉」

「そっ、それは、うん。不可抗力ってことで……アッキー、日直の仕事お疲れ様！」

「ったく、ホント調子いいよなぁ。まぁ、とにかく今は早く樹生のとこに行かないと、あいつ絶対今頃――ああっ！」

今の今までタマさんだけを見ていたアキさんが、タマさんの隣に立ちすくんでいた私に気がついた。

「えーと……栞、ちゃん？」

「シオリィ？　誰それ、でもなんかどっかで聞いたことある名前」

続けて、タマさんが間の抜けた声を出す。

ふたりを見て、ようやく樹生先輩に会えるかもしれないという安堵感から胸を撫でおろした私は、タマさんにお礼をすることも忘れてアキさんのもとへと駆け寄った。

（あ、あの！　今、樹生先輩のとこに行くって言ってましたよね⁉　それって、どういうことですか⁉　樹生先輩は帰ってしまって、もう学校にはいないんですか⁉）

「え、えーと？　ごめん……」

（あ……っ！　す、すみませんっ）

早口で口を動かした私に対して、アキさんは言葉が読み取れずに戸惑っていた。

あわててスマホを取り出した私は文章を綴ると、画面をアキさんへと向ける。

【樹生先輩に、会いたくて来ました。先輩は今、どこにいるんですか？】

けれど、その文章を読んだアキさんは、なぜか眉尻をさげる。

その表情の変化に、胸いっぱいに不安が広がった。

樹生先輩は、あのあとどうなったの？　一体、なにがあったの？

学校にいないなら、先輩は今どこに――。

「あ、あー！　思い出した！　シオリッ！　樹生の、〝シオリン〟だ！」

けれど、私の胸中を尻目にタマさんが突然大声をあげた。

私を指さしながら目を輝かせる姿に、つい呆気にとられて固まってしまう。

（え、え？）

「なーんだぁ、シオリンかぁ。だから、俺たちの教室に連れてってくれって言ってたわけね」

（あ、あの……？）

「ちぇー、なんだよ、シオリンめっちゃ可愛いじゃん。アイツ、結局自分だけいい思いしやがって、だからアイツはホントに……」

なぜかすねたように唇を尖らせたタマさんは、ブツブツと文句を言い続けている。

続けて盛大なため息をついたのはアキさんで、いまだ、とまどったままの私は答えを求めるように再びアキさんを見上げた。

すると、今度は困ったような笑顔を私に向けながら、アキさんはゆっくりと口を開く。

「ごめんね、うるさくて。こいつはタマって言って、樹生から聞いてるかな？　一応、友達」

「一応ってなんだよ、一応って！」

「それで、せっかく来てくれて申し訳ないんだけど、樹生は今日はもう学校にはいないんだ」

【そ、それなら今どこにいるんですか？】

「うーん……栞ちゃんに勝手に話したってなると、樹生、怒ると思うんだけど……。でも、栞ちゃんだってなにも知らずにいるのはつらいと思うし。……だから、今から話すのは俺の独り言だと思って聞いてくれる？」

（はい！）

「……栞ちゃんが、どこまで知ってるかわからないんだけど。実は樹生、今朝ちょっと揉めごとを起こしちゃって。それでいろいろあって、さ」

【知ってます。やり取りを見ていた友達に、聞きました】

「そっか。それならもう、ひと通りのことは聞いてるのかな？　実は樹生、その揉めごとのせいで停学になっちゃってさ。一週間、自宅謹慎になったんだ。だから一週間は、絶対に学校には来られないんだよ」

アキさんの言葉に、今度こそ本当に、頭の中が真っ白になった。

停学……停学って。嘘でしょう？

だって、樹生先輩は私のことを守るために、その人に手を出してしまっただけなのに。

ちゃんと説明すれば、先生や学校だってわかってくれるはずだと思っていたのに、いきなり停学だなんて、そんな――。

「ほら、栞ちゃんもわかってるとは思うんだけど、樹生もあの性格だからさ？　先生に理由を問いつめられても、〝ムカツイたから殴った〟って、それしか言わなかったみたいでさ。でも結局、一部始終を見てたサッカー部の後輩たちが事情を先生たちに話してくれて、とりあえず誤解は解けたみたいなんだけど。あ、栞ちゃんの名前は出なかったみたいだから、そこは安心して？」

【そんなこと、いいんです！　それより今、樹生先輩は……⁉】

「え、と……。なんていうか、たしかに誤解は解けたけど、殴ってるところをバッチリ先生に見られて捕まってるからさ。それで、学校としてもなんの処分も下さないっていうのは無理だったみたいで」

続けられた言葉に、スマホを持つ手から力が抜けた。

「まぁ、樹生も自分の非を認めないで抵抗するようなタイプじゃないし、殴ったのは事実だから本人も納得して処分は受けいれたって。でも、俺もタマも本人から聞いたのはそこまででさ。体育の授業から戻ってきたら樹生のカバンがなくなってて、たぶん家に帰されたんだと思うけど、心配だし今から樹生のとこに行こうとして――」

（て、停学なんかになったら……っ）

「え？」

（停学なんかになったら……先輩の受験……推薦とかは、どうなるんですか⁉）

感情に任せてアキさんに詰めよった私に、今度こそアキさんが困惑と、いたたまれないといった様子で視線を揺らした。

アキさんはきっと、今、私がなにを言ったのかわかったのだろう。

それは、樹生先輩の受験のことを私に聞かれるだろうと、アキさんが予想していたからにちがいない。

そして、問いに答えることで、私がどれだけショックを受けるかも、アキさんはわかっていたんだ。

「……栞ちゃんの、せいじゃない。少なくとも樹生は、そんなこと思ってないよ」

ハッキリとした答えはもらえなくても、私はすべてを悟った。

樹生先輩が学校からもらえるはずだった推薦は、今回の一件で、取り消しになってしまったんだ。

（そんな……こんな、ことって）

だって先輩は今日まで、毎日必死にがんばってきたのに……！

毎日毎日、朝早く学校へ行って勉強して、夜も遅くまで、ずっとがんばってきたのに、こんなのってないよ。

「あ……栞ちゃん、待って！」

アキさんの静止の声も聞かず、衝動のままに私は校舎に向けて走りだした。

全部……っ、全部、全部、私のせいだ……っ。

私のせいで、樹生先輩の未来が台無しになってしまう。

とにかくなんとかしなくちゃという思いで頭の中はいっぱいで、先輩の受験だけでも……推薦だけでも取り消すのはやめてくださいと、頭をさげなければと思った。

そのためには、樹生先輩の処分を決めた先生に会いに行かなきゃいけない。

なにもかもが無計画だったけれど、今の私にはもうそれ以外の方法が見つからなくて——。

「ストーップ！」

けれど、校舎まであと一歩というところで、私の足は再び止められてしまった。

切れる息を整える余裕もなく瞬きを繰り返せば、目の前には両手を広げて私の行く手を阻むタマさんがいた。

タマさんは先ほどまでとはまるでちがう、揺るぎない強さを宿した瞳を私に向けていて、思わず息をのんでしまう。

「もしかして、先生に会いに行くつもり？　だとしたら、シオリンが今ここで、先生に会いに行ったりしたら、樹生の気持ちはどうなんの？」

（せ、先輩の気持ち……？）

「殴っちゃったのは、たしかに衝動的にやったことかもしんないけど、樹生は頭いいし、多かれ少なかれ処分を下されることも、大学の推薦が取り消しになることも全部わかった上で……それでも、守りたかったんじゃねーの」

「……っ」

「シオリンのこと。シオリンが巻きこまれないように、これ以上、周りから傷つけられることがないように、守りたかったんだよ。だから樹生は最後までシオリンの名前を出さなかったし、サッカー部の後輩連中だって、そういう樹生の気持ちをくんで名前はわからないって言いはってくれたんだ」

そこまで言うとタマさんは、「なんで女って、そういう男心はちっともわかってくれないんだろ」なんて、大袈裟にため息をついた。

「だから、もしも今、シオリンが先生に会いに行ったら、そういう樹生の行動も気持ちも全部無駄になっちゃうんだよ。シオリンが先生になにもかも話して少しでも巻きこまれたりしたら、樹生は今以上に自分を責めるに決まってる。──そういう、面倒くさいくらいお人好しで繊細なヤツなんだよね、俺の自慢の親友は」

最後の言葉はどこか誇らしげに言って、タマさんは広げていた両手をパーカーのポケットへとしまった。

ぼんやりと、タマさんの姿がにじんで見えなくなっていくのを感じて、私は思わず唇を噛みしめた。

そんな私の胸の内を知ってか知らずか、一度だけ大きく伸びをしたタマさんが、再びアキさんに向かって声を張りあげる。

「アッキー！　やっぱ、今日の予定変更！　こないだ買った新作ゲーム、ウチで一緒にやろうぜ！」

「は、はぁ⁉　し、新作ゲームって、こんな時になに言って――って。あ……ああ、うん。そうだな、そうしよ！」

「よーし！　そうと決まればダッシュで帰ろうぜ！　ウチまで競争な！　負けた方が、ゲームをより楽しむためのお菓子買うな！」

「はぁ⁉　ヤダよ競争とか、ちょっとタマ、待……っ」

ポンッ！と、去り際に、太陽みたいな笑顔を見せて私の肩に手をのせたタマさんは、あの日――お祭りで、アキさんが私に言った言葉と同じ言葉をつぶやいた。

『樹生のこと、よろしく』

その言葉に、あふれそうになった涙を必死にぬぐった私は再び顔をあげた。

そうして立ち止まっていた足に再び力を込めて、今度は樹生先輩がいるであろう、先輩の家に向かって全力で走りだした。

(え……?)

けれど、到着した先輩が住むマンションは、すでにもぬけの殻になっていて。

まるで蜜のなくなった花から蝶が飛び去ったように、樹生先輩の姿だけが消えてしまっていた。

＊　＊　＊

「――残念だが、今回の一件で大学の推薦は取り消されることになった」

担任から言われた言葉を、どこか他人事のように聞いていた俺に、続けて盛大なため息が落とされた。

今日、何度目だろうか。「どうして、今のこの時期に……」と、先生たちの悲鳴のような落胆の声を聞くのは。

「ご迷惑を、おかけします」

頭をさげれば、再びため息がこぼされる。

それに気づかぬふりをして、俺はもう一度だけ丁寧に一礼すると空気が沈んだままの職員室をあとにした。

「樹生、帰るぞ」

昇降口まで下り、靴を履けば今度はぶっきらぼうな声に呼ばれた。

足もとへと落としていた視線をあげれば、自分によく似た瞳が制服姿の俺をまっすぐに捉えていた。

「……迷惑かけて、ごめん」

突然担任に呼び出され、仕事を早めに切りあげることを余儀なくされた父はスーツ姿のままで、手には仕事用の大きな鞄を持ったままだった。

父の前まで行くと申し訳なさでいたたまれなくなり、必然的に視線を落としてしまう。

すると今度は父にまで、あきれ返ったようなため息をつかれた。

そのため息は、つい先ほどまで学校内で寄こされていたそれとはちがって、俺の心にひどく重くのしかかる。

――あいつを殴ったのは、衝動的なものだった。

あの時は我を忘れて、そのあとに自分がどうなるか、そのせいで周りにどれだけの迷惑をかけることになるのかなんて、少しも考えていなかった。

だけど、事情を聞かれるために職員室まで連れていかれる最中、俺の頭の中はひどく冷静さを取り戻した。

このあと、学校から最悪の場合、停学くらいの処分を下されること。

それによって、大学の推薦はあきらめることになるだろうな……と、そんなところまでしっかりと考えることができていた自分は、案外のんきだなとすら思った。

そして、そう考えた時に、これっぽっちも自分が後悔していないことに気がついて、申し訳ないけれど胸の奥がスッとした。

あの時、栞を守れずにいた方がきっと、後悔しただろう。

大学の推薦が取り消されることなんかよりも、栞が今以上に傷つくことの方が、ずっとずっと後悔したはずだと、ハッキリと認識できたから。

だから、俺の心には塵ほどにも後悔なんてなくて、説明の時にも具体的な内容にはふれず、自分が悪いのだということだけを主張した。

当然、先生たちはあきれ返っていたけれど。

結局そのあと、一部始終を見ていたサッカー部の後輩たちが俺は悪くないのだとなぜか必死に説明してくれたらしく、俺が殴った相手も停学になって痛み分けとなった。

保健室に運ばれたあいつは、お世話になっていたサッカー部の顧問にもコッテリと絞られたようで、様子を見に行ったアキいわく、もう二度と俺と栞にかかわるつもりもないだろうということだった。

その言葉にひどく安堵した俺はまだまだ子供で、本当にこのあと自分がどれだけの人間に迷惑をかけ、それ以上に相手を落胆させることになるかなんて、少しも考えていなかったんだ。

「………」

うつむいたままの俺をまっすぐに見つめる、父の強い視線を旋毛あたりに感じて心臓が軋んだ。

栞のお陰で父と和解したあと……父は父なりに、俺に歩み寄ろうとしてくれていた。部屋に置かれた観葉植物だってそうだし、定期的に調子はどうだと連絡してくるようになった。

たぶんおたがいに、縮みはじめた距離を心地よく思っていたはずだ。

だけど、今回の一件で、また父との距離は遠ざかってしまったかもしれない。

父は父なりに、自分の母校を推薦で受験しようとしている俺を誇らしく思ってくれていたんだ。

それなのに、俺はそんな父の期待を裏切ってしまった。

自分がやってしまったことに、後悔はない。

だけど、父を落胆させてしまったことは――いくら後悔しても、し足りない。

「なにか、理由があったんだろう？」

「……え」

「お前は……昔から俺に似て、自分の感情のコントロールがうまいようで実はヘタだが、だからといって、なんの理由もなく人を殴るような人間でもない」

「父、さん」

「まぁそれでも、たとえどんな理由があっても人を殴るのはダメだがな。そこは、素直に反省しなさい」

父からの、予想もしなかった言葉に、こめかみを殴られたような気分だった。

「さぁ、帰るぞ」と、再びぶっきらぼうに言って歩きだした父の背中を見て、胸の中に熱いなにかが込みあげる。

――わかってもらえるなんて、少しも思っていなかった。

わかってほしいだなんて、少しも思っていないと自分に言いきかせていた。

だけど本当は――父に、自分をわかってもらいたかったんだと思いしる。

周りになんと思われて、周りをどれだけ落胆させようと、関係なかった。

それでも俺は、今目の前にいる、父にだけは誤解されたくないと思っていたんだ。

「……今日は、そっちの家に行ってもいいかな?」

「うん？」

「そっちの……父さんと、母さんと住んでた家に。今日だけは、帰っても、いいかな？」

父の背中に向け、消えいるような声でたずねれば、父が驚いたように目を見開いた。

そんな父の表情の変化を見て、勢いに任せて自分たちの距離をまちがえたと、再び後悔に息をのんだ。

けれど、思わず逃げるようにうつむいてしまった俺を慰めるように——頭の上に何年ぶりかもわからない父の大きな手がのる。

今度は弾けるように顔をあげれば優しさを宿した父の瞳が、まっすぐに俺を見つめていた。

「いつまでいてもいいから、帰ってきなさい。あそこは、お前の家なんだから」

「い、いいの？」

「当たり前だろう。お前が住んでいる今のマンションは、一旦引きはらおう。少なくとも、お前が高校を卒業して受験が終わるまではウチにいなさい。そのあとのことは、またあらためて話し合えばいい」

「でも……」

「樹生。今まで、お前から目を背けて悪かった。……ひとりにして、悪かった。今さらだが、こんな時くらいは親らしいことをさせてくれ」

そう言うと、また何年ぶりかもわからない笑顔を見せた父に、今度は鼻の奥がツンと痛んで、俺はごまかすようにあわてて拳を握りしめた。

再び背を向けて歩きだした父とふたりで、帰り道にひとり暮らしをしていたマンションに寄って、必要な荷物だけを運びだした。

その間も、スマホが休む間もなく鳴り続けていたことに、気がついていたけれど。

いつだって、知らず知らずのうちに傷つけることばかりを選んでしまう俺は、また自分のせいで傷ついてしまったであろう栞の声に、今はまだ、返事をする勇気が持てなかった。


『Sasanqua（サザンカ）』

ひたむきな愛

Winter

「それで？　あれから樹生先輩とは会えてないの？」

制服も、もうスッカリと冬服に変わり、そろそろコートなしでは寒さに勝てなくなってきた頃。

眉間に深いシワを刻んだアユちゃんはそう言って、ため息をついた。

（……うん。先輩とは、会ってないよ）

――あれから結局、何度樹生先輩に連絡をしても、先輩から返事がくることはなかった。

だけど、それでもあきらめることができなかった私は、再び樹生先輩の通う高校に行き、アキさんに会って話をした。

そして、その時にアキさんから、樹生先輩の状況とひと通りの事情を聞かされたのだ。

なんでも先輩は、あのことをキッカケに、ひとり暮らしをしていたマンションの部屋を引きはらい、今はお父さんと一緒に生活しているということだ。

アキさんから話を聞いたその日に、あらためて先輩が住んでいたマンションの部屋の扉の前まで行くと、先輩に最後に会った日にはまだあった、【SOUMA】と書かれた札が、なくなっていた。

それに、言葉にできないほどのさみしさを感じた私は、本当に身勝手なヤツだ。

そして、そんな私の心情を見透かしたように、先輩になんとか会わせてもらえないかとお願いする私へ、アキさんは切なげに眉根を寄せながらこう言った。

『樹生が、栞ちゃんには会いたくないって言ってるんだ』

そう言われたら、もう食い下がれない。

なにより、それ以上しつこくお願いすることは、アキさんにも樹生先輩にも迷惑でしかないのだと悟った。

本当は、樹生先輩に会いたくてたまらない。

先輩のことが心配でたまらないし、先輩の顔を見るまで不安が消えることはないだろう。

今さら謝っても意味がないけれど、何度でも謝りたかった。

私のせいで、私をかばったせいで折角の推薦をダメにしてしまってごめんなさい。

たくさん迷惑をかけてしまって本当にごめんなさいと、直接謝りたかった。

『俺からは詳しくは話せないけど……でも、受験のことも含めて樹生は前向きに動いてるから。だから、今は少しだけ待ってやってもらえるかな?』

だけど、すべては私のエゴでしかなく、アキさんの言葉を聞いて、先輩はもしかしたら、もう、私とはかかわりたくないのかなと思った。

優しい樹生先輩とアキさんは、それをハッキリと私に言うのは、はばかられたのだろう。

だとしたら、私にできることはたったひとつだ。

あきらめることが、今の私にできる最良なのだと、私は改めて気づかされた。

「栞は、本当にそれでいいの?　って言っても、向こうが会ってくれないなら仕方ないんだけど……」

【いいの。全部、私が悪いんだもん。それにね、これ以上先輩にかかわって、また先輩に迷惑をかけることになったら、今度こそ私も立ち直れない】

スマホの画面を見せながら小さく笑みをこぼせば、アユちゃんは切なげに顔をゆがめた。

……本当は、今でも樹生先輩に会いたいよ。

毎日毎日、駅のホームで先輩の姿を探している。

「おはよう」って、前みたいに優しく声をかけてくれるんじゃないか、なんて夢みたいなことを思っている。

もしかしたら先輩から連絡がくるかもと、寝ている間もスマホを握りしめている。

だけど、そんな希望を抱くのもいい加減やめなきゃいけないんだ。

だって、そんな希望を抱くことさえ、先輩には迷惑なことかもしれないから。

アキさんの話では、樹生先輩は今は受験に前向きに動いているということだった。

だとしたら……私は、遠くから応援しよう。

先輩の夢がついえることのないようにと、心の中で静かに応援し続けることが、今の私にできる精いっぱいだった。

＊　＊　＊

「――樹生、本当に、これでいいの？」

窓際の席に腰をおろしたまま、とっくに駅の方へと消えた栞の背中の残像をながめていた俺に、アキの切なげな声がかけられた。

「いいんだ、これで。俺にかかわらなければ、栞もきっともう傷つくこともないだろうし」

そんなアキに視線も向けずに答えれば、アキは眉根を寄せて俺を強く睨(にら)んだ。

「それ、本気で言ってんの？　この間の一件は、べつに樹生のせいじゃないじゃん。

あいつが勝手に嫉妬して……勝手に、栞ちゃんの噂を流しただけだろ？」

「うん。だけど、俺にかかわらなければ栞は噂を蒸し返されて、あんなに傷つくこともなかった。それも事実だろ？」

「そう、だけど……。でも、栞ちゃんはきっと、そんなこと気にしてないよ。今だって、樹生のこと本当に心配して、ひと言でも謝りたいって言ってたし」

「……ほら、それも」

「え？」

「俺が停学になって大学の推薦が取り消しになったことも、栞は全部自分のせいだと思ってる。あれは、俺が衝動的に起こした問題で、栞のせいじゃないのに……。栞は、自分を責め続けてる。今、会ったら、アキの言うみたいに栞はきっと俺に謝り続けるよ。そんな栞に、大丈夫だから、気にするなって言ったところで、優しい栞は責任を感じたままだ。……結局、今会って俺がなにを言ったところで、少しも栞の救いにはならないんだよ」

俺の言葉に、悲しげに眉尻をさげるアキを見て、静かに口もとに笑みを作った。

アキが言いたいことも、アキが俺と栞を心底心配してくれているのもわかってる。

だけどこれは、自分で決めたことだ。停学になっている一週間、相変わらず音のない あの家で考えて出した答えでもある。

……昔の自分なら、そんなこと到底できなかっただろう。

幼い頃に自分が感じていた、途方もない不安と孤独。けれど今はあの家が、俺にとって心落ち着く、ゆっくりと物事を考えるための場所に変わっていた。

いや……変わっていたんじゃない。栞が、変えてくれたんだ。

栞が、あの家と、父との間にぬくもりをくれたから。

だからあの場所で、俺は俺なりの答えと決意にたどりつくことができた。

「たしかに、樹生の言うとおりかもしれないけど。それなら余計に、栞ちゃんと話した方がいいんじゃないの？」

「ありがとう。でも、もう決めたんだ。栞には……会わない、って」

「……そっか。樹生がそこまで言うなら、俺はもうこれ以上、なにも言わない。樹生のこと、応援するよ。でもがんばり過ぎて、あんまり無理するなよ？」

「了解。っていうか、今のって、俺がアキの彼女になったみたいだね？　タマにヤキモチ妬かれちゃう」

「そこは、タマじゃなくてマリにしろよ……！」

「えー、なになに⁉　俺のこと呼んだ⁉」

「あっ、タマ！　もう補習終わったの⁉」

「あったり前じゃーん。俺にかかればあんな補習なんか、おちゃのこさいさいで――

「はい、残りのレポート。アッキー、手伝ってくれ！」

「結局、終わらなかったのかよ！」

どんなに俺が身勝手でいようと、今日も相変わらず、にぎやかにいてくれるふたりを見て、再び小さく笑みをこぼした。

あと数日、この二学期が終われば学校生活でこうして三人で過ごす時間も、ほぼなくなってしまうけれど。

まちがいなく俺の高校生活は、このふたりがいたから毎日が明るくて、幸せなものだった。

「……ごめん、栞」

にぎやかな空気とは対象的に、雨粒のように、こぼした言葉が彼女に届くことはないだろう。

冷えきった窓枠に手をかけ窓を開ければ、冬の凍るような風が頬を撫でた。

――本当は、会いたくてたまらない。

会って、栞は少しも悪くないのだと何度でも伝えたい。

いつだって俺をまっすぐに見つめるその瞳を、俺だけに向けていてほしい。

そして――その瞳に応えるように、胸のうちに刻んだ決意を今すぐにでも伝えたい。

窓の縁に肘（ひじ）をのせ、白くくすんだ冬の空を見上げれば、吐きだした息さえもその白に染められた。

まるで、栞と自分を見ているみたいだ。

どこまでも真っ白な、彼女のような儚い色に、そっとまぶたを閉じれば彼女が俺を見つけるたびに見せた、花が咲くような笑顔が浮かぶ。

その笑顔に、今日まで何度助けられただろう。何度、導いてもらっただろう。

〝ねぇ、先輩〟

凍えるような冬の寒さにも、もう決して負けないように。

優しく儚いその花を枯らすことのないように、俺はあらためて、胸に刻んだ決意の大地を強く、強く踏みしめた。

＊＊＊

「栞、今日も図書館寄ってくのか？」

――高校二年、二学期最終日。

相変わらず長い校長先生の話を聞き、教室に帰ってくれば今度は担任の先生のお決まりの長期休みを過ごすための注意事項を聞かされた。

それでも授業のない早めの一日を終えた私たちの心は軽く、明日から始まる冬休みにそれぞれが胸を躍らせていた。

そんな中、帰り支度を済ませ、早々に学校を出ようとしていた私に声をかけてきたのは蓮司だ。

眉をさげ、いまだに罪悪感をにじませた表情を見せる蓮司に、私は努めて明るく笑ってみせた。

【うん。先週借りた本、読み終わったから返さなきゃ。それに、新しく借りたい本もあるの。蓮司は、今日は部活ないの？】

「ああ……うん。今日は、オフ」

【そっか。たまには、ゆっくり休まなきゃね。あ、おばさんに、今年中に一度ごあいさつに伺いますって伝えといてね！】

スマホ片手に下駄箱からローファーを取り出し足もとへ落とすと、蓮司に背を向け足先を入れた。

トントン、という心地のよい音が昇降口に響き、蓮司へと再び笑顔を向けて手を振り学校を出ようとすれば――今度は、切羽詰まったような蓮司の声が、私のことを引き留めた。

「栞っ！　あの、さ。俺……！」

（うん？）

「実は、昨日、話を聞いてっ。それで、俺……余計なお世話かもしんないんだけど、でも……」

（なんの話？）

視線を泳がせ、続きを躊躇している蓮司を見て首をかしげれば、蓮司は強く拳を握って意を決したように口を開いた。

「あいつ。相馬先輩の、話」

──樹生先輩。

蓮司の口から出た名前に、反射的に表情を強ばらせ、一瞬息の仕方を忘れてしまった。

というのも、先輩と会わなくなって、もう一ヶ月半と少し。

最近では、アユちゃんと蓮司も気を遣ってか、私の前で先輩の話をすることもなかった。

だから、久しぶりに蓮司の口から聞いた名前に、心臓が早鐘を打つように高鳴って、たったそれだけで、私はまだまだ先輩のことをあきらめられずにいるのだと思いしる。

「今日は、ずっと、話さなきゃって思ってて……。でも、栞も前を向こうとしてるのに、また余計なこととして足を引っぱったらと思ったら、結局言うタイミングなくて」

言葉のとおり、蓮司は蓮司なりに、ずっと、あの日のことを悔やんでいた。

自分が樹生先輩に会いに行きさえしなければ、こんなことにはならなかったんじゃないか、って。

先輩の大学の推薦が取り消されて、私と先輩が今みたいな状況に陥ることはなかったんじゃないか……って、蓮司は自分を責め続けていた。

だけど、そんな風に蓮司が悩むことが、そもそもまちがっているんだ。

だって、元をたどればすべては私が原因で、先輩の推薦の件も、私と先輩の関係も、蓮司が責任を感じる必要はない。

だからこそ、優しい蓮司が今以上に自分を責めないようにと、私も蓮司の前では極力明るく努めてきた。

最近では少しずつ蓮司が切なそうな表情をすることも減ってきて、ようやく蓮司の中にはびこる罪悪感も薄れてきたのかと思っていたのに。

それなのに、どうして、突然。

「……俺、相馬先輩に会いに行ったんだ」

(え?)

「でも、先輩は帰ったあとで結局会えなくて。そしたらたまたま、サッカー部の顧問に会ってさ。俺、何度か大会とか練習試合で会ってあいさつしてるから顔見知りで。それで……先輩のこと、その顧問に聞いてみたんだ」

「…………」

「そしたら、相馬先輩……推薦はダメになったけど、大学はセンター受けて受験するって。なんでも、推薦もらって受ける予定だった私立大学じゃなくて、それより難易度の高い、県外にある国公立の医学部」

(県外の……医学部?)

思わず聞き返してしまった私に、「うん……」と、気まずそうにうなずいた蓮司は視線を下へと落とした。

先輩が、もともと推薦で受験する予定だった私立の大学は県内にある某有名大学の医学部だった。

樹生先輩のお父さんが卒業した大学で、なにより先輩は通いやすいという点でも好条件な大学なんだと、以前、冗談交じりに話していたけれど。

その時は——もし、先輩がその大学に合格して大学生になったとしても、百分の一の確率でも、偶然先輩と会えるような奇跡があるかもしれないと淡い期待を抱いた。

だけど、たった今蓮司が言ったように、先輩が県外の大学を受けて合格した場合には、その可能性もほぼゼロになってしまうということだろう。

先輩のことだから、わざわざ時間とお金をかけて、遠くにある大学までの道程を毎日往復するような、非合理的なことをするとは思えない。

県外の大学ならきっと、先輩はその近くでまたひとり暮らしをするんだろう。

だとしたら、もう本当にこれっきり樹生先輩とは会えなくなるのかもしれないということだ。

「なんか、その顧問も相馬先輩とはあんまり面識もないんだけど、でも、先生同士の間でも噂になってるくらい、先輩、死ぬほど勉強してるらしくて。合格する確率は、それでも五分五分だろうなーって顧問は話してたけど……」

だけど、そんなことは問題ではなくて。先輩と会えなくなるかもしれないなんて、そんなレベルの低い話をしている場合じゃないんだ。

人前で自分の努力を見せることをきらう先輩が、人目をはばからずに必死に勉強している。そもそも知識の乏しい私でも、医学部を受験するということが、どれだけ大変なことかは想像できる。

浪人するのも当たり前と言われる医学部受験に挑むには、一体どれだけの努力が必要なのだろう。

私は先輩のことだから、きっとアッサリ合格してしまうんだろうな……なんて、安易に考えてしまったけれど、そんなはずないんだ。先輩だって例外なく、難関を突破するため、困難な道に立っていることにちがいないんだから。

「ホント、すごいよな。あんなことあったのに、俺だったら、そんなすぐに切りかえらんねぇよ」

(うん、そうだね。でも……樹生先輩らしい、かな)

つぶやいて、蓮司を見て苦笑いをこぼせば、再び蓮司が苦しそうに顔をゆがめた。

先輩は、いつだって、人知れず努力を重ねてきた。

そして今度は、その努力の上に新しい努力を重ねて、新たな道を自分の力で切りひらこうとしているんだ。

周りがどんなに先輩を認めようとも、それにおごることもなく、どこまでも自分に厳しくできる人。

そんな先輩がまた、どれだけ自分を追いこんでいるのか……その姿を思い浮かべただけで涙が出そうになって、思わず制服のスカートの裾を握りしめた。

「だけどさ、俺……それ聞いて、先輩が栞に会わないのは、その受験のためなんじゃないかと思えてきて」

(……え?)

「だってさ、あれだけ栞のこと守ろうとしてた人が、そんな急に、なにも言わずに連絡を絶つなんてあり得ないだろ?」

思いもよらない蓮司の言葉に、いけないとわかっていても動揺した。

だけど、一瞬胸に湧いた期待をすぐに振りはらう。

そんなわけない。だって、もし何万分の一の確率でもそんなことがあるのだとしたら、先輩のことだから私にその気持ちを説明してくれるはずだ。なにも言わずに私を遠ざけるようなこと……あえて私を傷つけるようなことを、先輩がするはずがない。

「それに、ほら、これ……」

けれど、困惑する私とは裏腹に、確信めいた思いでいるらしい蓮司は惑うことなく言葉を続けた。

蓮司は徐にスマホを取り出すと、慣れた手つきで画面をタップし、久しぶりに目にするSNSを開いて、あるページを表示してから私に渡した。

「その、かなり拡散されてる投稿なんだけど。栞の噂を流した犯人だった、サッカー部の先輩のアカウントの、一番拡散されてた投稿に返信された、匿名の投稿なんだけどさ。そいつ、そのたった一回の投稿しかしてないのに……なんか、反響がすごくて、やたら拡散されてるんだ」

空のように真っ青な画面。

蓮司に言われるがまま目を通し——そこに書かれた言葉にたどりついた瞬間、温かな涙のしずくが頬を伝ってこぼれ落ちた。

「栞……やっぱりそれ、相馬先輩か？」

蓮司の問いに、うなずくこともできずにスマホを持った手とは反対の手で、出ない声を抑えるように口もとにふれる。

……先輩。樹生先輩。

あの事件以来。私がクラスメイトたちに話をしたことで、クラス内ではいろいろと噂をされることはなくなった。

だけど、それはあくまでクラス内ではの話で、先輩が停学になってからもしばらくは、噂のせいで何度か嫌な思いをすることがあった。

それでもその時は、先輩のことで頭の中がいっぱいで……それどころじゃなくなっていたから、周りになにを言われようと、どんな目で見られようと、以前のように周りの目を気にしている余裕がなかった。

落ちこんでいる暇がなかったんだ。

だけど、今になって思えば、そんなことさえも先輩の思惑どおりだったんじゃないか、なんて。思いあがりもいいところなことを思ってしまう。

樹生先輩が、私を傷つける周りの声が少しでも聞こえないようにと画策したことなんじゃないか、なんて。

そんなはずないのに、そんなことをつい考えてしまうのは――。

たとえ世界中の人間が
彼女の声に気づかなくても
俺にはいつだって
彼女の声だけが鮮明だ

——樹生先輩が。
途方もない優しさを抱えた人だということを、私は知っているからだ。
蓮司に見せられたSNSの投稿を、ふるえる指先でスクロールすれば、その下には
ズラリと様々な声が並んでいた。
【え、なにこれ私もこんなこと言われたい!】
【やたらカッコイイ返事きたｗｗｗ】
【なになに、突然王子様的なヤツが出現?】
【そういえば、このアカウントの犯人捕まったらしいぜ】
【捕まえたヤツ、かなりのイケメンって噂】
【捕まったヤツ、かなりの痛いヤツって噂】
【っていうか、どうでもいいけど拡散数ヤバｗ】
それは、ごく一部の声。

中にはもちろん中傷的な返信もあったけれど、圧倒的大多数がこの投稿を擁護する声であふれていた。

「それが投稿されたのって、相馬先輩の停学が明けて、栞が先輩に会いに行った日でさ」

「……っ」

「本当にそうかなんて、たぶん、本人に聞いたとしても教えてくれるわけないけど、でも……きっと、相馬先輩だと俺は思う」

そう言った蓮司の声は凛と澄んでいて、思わずスマホに落としていた視線をあげた。

そうすれば、私をまっすぐに見つめる蓮司の真摯な目と、目が合って。

それを合図に、再び、涙のしずくが頬を伝ってこぼれ落ちる。

先輩に出会って、先輩を知り、先輩にふれて気づいたことがたくさんあった。

魅惑的で儚く、美しい羽を持った蝶のような先輩を追いかけるうちに、必然的に芽生え、加速した恋心。

いつだって優しく、いつだって温かい先輩のこと。

知るほどに惹かれて、知るほどに手の届かない存在なのだと思いしり、何度も何度も打ちのめされた。

「……雪だ」

つぶやくように言葉をこぼした蓮司に促されて宙を見上げた。

真っ白に染まった空からは、ゆっくりと雪の花が落ちてくる。

優しく手のひらにふれたそれはまるで、いつだって冷たい先輩の手のようで、私はたったそれだけで、また前に踏み出す勇気をもらえた。

(ありがとう、蓮司)

「栞?」

(私……決めた)

言いながら笑顔を見せれば、一瞬驚いたような顔をした蓮司もまた、私を見て太陽のように笑う。

樹生先輩に、今の私ができること。

大好きな先輩のために、最後にもうひとつだけしたいことがある。

……伝えたい、気持ちがある。

(ごめん、私、行かなきゃ!)

舞い落ちる雪の中、空を見上げて深呼吸をした私は、その足である場所へと向かった。

巡る季節に、もう一度だけ。

どうか、あと一度だけ、先輩と私をつないでほしいと願いながら。

もう一度だけ、樹生先輩に届くようにと願って、私はまっすぐに走り続けた。

『Snowdrop（スノードロップ）』
逆境の中の希望

Schizanthus（シザンサス）

「樹生、お前ちゃんと寝てるのか？」

——深夜二時。

俺が薄明かりの中で机に向かっていると、仕事から帰ってきた父が声をかけてきた。

「そっちこそ、仕事ばかりであんまり寝てないくせに。っていうかアレだね、……おかえり」

「ああ、ただいま。今日は急患が入ってな……それより、本当にしっかり寝ているのか？　毎日、ずいぶん遅くまで勉強してるみたいだが」

「……ああ、うん。でも、どんなに時間があっても足りないんだ。っていうか、実際、試験まで時間ないし」

小さく笑えば、父は眉間のシワを深めて俺を見つめた。

とっさに視線を外して再び机に向かえば今さらながら時計が目に入り、寝る予定だった時間をとうに過ぎていたことをあらためて知る。

……そういえば、父さんが帰ってくる時、玄関が開いた音、したかな。

ぼんやりとそんなことを思って、もやのかかった思考を晴らすように小さく頭を横に振った。

「樹生。今日はもう遅いから寝なさい。勉強は、明日でもできるだろう」

「……うん、ありがとう。父さんも早く寝なよ、おやすみ」

振り向くこともせず答えると、小さなため息が聞こえたあと、部屋の扉の閉まる音がした。

――二学期が終わり、高校生活最後の冬休みに入ったけれど、その時間は受験生にとっては少しも幸せなものではなかった。

大学の推薦が取り消しになったあと、俺は当初希望していた私立医大の受験をやめ、国公立の医学部を目指すことを決めた。

その意思を、停学の明ける前日に父に話した。俺が自分と同じ大学を目指していたことに喜びを感じていたらしい父は、なんとなくガッカリしたようだった。

でも、最終的にはなにも否定はせず「最後までがんばってみなさい」と、背中を押してくれたんだ。

そして、そこからあらためて受験勉強を始めたのだけれど――正直、あせりばかりが募る日々を送っていた。

「……はぁ」

かけていた眼鏡を外し、眉間を押さえてため息をつけば、またひとつ不安の塊が胸に落ちてきた。

もともと、予防線を張っていなかったわけじゃない。

推薦が取り消しになる以前からも、もしもの時のために、一般入試を受ける最低限の勉強はしていた。

だから、志望校を変えた時もなんとかなる、大丈夫だと心の片隅ではそう思っていた。

……そう、思っていたはずなのに。

しっかりと、準備はしていたはずなのに、ここへきて不安ばかりが増えていくことにあせりを感じずにはいられなかった。

「周りは、もっと勉強してるかもしれない」

こぼした独り言は、溜まりに溜まった行き場のない弱音だ。

最近、こうして独り言をつぶやくことも多くなった気がする。

どれだけ勉強しても、どれだけ対策を練ろうとも、崖っぷちに立たされている今、そのプレッシャーを跳ねのけられるほど、俺はまだまだ人間ができていなかった。

……とりあえず、今日はもう寝よう。

そう思って立ちあがり灯りを消すと、ベッドの上に倒れこむように身を投げた。

再び、深く吐きだしたため息。このまま目を閉じて眠ってしまおうか——と、そう思った瞬間、視線の先にいつから置きっぱなしにしていたのかわからないスマホを見つけて、反射的に手を伸ばした。

「スマホとか……最後に見たの、いつだっけ」

小さな緑色のランプが点滅しているスマホの側面のボタンを押し、無機質な画面をタップすれば灯りがまぶしくて、思わず目を細めてしまう。

【未読十通】の表示がついていたアプリケーションを開いて、ゆっくりと画面をスクロールしていけば、ずいぶん前に届いたメッセージがあることに気付いて目を背けそうになった。

一昨日と、さっき届いた父さんからのメッセージに、アキとタマは五日前……あとは、バイトしてたコンビニの店長と……。

すべて、俺のことを気遣ってくれている内容だ。今日の今日まで返事ができずにいたことを、申し訳なく思った。

そして、相変わらずもやのかかった思考の中で、一番古いメッセージに未読のマークがついているのを確認して——。

「……ダメだ」

俺は思わず、滑らせていた指を止めた。

――栞。

画面に表示されている名前にふれたくなって、あわてて指を引く。

栞との接触を断ってから、もうすぐ二ヶ月。

初めの頃は間隔を空けずに送られてきていたメッセージも、最近ではスッカリと声をひそめていた。

当たり前だ。心を尽くしたメッセージを何度送っても、たったひと言の返事すらこないんだから。

けれど、栞が他の人間とちがうところは、だからといって俺を責めるわけではないだろうということ。

普通なら返事すらしない相手に腹を立ててもおかしくないのに、栞はきっと今頃、返事がこないことさえも自分のせいだと思っているんだろう。

そんなことをあらためて考えたら逃げ場のない罪悪感にさいなまれ、胸が針で刺されたように傷んだ。

――わかってる。すべてわかった上で、栞の声を絶っているのは自分なのだから、今の俺に落ちこむ資格なんてない。

栞にとったら最低なヤツになるのだと、すべてわかった上でしていることなんだから、今回もそれを貫きとおさなければいけない。

……だけど。そう、頭ではわかっているはずなのに、今回栞から送られてきたメッセージの冒頭を見たら、ひどく心が揺さぶられた。

「これで最後にします……か」

最後にするというのは、メッセージを送ってくることを意味しているのか。

それとも、俺とのすべてに対しての言葉なのか。

もしも前者なら、まだ引き返せるかもしれない。

だけど、後者であれば、今すぐ送られてきたメッセージを読まなければ、もう二度と、栞の心にふれることはできなくなるのかもしれない。

——結局、すべてを切り捨てることなんかできない俺は、その言葉の真意を確かめたくて、ダメだと思いながらも未読マークのついたメッセージをタップした。

すると、そこには久しぶりに受けとる、栞の声が綴られていた。

「これ、って……」

だけど、そこに綴られた内容を読んだら、俺はそれを読む前よりも困惑するハメになった。

＊＊＊

「Iの10―10、か」

栞から送られてきたメッセージを読んだ翌日、俺はひとり、図書館へと向かった。

以前は家から徒歩五分圏内だった図書館も、今住んでいる場所から行くにはやや遠いため、自然と足が遠のいていた。

なにより、一番は栞に遭遇するのを避けるために、寄り付かないようにしていたというのもある。

それなのに今日、こうして図書館に足を運んだのは、昨日読んだ栞からのメッセージが理由だった。

〝これで最後にします〟

そんな言葉で始まった栞からのメッセージの内容は、こうだ。

【これで最後にします。何度も連絡してしまって、本当にすみません。今日は、最後にひとつだけ、私のワガママを聞いてほしくて連絡させてもらいました。以前、先輩とよく一緒に行っていた図書館で、ある本を探してほしいんです。その本に、今の私から先輩へ贈る、最大級の想いを託してきました。本当に、もうこれっきりにします。なので、どうか最後に、このワガママだけは叶えてくれませんか？　探してほしい、その本の名前は――】

「――よかった、貸出中にはなってない」

図書館に設置されている検索機の前で、思わずそんな言葉をこぼした俺は、足早にその本が置かれているであろう本棚へと向かった。

そこは、通い慣れていた俺でも今日の今日までただの一度も足を運んだことのないような、図書館の中でもひどく奥まった場所だった。

学生や主婦が多く本を探している本棚とは対照的に、そこにはたったひとり、腰の曲がったおじいさんがいるだけだった。

「……えーと、Iの10—10」

そんなおじいさんの邪魔にならないよう、うしろを通り過ぎ、指定された本棚の前まで行くと検索機に表示されていた番号を探していく。

——けれど、その間も、俺はどうして栞がこんなことを頼んできたのか、栞の真意を考え続けていた。

本を探してほしいなんて、そんなことが最後のワガママ？

単純に、その本が見つけられないから俺に探してほしいなんて、そんなバカな話があるわけがない。

仮にそうだとしても、図書館に通い慣れていた栞も、検索機を使ってこうして簡単にここへたどりつけたはずだ。

それなのに、なんで栞がこんなことを言うのか——。

俺にはサッパリ、その意図がわからなかった。

「……あった」

さらに、問題の本は意外にもアッサリと見つけることができた。

流れのままに手を伸ばしたけれど、ふれる直前でとっさに手を止めた。

〝その本に、今の私から先輩へ贈る、最大級の想いを託してきました〟

送られてきた、栞からのメッセージには、たしかにそう書かれていた。

けれどそれは、もしかしたら俺がその〝最大級の想い〟ってやつを受けとってしまえば、栞とのつながりもなにもかもがそこで途絶えてしまう、そういうものなのかもしれない。

俺とのすべてを過去にして、前に進もうとする栞の決意が書かれているのかも。

だとしたら俺は、それを受けとらなかったことにして、しらばっくれた方が身のためなんじゃないか？

「お兄さん、その本、借りるのかね？」

「え」

「もし借りんのなら、ワシが借りてもいいかねぇ？」

突然声をかけられて、弾けるように振り向いた。

そうすればそこには、先ほどどうしろを通り過ぎたおじいさんがいて、ニコニコと笑っていた。

「あ……すみません、今、僕もこれを借りようと思って」

「ほう、それは残念。久しぶりにその本を見かけたんで、ワシも借りたいと思ったのじゃが……」

「そうなんですか……。あの、それならコレ――」

「コレ、どうぞ」と、臆病な俺は、たった今手に取ったばかりのその本を開くことなく、そのおじいさんに手渡そうとした。

「……っ！」

だけど渡す直前に、その本のページの間に、〝あるもの〟がはさまっていることに気付いて手を止めた。

「うん？　これは、〝栞〟かな？」

おじいさんの言うとおり、その本には一枚の〝シオリ〟がはさまれていた。

「以前にこれを借りた人が、シオリをはさんだまま返してしまったのかな？」

首をかしげたおじいさんとは対照的に、俺は、それが栞の言う〝最大級の想い〟への道標なのだと悟ってしまった。

だって、図書館で借りた本は必ず図書館員の手を通るはずで、こんな風にシオリがはさまっていたらその時に気がつくはずだ。

それなのにこうして、こんなにもわかりやすくシオリがはさまっているなんて、そんなの、〝栞〟が俺になにかを伝えるために、〝シオリ〟をはさんだということ以外考えられない。

……なんで。

心臓が否が応でも高鳴って、早く、早くと急かしている。

スルリと抜けたシオリをつかんだままゆっくりとページを開いた俺は、そこにあったものを見つけて、息をのむ。

喉の奥がツンと痛み、込みあげてくるものを必死にこらえるために瞬きを繰り返した。

――どうして、こんな、俺のために。

その本には、たしかに、栞からの最大級の想いが託されていた。

臆病な俺から距離を取られ、近づくことも叶わない栞が、俺になんとかして伝えようとした、精いっぱいの気持ちだ。

どんなに自分が傷つこうとも、それでも何度でも立ちあがる強さと優しさを持った彼女の、俺に向けた精いっぱいのエールだった。

だけど、こんなことを最大級の想いだなんて――ワガママ、だなんて。

本当は、もっともっと俺に言いたいことや伝えたいことがあるはずなのに、それでも栞は、俺との最後に〝これ〟を選んだ。

意地らしい彼女の気持ちが伝わってきて、胸が苦しくてたまらなくなり、今すぐにでも彼女を抱きしめに行きたくなった。

「たとえば、空がきれいな青だとか。ツボミだった花が知らないうちに咲いたとか。昨日は泣いていたあの子が、今日は笑ったことだとか。きっとただ、気づかなかっただけ。言葉にできないくらいに美しい世界は、いつだってそこにあふれていた」

「え――」

「だけど、君に出会って知った世界は。きれいだなんて言葉で、表せないくらいに。儚くて、苦しくて、どうしようもないくらいに、優しくて……。とても、温かい日々でした」

唐突に紡がれた言葉に驚いて顔をあげれば、そこには俺を見て優しく微笑むおじいさんがいた。

おじいさんは、今にも泣きだしそうな顔をしているであろう俺の、シオリをつかんでいる方の手にたった一度だけ優しくふれると、とても静かにうなずいた。

「今のは、その本の冒頭の一節じゃよ。そして……そのシオリ。それは、薺(なずな)を、押し花にしたんだなぁ」

「なず、な?」

「君も、一度は見たことがあるだろう？　冬の寒さにも負けない強さを持った雑草だ。なんのこともない、道端に生える花。でも、薺の花言葉は……。いや、きっと、それをそこにはさんだ娘は、それを渡したかった相手のことを、本当に大切に思っているんじゃないかな」

その言葉を聞いた瞬間、涙が堰を切ったようにあふれだした。

本とシオリと——シオリのはさまれていたページに残された、合格祈願と書かれた手作りであろう小さなお守りを握りしめ、思わずその場にしゃがみこむ。

——みっともない。高校生にもなって、こんなところでこんな風に泣くなんて。

頭ではわかっていても、あふれる想いを止めることができない。

本の森の間で声を殺して泣く俺の前から、おじいさんが静かに去っていく気配だけが、小さな風となって俺の髪を揺らした。

〝ねぇ、先輩〟

〝どうした、栞？〟

最後に、そんな風に言葉を交わしたのはいつだろう。

すぐ隣で笑いあい、声にならない言葉を交わし、彼女にふれたのはいつだろう。

だけど、どんなに距離ができたって、どんなに手放そうとしたって、なにもかも手遅れなのだと思いしる。

――だって、俺にはいつだって、栞の声だけが鮮明だ。

「はぁ……」

手の甲で涙をぬぐい、ゆっくりと立ちあがった俺は、手に持った本を握りしめ図書館の貸出口へと向かった。

一歩外に出れば何日か前にも、寒空を染めていた雪の花が舞っている。

そんな雪の花が咲く街を、俺は決意に燃える心を抱えながら、まっすぐに顔をあげて歩いた。

『Schizanthus（シザンサス）』

あなたと一緒に

Shepherd's purse（ナズナ）

十七年という人生の中でもっとも儚くて、苦しくて、どうしようもないくらいに優しかった、樹生先輩との温かい日々。

そのぬくもりと離れたまま気がつけば年を越え、短かかった冬休みは終わり、いつもどおりに始まった三学期も足早に通り過ぎた。

今日は三月二十日、三学期の修了を告げる終業式。

今日で、高校二年生としての学校生活が終わろうとしている。

相変わらず長い校長先生の話をどこか遠くで聞きながら、ああ、今度学校に来る時には自分はもう高校三年生なんだな……なんて、他人事のように考えた。

私たちの一学年上だった三年生を送りだすための卒業式で、先輩たちが涙とともに卒業していくのを見おくったのが、三月一日。

この地域では、三月一日に卒業式が行われるのが通例だ。

――きっと例外なく、樹生先輩も同様に高校を卒業したのだろう。

先輩に、私の精いっぱいの想いを残してから約三ヶ月。

結局、先輩からはただの一度も連絡がくることはなかった。

期待をしていなかったといえば嘘になる。もしかしたら、私の気持ちを受けとってくれた先輩から、たったひと言でもなにか返事がくるかもしれないと、ほんの少し、期待していた。

けれど、一日一日が過ぎるたび、私の心に降りつもったのは〝あきらめ〟の文字。

そして三ヶ月という期間は、私の期待を粉々に打ちくだくには、十分過ぎる時間だった。

「栞、今日はもう帰るの？」

担任の先生からの、一年分の想いのこもったあいさつすら耳に入ってくることもなく終えた、私の高校二年生。

私の心情を察してか、どこか切なげに眉をさげたアユちゃんと蓮司のふたりが、帰り支度をしていた私に声をかけてくれた。

そんなふたりに、一年分の「ありがとう」を込めて笑顔を見せれば、驚いたように目を見開かれる。

きっとふたりは、いまだに私が樹生先輩のことを引きずっているのだと、気にしてくれているんだと思うけど。

【今日は、久しぶりに図書館に寄って帰ろうかと思って】

「え……、図書館に？」

【うん。今日で、全部終わりにするために】

スマホの画面を見せながら微笑めば、アユちゃんはさらに驚いたように目を見開き、対照的に蓮司は瞳に強さを宿して、私をまっすぐに見つめた。

「本当にいいのか、栞。後悔、しないか？」

蓮司の問いに、持っていた通学鞄の紐をきつく握りしめた私は、最後の一滴となった期待さえも振りおとすように、一度だけ小さくうなずいた。

【後悔は、ないよ。だから今日で全部、終わりにする】

「……本当か？」

【うん。もう、今日で最後にしようって、そう決めたから】

胸に誓った決意をさらに強いものにするために、あらためて蓮司を見れば、そんな私を見て蓮司はあきらめたかのように口もとをゆるめた。

──私は今日、三ヶ月ぶりに先輩との思い出の詰まった図書館へ行く。

だけどそれは、先輩に会いたいからじゃない。

今日という日を最後に、樹生先輩への想いと思い出にひとつの区切りをつけるために、私はもう一度図書館へ行くのだ。

＊＊＊

蓮司とアユちゃんのふたりと駅で別れた私は、図書館までの通い慣れた道程を、いつもより時間をかけて歩いた。

先輩と微笑みあいながら歩いた道程、花びらの舞う中を歩く先輩の姿、揺れる瞳で前を見すえる先輩のきれいな横顔。

思い出せば思い出すほど胸が苦しくなって、でもそれも今日で終わりだと言いきかせながら、私は止まりそうになる足を叱咤しながら前に進んだ。

けれど、図書館に着いた瞬間、なんとも言えないやるせなさに襲われた。

入り口の扉を抜け、本の森を通り過ぎ、先輩への想いを託した本のある本棚の前まで来ると、ついに足は一歩も前に動かなくなった。

先輩への想いを、一冊の本に託したあの日。

本当ならすぐにでも、その想いの行方を追うために、ここに来るべきだった。

でも、臆病な私は、結局、今日の今日まで想いの行方を確かめることができずにいた。

……行かなきゃ。

一度だけ深呼吸をした私は、床に根を張ってしまっていた足に力を込めて、一歩、前へと歩を進める。

一歩、また一歩と、まるで渓谷に架けられた吊り橋を渡るような足取りで前に進み、ようやく本のある棚の前までたどりつくと、一度だけまぶたを閉じてからゆっくりと目的の本を探した。

……あった。

すると、すぐに一冊の本が目に飛びこんできた。

それを見てゴクリと喉を鳴らした私は――それを、本棚からそっと引きだした。

三ヶ月ぶりに手に取った一冊の本は、少しも変わることなく、今、私の手の中にある。

三ヶ月前、私はたしかに一か八か、この本に樹生先輩への精いっぱいの気持ちを託した。

残したのは一枚のシオリと、手作りの小さなお守りだ。

どうしても伝えたかった……贈りたかった、あの時の私の〝最大級の想い〟。

けれどその本は、あの日、私がはさんだシオリとお守り、それらをはさむ前の、もとの姿に戻っていた。

もしかして、樹生先輩がシオリとお守りを持って行ってくれたのかな？

でも、それを確かめる術はない。

もしかしたら、他の人が先輩よりも先にこの本を借りてしまい、はさまれていたシオリとお守りは忘れ物かなにかと思って、処分されてしまった可能性もある。

……そっか。そっかぁ。

だけど、そんなことはどうでもよかった。初めからそうなる可能性を見こした上で、私はこの本に樹生先輩への想いを託したのだ。

もちろん、先輩に想いを伝えたかったことが一番だけれど。

それ以外にもこれは私にとって、先輩との〝縁〟を試す、ある種の賭けだった。

――もしかしたら、先輩以外の人の手に渡ってしまうかもしれない。

――もしかしたら、先輩の手に渡る前に、シオリとお守りがなくなってしまうかもしれない。

だけど、もしもこれで先輩のもとに私の想いが届かなければ、しょせん初めからそういうものだったのだろうと思おうと決めていた。

先輩と私の縁は、しょせん初めからその程度のものだったのだとあきらめようと決めていたのだ。

先輩と私は、決して交わることのない道を、これからも歩いていくのだと覚悟を決めた上で、私はあの日、ひと握りの希望にすべてを託したんだ。

そして、その覚悟を決めてから三ヶ月。今日まで、先輩からは一度たりとも連絡がくることはなかった。

もちろん、先輩が私の前に現れることもない。

そしてこの本に、先輩が私へ向けてなにかを残した形跡もない。

それはつまり、私が賭けに負けたことを意味している。

先輩と私はやっぱり、決して交わることのない道を歩いていくふたりだったのだと、あらためて思いしらされたのだ。

……もう、本当に、今日で全部終わり。

心の中でつぶやいて、私は手に取った本を静かに本棚へと戻すと、脱力したようにそこから一番近い席へと腰をおろした。

同時に胸ポケットから生徒手帳を取り出すと、あるページを開いて指を止める。

【六時四十五分、一両目】

【相馬 樹生】

そこに、残された文字。

あの日――先輩と私を結びつけてくれた先輩の優しさにふれた瞬間、今の今までこらえていた涙があふれだして、私はそれをごまかすように机に突っぷし、腕の中に顔を埋めた。

樹生先輩っ！

好き。先輩のことが、大好きだった。本当は先輩に、大好きだと伝えたかったの。

何度も、何度も。たとえ叶わなくてもいいから、この気持ちだけは伝えたいと思っていた。

声も出ない、なんの取り柄もない私が、先輩に恋心を抱くなんて、分不相応だということは痛いほどわかっている。

それでも。それでも——。

私は、そんなことすら忘れてしまうくらいに、樹生先輩のことが大好きだった。

だけど、三ヶ月前のあの日、もしもそれを先輩に伝えてしまったら、優しい先輩のことを困らせてしまうと思ったんだ。

私から告白なんてされたら、先輩のことだから罪悪感にさいなまれてしまう。

受験生である先輩を悩ませてしまうと思ったら、自己満足のための告白なんて、とてもじゃないけどできなかった。

なにより私は、これ以上、樹生先輩の未来の邪魔をしたくなかった。

だからあれが——あの時の私の精いっぱいであり、最大級の想いだった。

……なんか、疲れちゃった。

腕の中に顔を埋めてそんなことばかりを考えていたら、だんだんと、瞼が重くなってきた。

緊張で、昨日の夜はぜんぜん眠れなかったせいだ。今日ですべてに区切りをつけるのだと思ったら、先輩のことが一秒たりとも頭から離れなかった。

ぼんやりと揺れる思考。まぶたの裏に浮かんだのは、もう何度思い起こしたかわからない、駅で最後に見た樹生先輩のうしろ姿だ。

その残像を追いながら聞こえたのは、「栞」と私を呼ぶ先輩の温かい声。

馬鹿馬鹿しい空想に小さな笑みをこぼし、頬に温かい涙のしずくが伝い落ちるのを感じながら、私はそのまま静かに目を閉じた。

＊＊＊

——どれだけ眠ってしまっていたのかは、わからない。

気がついた時には手に持っていたスマホの時刻が十七時半を記していて、ああ、もうそんな時間か、と息を吐いた。

もしもここに先輩がいたら、暗くなる前に図書館を出ないとって言うだろうなぁなんてことを考えて、眠りから覚めても押しよせてくる悲しさに胸が苦しくなった。

だけど、こんな風に苦しくなるのも今日で終わり。

もう、帰らなきゃ。先輩と、サヨナラしなきゃ。

そう思いながらも、机に突っぷしたままの顔をあげることができない。

このままここにいれば、先輩とサヨナラしなくて済むかもなんて、小さな子供のようなことを考えて、私はいまだにもやのかかっている思考を晴らすように、ゆっくりと顔をあげた。

「目、覚めた？」

（え……）

だけど、次の瞬間、何度も何度も聞きたいと願っていた樹生先輩のやわらかな声が聞こえて、私は思わず固まった。

「そろそろ帰らないと、外も暗くなってあぶないよ？」

――ああ。私はいまだに眠っていて、夢を見てるんだ。

なんて幸せで、都合のいい夢だろう。

だって、今、私が座っている向かいの席には、大好きな樹生先輩が座っていて、私を見ながら微笑んでいるんだから。

「っていうか、そう言うならもっと早く起こせって感じだけど。よく寝てたから、起こすのかわいそうで」

（せん、ぱい……？）

「……なんてね。ホントは、栞の寝顔を盗み見してただけなんだけど」

そう言うと、離れていた三ヶ月がすべて嘘だったかのように、樹生先輩はいたずらに笑った。

思わず、自分の頬をつねってみる。

頬には痺れるような痛みが広がって、ああ……夢じゃないんだと思った瞬間、先輩の笑顔があふれる涙であっという間ににじんでいった。

「……ごめん、泣かないで。とりあえず、外、行こう。駅まで歩かない？」

私の手にふれた先輩の手は、相変わらずひんやりと冷たい。

そして、その冷たさとは対照的な先輩のぬくもりに促されるまま、私は精いっぱい涙をこらえて立ちあがった。

「なんとなく……図書館に来れば、栞に会える気がしたんだ」

夢のような現実の中で、机の上に置いたままだった自分の生徒手帳を胸ポケットへと押しこみ、先輩に手を引かれるがまま図書館を出ると、世界は鮮やかなオレンジ色に包まれていた。

なぜだかそれだけでまた胸が苦しくなって、涙がこぼれそうになる。

先輩は、どうして突然私の前に現れたのだろう。今さら、どうして。

だってもう二度と会えないと思っていたから、現実を受け止められない。

一歩前を歩く先輩の背中を見ながら、答えの見つからない問いを、ひたすらに自分に投げかけた。

図書館から駅までの道程。何度も先輩と歩いたその道をふたりでゆっくりと歩けば、再び先輩との思い出に胸が埋めつくされて、切なさで息もできない。

蝉の鳴き声がウルサイと眉を顰めた先輩、夏はきらいだとため息をこぼした先輩、いざ夏が終わりを見せるとちょっとさみしいなんてつぶやいた先輩。

ねぇ、先輩。

先輩とのなにげない日々はどれも色あせることなく、今でも私の心を染めたままなんです。樹生先輩は今でもずっと、私の心を色鮮やかに染めているんです。

声にならない言葉を、ただひたすらに先輩の背中へと投げかければ、またひとつ、小さな恋の花が咲く。

けれど、私の手を引く先輩はなにかを話す様子もなく、ただただ無言で駅までの道程を歩いていった。

樹生先輩……？

先輩のその様子に不安が募るのは、私の中の期待が、もう何度砕けたかわからないからだ。

そうして、あっという間に駅まで着いてしまうと、そんな私の不安を肯定するかのように、つないでいた手がいとも簡単に離された。

三月の終わり、まだまだ風は冷たくて、ふいに走った寒さが離れた手のひらを切なく撫でる。

「栞に、どうしても報告したいことがあって。それで今日は、図書館まで栞を探しに行ったんだ」

(……え?)

「栞には、どうしても一番に伝えたくて。だから……」

けれど、切なさに浸る余裕もなく、突然口を開いた先輩は静かに私の方へと振り返ると、ゆっくりと話し始めた。

「今日、大学の合格発表があったんだ」

(合格、発表)

「第一志望だった大学……無事に、合格したから。だから、栞には、すぐにでも報告したくて」

胸ポケットから封筒を取り出した先輩は、その中から一枚の紙を引きだすとそれを静かに私へと手渡した。

促されるまま、ふるえる手で丁寧にその紙を開いてみる。

するとそこには、【合格通知書】という文字が書かれていて、その下には蓮司から聞いていた、先輩の志望していた大学名がたしかに記されていた。

通知書に穴が開くほど何度も何度も目を通した私は、息を殺しながらゆっくりと、先輩へと視線を戻す。

「栞のお陰だよ。栞がくれた、このお守りのお陰で、最後まであきらめずにがんばれた」

（それ、は……っ）

「本当に、ありがとう」

先輩の手には、三ヶ月前の私の最大級の想いのひとつが握られていて、私は今度こそ本当に息の仕方を忘れてしまった。

「受験の当日も持っていって、ずっと、ここ。制服の胸ポケットに入れて、勇気をもらってた」

「……っ」

「ちなみに、お守りを記してた、誰かと同じ名前の道標も、参考書とかにはさんで使ってたし、今も手帳に大切にはさんであるよ」

「お礼を言うのが遅くなって、ごめん」と、消えいるような声で言った先輩の言葉と同時に、うれしさと安堵があふれだした。

先輩の笑顔がみるみるうちににじんでいって、今度はこらえる間もなく大粒の涙のしずくが次から次へと頬を伝ってこぼれ落ちる。

──三ヶ月前の、あの日。

あの日の私の気持ちは、たしかに先輩に届いていたんだ。樹生先輩に、届いていたんだ。

(せ、先輩っ。おめでとうございます! 本当に、おめでとうございます……っ。私っ、私、先輩にずっと謝りたくて……っ、私のせいで先輩の大学の推薦もダメになってしまって、それで、私──っ!)

子供のように泣きながら、〝迷惑をかけてしまって、本当にごめんなさい〟と言いかけた私の唇に、先輩のきれいな人さし指が添えられた。

弾けるように顔をあげれば、先輩はその先の言葉を紡ぐことは許さないと、私を見て小さく首を横に振る。

「それ以上の言葉は、必要ないよ」

(せん、ぱい?)

「推薦で受けるはずだった大学よりも、俺はこっちの大学に合格できたことをうれしく思ってる。あの時ああなって、結果論だけど、こうして視野を広げる機会をくれた栞に、今の俺は感謝してるんだ」

「……っ」

「だから、ありがとう。俺に、挑む機会をくれて。そして、それを乗りこえる力をくれて本当にありがとう」

――今度こそ。今度こそ本当に、声をあげて泣きたくなって、そんな私を抱きとめるかのように、先輩は私の後頭部に手を回すと力強く自分の胸へと引きよせた。

樹生先輩の着ているジャケットをつかんで、額を胸に押しつける。

この三ヶ月で枯れたはずの涙が次から次へとあふれだし、あっという間に先輩のシャツを濡らしていった。

「傷つけてばっかで、ごめん。待たせて、ごめん。なにも言わずにいなくなったりして……本当に、ごめん」

先輩の声は小さくふるえていて、それだけでまた涙が止めどなくあふれだした。

先輩……樹生先輩。どうして先輩は、そんなにも優しいんですか。

どうしてそんなに、温かいんですか。

ごめん、なんて、本当は私が言うべき言葉なのに、先輩はそれを全部私から取りあげて、なにもかも自分のものにするんだ。

そして、先輩からもらったその言葉で、今日までの三ヶ月、どうして先輩が私との連絡を絶っていたのか、その理由がわかってしまった。

先輩はきっと、私からの謝罪の言葉を受けないために、私に事件のことを謝らせないために、【大学合格】という結果を持って会いに来てくれたんだ。

私が、これから先の未来で先輩への罪悪感を抱えないように。

私が、先輩の未来のことで傷つかないようにと、確かな結果を手に入れてから、こうして会いに来てくれた。

だけどそれは、先輩の膨大な、途方もない努力の上に成り立つ結果だ。

今日まで先輩のことをただ想うだけ。ただただひたすら先輩のことを想い、なにもせずにぼんやりと過ごしていただけの私には、もったいない言葉と気持ちだ。

……そう、そうだよ。私には、もったいない。

やっぱり樹生先輩は、私の手に負えるような人じゃなかった。

私みたいな雑草には到底手の届かない、美しい羽を持った蝶のような人だから。

その羽が大きく開き、空高く羽ばたくのを邪魔してはいけない。

私と樹生先輩は、こうして出会えたことすら途方もない奇跡だった。

(私の方こそ……ありがとう、ございます。先輩と出会えて、先輩とこうして、喜びを分かちあうことができて。私は、先輩と出会ってから、本当にたくさんの幸せをもらいました)

「栞……？」

(先輩のこと、応援してます。大学に行っても、ずっとずっと。お医者さんになるっていう先輩の夢が叶うように——遠くから、ずっと、応援してます)

ゆっくりと、先輩の胸に埋めていた顔をあげた私は自分の手で涙をぬぐうと、一歩うしろへ足を引き、大好きな先輩を見上げて精いっぱいの笑顔を見せた。

そう、きっと。これが私が先輩にできる、最初で最後の恩返し。

(樹生先輩。今日まで、本当にありがとうございました)

そう言って、一度だけ深々と頭をさげれば、先輩が小さく息をのんだのがわかった。

これが、今の私にできる精いっぱい。

ここで、大好きな樹生先輩にサヨナラを告げることが、今の私にできる唯一のことなんだ。

空高く羽ばたいていこうとする先輩の足を引っぱるような、そんな存在がそばにあったらいけない。

これから先、抜けるような青空の果て、輝く太陽を目指して羽ばたく先輩が、足もとの雑草に気を取られていてはいけない。

顔をあげ、微笑みながら先輩を見上げれば、動揺に瞳を揺らす先輩が私をまっすぐに見下ろしていた。

ああ、そうだ。三ヶ月前のあの日も、結局先輩には想いを伝えることができなかった。結局、今日も伝えられない。

ということは、やっぱり先輩には伝えてはいけない言葉だったんだろう。

これは、伝えてはいけない、想いだったんだろう。

【好き】

たった二文字の言葉は、こんなにも遠く、こんなにも声にならない。

けれどそれは、この先もきっと、先輩に伝えることはない言葉。

（それじゃあ、私は帰りますね。先輩も、気をつけて帰ってください）

「栞、俺は……」

（あ、でも。せっかくなので、お見送りだけさせてください。これで本当に、最後、なので）

必死に唇を動かせば、再び涙が込みあげてきて、私はそれをこらえるためにうしろ手で組んだ腕をつねり、走る痛みで涙をごまかした。

そんな私を見て動揺を見せていた先輩も、ついにあきらめたように一度だけ小さく息を吐くと、今度はなにかを決意したような瞳で私を見つめる。

「……俺の方こそ、今日まで本当に、ありがとう」

——泣くな。泣くな。泣いたら、ダメだ。

「栞と出会えて、本当によかった。俺の方こそ、出会ってくれて、本当にありがとう」

そう言うと、とてもきれいに微笑んだ先輩は、たった一度だけ私の髪にふれると迷うことなく私に背を向け、歩きだした。

それにさみしさを覚えてしまう身勝手な自分が嫌になる。

だんだんと小さくなっていく先輩の背中。離れていく先輩のぬくもりを痛いほど感じたら目には涙がにじみ、視界がぼやけた。

改札を抜け、階段を下り、いよいよ先輩の背中すら見えなくなったところで――私は崩れるようにその場にしゃがみこみ、両手で顔を覆った。

「……っ」

涙が堰を切ったようにあふれだして、アスファルトにいくつものシミを作っていく。

もう我慢の限界で、私はひたすら涙をこぼした。

だって、だって、だって……っ。

先輩の未来は、私の想像では追いつかないくらいに輝きに満ちていて。

両手では抱えきれないほどの希望であふれていて、目がくらむくらいにまぶしい。

先輩はこれから大学生になり、今以上に素敵な人になるのだろう。

夢を叶え、お医者さんになったら、今度はたくさんの人の希望の光になるんだろう。

――そんな先輩のそばで、私になにができるっていうの。

私みたいな、先輩に迷惑しかかけられないヤツが。

先輩のためになにもできないのに、今までどおりに隣になんていられるはずがない。

「っ、……っ」

苦しくて、苦しくて、苦しくて。今ある現実を飲みこむのに必死だった。

先輩にサヨナラを告げること。それが私にできる唯一の恩返しのはずなのに、心は輝きのすべてを失ってしまったかのように晴れてはくれない。

強くなりたい、強くなれるはずだと、今日まで何度も自分に言いきかせたけれど、今さらながら自分の弱さに打ちのめされた。

このままじゃ、ダメ。先輩に出会って、この世界にはたくさんの優しさと、かけがえのない温かさがあることを教えてもらったのに、今このまま悲しみに押しつぶされたらすべてが無駄になってしまう。

苦しくても、悲しくても、私は、前を向いて歩いていかなきゃいけない。

先輩がそばにいなくても、先輩が気づかせてくれた、たくさんの優しさを抱えて歩いていかなきゃいけないんだ。

そうして、ゆっくりと顔をあげた私は、視線の先に〝あるもの〟が落ちているのを見つけて、手を伸ばした。

――生徒手帳。

ああ、そうか。さっき、先輩に頭をさげた時に、私の制服の胸ポケットから落ちたんだ。

そういえば、先輩と私を結びつけてくれたのも、この生徒手帳だったなぁ。

手帳を拾いあげ、今度は落とさないように、私は鞄にしまおうとした。

——けれど、

（え？）

〝ある違和感〟を覚えて、思わず手を止めた。

（これ……）

それはまちがいなく、私の生徒手帳。ついさっき、図書館でも手に持って広げた生徒手帳だ。

けれど、その時に見たものとは、なにかがちがった。

もともと、自分が失声症であることを書きしるしてつけたドッグイヤー。

でも今は、それだけではなく、もうひとつ、覚えのないドッグイヤーが、手帳につけられていたのだ。

なんで……？

息をのみ、高鳴る心臓に急かされながらもふるえる手で、その見覚えのないドッグイヤーに指をかけた。

そうして、開けてはいけない扉を開くように、そのページを開けば——。

「……っ！」

そこに書かれていた〝声〟に、私は思わず喉を鳴らして自分の口もとを片手で覆った。

【好きだよ】

……先輩。樹生、先輩。

見慣れたきれいな筆跡と、どこか控え目に綴られたその文字に、いつか先輩に言われた言葉を思い出す。

『文字って、感情を伝えることもできるんだね』

あの時、そう言って微笑んだ先輩は、続けてこう言った。

『たとえば、不安な時は少し文字が小さくなる』

その、生徒手帳に書かれた、遠慮がちな文字。

いつもよりも幾分小さく書かれたその文字に——樹生先輩が、これをここに綴った時の感情があふれていて、たまらない気持ちになった。

『言葉を声にしなくても、大切な気持ちは伝えられるんだ……って。あらためて、知ることができた』

次の瞬間、涙のしずくが頬を伝って手帳に落ちた。

ねぇ、先輩。本当に、先輩の言うとおりです。

たとえ声に出せなくたって、伝えられる愛のカタチが――ここにはあった。

先輩からの、今にも消えそうな愛の言葉の下、開いたページの片隅には、流れるような筆記体で続けてこう記されている。

【Your love brings color to my world.】

――あなたの愛で、僕の世界が色づいた。


その言葉にふれた瞬間、私は衝動のまま、力強く地を蹴って駆けだしていた。

改札を抜け、階段を下り、樹生先輩がいるであろうホームへと全力で走る。

息が切れ、途方もなく遠く感じるその道のりの途中で、電車が駅へと入ってくることを知らせるアナウンスが耳に届いて鼓動ばかりが速くなった。

嫌だ、待って！　まだ、行かないで、先輩……っ！

切れる息、激しく高鳴る胸に気づかぬふりをして、必死でホームに続く道を走る。

走って、走って――。

（先輩っ！）

その姿を見つけて、私は無我夢中で声を張りあげた。

だけど、声にならない声の先。いつものホームとはちがう、向かいのホームに先輩の姿を見つけて、思わず絶望で立ち尽くした。

どうして……っ。だって、先輩はいつもこっちのホームに立っていて、それで、一緒に学校へ行っていたから、今だってこっちのホームにいると思って……っ。

樹生先輩が今住んでいるという家が、私が勝手に思いこんでいた方向に向かう電車とは、ちがったのだろう。

冷静に考えれば、学校に向かう電車の来るホームというだけで、先輩がこちらに立っているなんて確証はなかったのに。

私は我を忘れて、ただホームに来れば樹生先輩に会えると思って、選択をまちがえたのだ。

ただでさえ声が出ないのに、ちょうど帰宅ラッシュを迎える駅で、向かいのホームにいる先輩が私に気づくはずもなかった。

なんで⁉ どうして、こんな時に限って……！

あわててスマホを取り出してみるも、【充電切れ】のマークを見て、つくづく運のない自分を呪った。

（先輩！ 樹生先輩っ！）

お願い、気づいて、行かないで……っ！

心の中で叫んだと同時、無情にも、向かいのホームに電車が滑りこんでくることを告げるアナウンスが響いた。

だけど、ああ、今度こそこれで終わりだ。

先輩には、私の声は届かないのだと、あきらめかけた、瞬間——。


「いつ、き……っ！」


——解放された声。

もう自分でも思い出せないほど聞き慣れないその声が、忙しく動く駅のホームに響きわたった。

「う、そ……？」

同じホームに立つ人たちからの視線を一斉に浴びたけれど、そんなことを気にする余裕もなく、私は両手で自分の喉もとを押さえた。

い、今……、私、声……っ。

けれど、そう思ったのもつかの間、奇しくも向かいのホームには電車が滑りこんできて、あふれる人と電車のせいで先輩の姿はあっという間に見えなくなってしまった。

嘘。そんな……っ。

あわてたところで、時間はもう戻ってはくれない。

再びアナウンスとベルが響きわたったかと思えば、樹生先輩を乗せた電車は瞬く間に駅を発車し見えなくなってしまった。

――先輩が消えた、駅のホーム。

ペタリと、再び声を忘れ、私は人目もはばからずにその場にしゃがみこんだ。

……こんな、こと。

先輩に伝えなければ、先輩の気持ちに応えなきゃと思った矢先にこんなことになるなんて。

やっぱりこれは、伝えるなってことなの？

意地悪な神様が、私と先輩を結びつけないようにしているとしか、考えられない。

だけど、そう思った私が、まぶたを強く閉じた瞬間。

「……そんなとこで座ってたら、踏まれるよ？」

「……!?」

「ほんと、あぶなっかしい」

いつかも聞いた言葉と同じセリフが聞こえ、弾けるように声がした方へと振り向いた。

そうすれば、ほんの少し息を切らした、不機嫌な表情の樹生先輩が乱れた髪をかきあげながら、しゃがみこむ私をまっすぐに見つめていた。

「追いかけてこなかったら、栞の家まで押しかけてやろうかと思ってたけど」

そう言う先輩の言葉は嘘か、本当か。

それでも羽の生えた蝶のようにゆっくりと、私のもとまで歩いてきた先輩は、地べたに座り込む私の目の前で足を止めた。

「俺は、一度言ったことを繰り返し言うのは好きじゃない。だから、栞の強さに賭けたけど、〝今まで、ありがとうございました〟なんて言われた時は、さすがにちょっとこたえた」

「……っ」

「でも、追いかけてきたから……ギリギリ、許す」

次の瞬間、しゃがみこんでいた私を包みこむように抱きしめた先輩は、「不安にさせた仕返しかと思った」なんて、ため息とともに消えいるような声でつぶやいた。

そんな先輩の背中に腕を回し、ジャケットをギュッとつかむと先輩の胸に再び縋(すが)るように顔を埋める。

「す、き……っ」

「え、」

「せん、ぱい、のこと……だい、すき……っ」

今度こそ、ワ……ッと子供のような泣き声が口からあふれて、何年ぶりかもわからないほど私は声をあげて泣いた。

好き、大好き。

やっと声に出せた言葉と先輩のぬくもりに、嗚咽をもらすことすら厭わずに、ただただ先輩に縋った。

——それから、どれだけ先輩の腕の中で泣いていたかはわからない。

いつの間にか人の減った駅のホームで、私は先輩に誘われるままゆっくりと、先輩の胸もとから顔をあげた。

「……目、真っ赤」

困ったように笑った先輩は、私の目尻に残った最後の涙のしずくを親指でぬぐってくれた。

思わず顔を赤くすれば、樹生先輩は私の髪を優しく撫でながら再びなにかを決意したかのようにゆっくりと、言葉を紡ぎはじめた。

「本当は……もうひとつ、栞に言いたいことがあったんだ」

そう言うと、先輩は、つい先ほどまでの余裕を消して、突然自信をなくしたように眉をさげる。

「俺は本当に、どうしようもないヤツだったから。推薦をもらう予定だった大学は、ただ父親への当てつけみたいな気持ちで受験をするつもりだった。俺でも簡単に、こんな大学は入れるんだぞって、見せつけてやりたくて」

力なく握られた手はわずかにふるえていて、これから先輩がなにを私に伝えようとしているのか、その真意をひと欠片もこぼさぬように耳を傾けた。

「だから、本当に……合格通知をもらった大学は、自分が将来どうなりたいのかを見つめ直した上で選んだ大学だった。こんなこと言ったら、栞に軽蔑されるかもしれない。そんな理由で、って、あきれられるかもしれない。でも――」

そこまで言った先輩は、ふるえる手で私の手を引きあげて、手の甲にそっとふれるだけのキスを落とした。

「俺、心療内科医になりたいんだ。栞みたいに、自分では抱えきれない心の傷を負った人を救えるような医者になりたいと思った」

「え……」

「俺の未来もなにもかも、変えてくれたのは栞だよ。前に、栞が、俺の名前について話してくれたことがあったの、覚えてる？」

「……は、い」

「森林の中に凛とたたずむ樹のように、静かに強く、たくましく生きてほしいから、〝樹生〟。それなら栞は、〝栞〟という名前が持つ意味は、なんだろうって考えてた」

ああ、どうして。

……お父さん。今、どこかで聞いていますか？

どこかで、彼の声を聞いてくれていますか？

「栞という字には、野山を歩く時に、木々を折って道標にしたものっていう意味がある」

『栞、っていう名前はな？ 栞がいつか、誰かの道標になるような……自分以外の誰かに手を差しのべて導いていける、そんな優しい子になってほしいと思ってつけた名前なんだよ』

「栞はその名前のとおり、いつでもまっすぐに俺を導いてくれた。俺の手を、ずっとつかんでいてくれた。今の俺がいるのは、栞がいてくれたお陰だよ」

いつか。いつの日か。

大好きなお父さんが願ってくれた、宝物のような意味のこもった名前に恥じない人になれたらいいと、私はずっと思っていた。

「そして、そんな俺の未来も栞に全部あげるつもりで……栞にすべてを捧げてもいいと思えるほど、俺はもう栞しか見えないんだけど、どうしたらいい……？」

今、目の前にある力強い光を宿した瞳。

――きっと、これ以上の最大級の愛の言葉は、他にない。

いつだって、誰が見たって完璧で、誰しもがうらやむようなものを持ちあわせた先輩が今、不安に揺れている。

ひどく自信なさ気に私を見る先輩は、その言葉を聞いて、私があきれてしまうとでも思ってるんだろう。

私が、離れていくとでも思ってるんだろう。

先輩は、本当に、どうしようもないくらいに大人で——小さな、子供みたいな人。

「私の……気持ち、は。今も、あの本に、たくした時と、変わり、ません」

数年ぶりに出るようになった自分の声は、まだ扱い方をうまく思い出せない。

それでもたどたどしく想いを口にすれば、突然先輩が私から顔を背けて、大きなため息をついた。

「い、つき……先輩?」

「……普通に、引かれるかと思った」

「え?」

「自分の意思とは関係なく、ひとりの男の将来を押しつけられるなんて。絶対、気持ち悪がられるかと思ったんだよ」

再び深くため息をついた先輩は、「受験よりも緊張した」なんて、わけのわからないことを言う。

「先輩……わた、し、先輩のこと……本当に、だいすき、ですよ?」

「……うん」

「大好き、だから……だから、ほんとうに、うれし――」

なんとか先輩に気持ちのすべてを伝えたくて。

紡ごうとした言葉は――突然、私の唇に唇を重ねた先輩によって、止められてしまった。

「もう、それ以上、なにか言うの、禁止」

い、今っ、今、キ、キス……っ⁉

一瞬の出来事に頭がついていかず、ひとりであわてふためく私に今度こそあきれたようなため息をついた先輩は、愚痴をこぼすように言葉を続けた。

「だいたいにして、声、出ちゃってるし。俺が医者になって、俺の力で声が出るようにしたかったのに……って、これ以上言うと、負け犬の遠吠えみたいだからやめる」

「……う」

「それに、初めて聞いた声で俺の名前を呼んで、その次に言った言葉が〝好き〟だとか、狙ってるとしか思えないんだけど」

「そ、そんなわけ」

「もしも狙ってやったんだとしたら、栞は将来、悪い女になりそうだ」

〝これから、しっかり見張ってないと〟、なんて。

出口

そう言った先輩の顔は意地悪なものだったけれど、今まで見たこともないくらいに赤く染まっていて、思わず私までつられて頬を染めた。

通い慣れた駅のホーム。

ふたりでしゃがみこむ私たちを、先ほどから迷惑そうな顔で見る人たちの視線が痛い。

それは先輩も同じだったようで、思わず立ちあがろうと足に力を込めたら、ふいに強く腕を引かれた。

「せん、ぱい？」

「名前」

「え？」

「最後にもう一回、名前、呼んで？」

そっと、耳もとでささやいて。

まるで、甘い罠に誘うように言葉を紡いだ先輩を見つめながら、私は静かに口を開く。

「いつ、き……せん、ぱい」

「……うん」

「いつ、き……」

「うん」

「……樹生」

愛おしいその名前を口にしたら、再び涙のしずくが一筋、頬を伝ってこぼれ落ちた。

そんな私を見てなぜか、一瞬だけ恨めしそうな視線を寄こした先輩は、「駅のホームで、迷惑なふたりだ……」と、周りの人たちの声にならない心の声を口にしてから、

「でも、ここまできたら、とことん周りに迷惑かけることにした」

なんて、くすぐったそうに笑うと、再び私の唇に、花に止まる蝶のような……。

優しい、キスをした。


『Shepherd's purse（ナズナ）』

あなたに私のすべてを捧げます

君への想いを叫ぶ。

――目まぐるしく通り過ぎた季節は、心に温かな愛を残す。

再び訪れた季節は、新しい声を私のもとに運んでくれる。

「……あ、待って！」

温かい春の、木もれ陽の下。

私の膝の上で寝息を立てている愛しい人が広げた本の間から、あの日、私が贈った小さな〝愛〟が、こぼれ落ちた。

（はい、栞さん！　これ、飛んできたよ！）

（ありがとう）

病院内の中庭のベンチの上で身動きのできなくなっている私のところに、薺の押し花のシオリを手に持った男の子が、笑顔で駆けよってきてくれた。

耳に補聴器をつけているその子の手話を受けとりながら、私も同じようにその子に手話で返事をした。

指を動かすたびに光る、左手薬指のマリッジリング。

　ふと視線を下に落とせば、同じものが愛しい彼の薬指にも光っていて笑みがあふれた。

(そういえばね、昨日、栞さんを探しに相馬先生がナースステーションに来て、看護師長さんに仕事中でしょって怒られてたよ！)

(ふふっ、その話、私も師長さんから聞いたよ)

(相馬先生は、栞さんにいつも会いたいんだからって師長さんがあきれてた。それにしても……先生、ぐっすり寝てるね？)

(うん。起こさないように、このまま一緒に内緒話、しよっか？)

　唇に人さし指をあて、小さな手から渡されたシオリを受けとり微笑めば……。

　その子は、膝の上で眠る彼の顔の上で広げられたままの本を見て、首をかしげた。

(ねぇねぇ。相馬先生、その本、いつも読んでるけど、今も寝ながら読むくらい好きなの？)

(ふふっ。さぁ、どうだろう。でも私は、この本、好きだよ？)

(へぇ、なんて本？)

「……ねぇ、先輩」

　たとえば、空がきれいな青だとか。

ツボミだった花が知らないうちに咲いたとか。

昨日は泣いていたあの子が、今日は笑ったことだとか。

きっとただ、気づかなかっただけ。

言葉にできないくらいに美しい世界は、いつだってそこにあふれていた。


「……どうした、栞？」

だけど、君に出会って知った世界は。

きれいだなんて言葉で、表せないくらいに。

儚くて、苦しくて、どうしようもないくらいに、優しくて……。

とても、温かい日々でした。

Your love brings color to my world.

— fin —

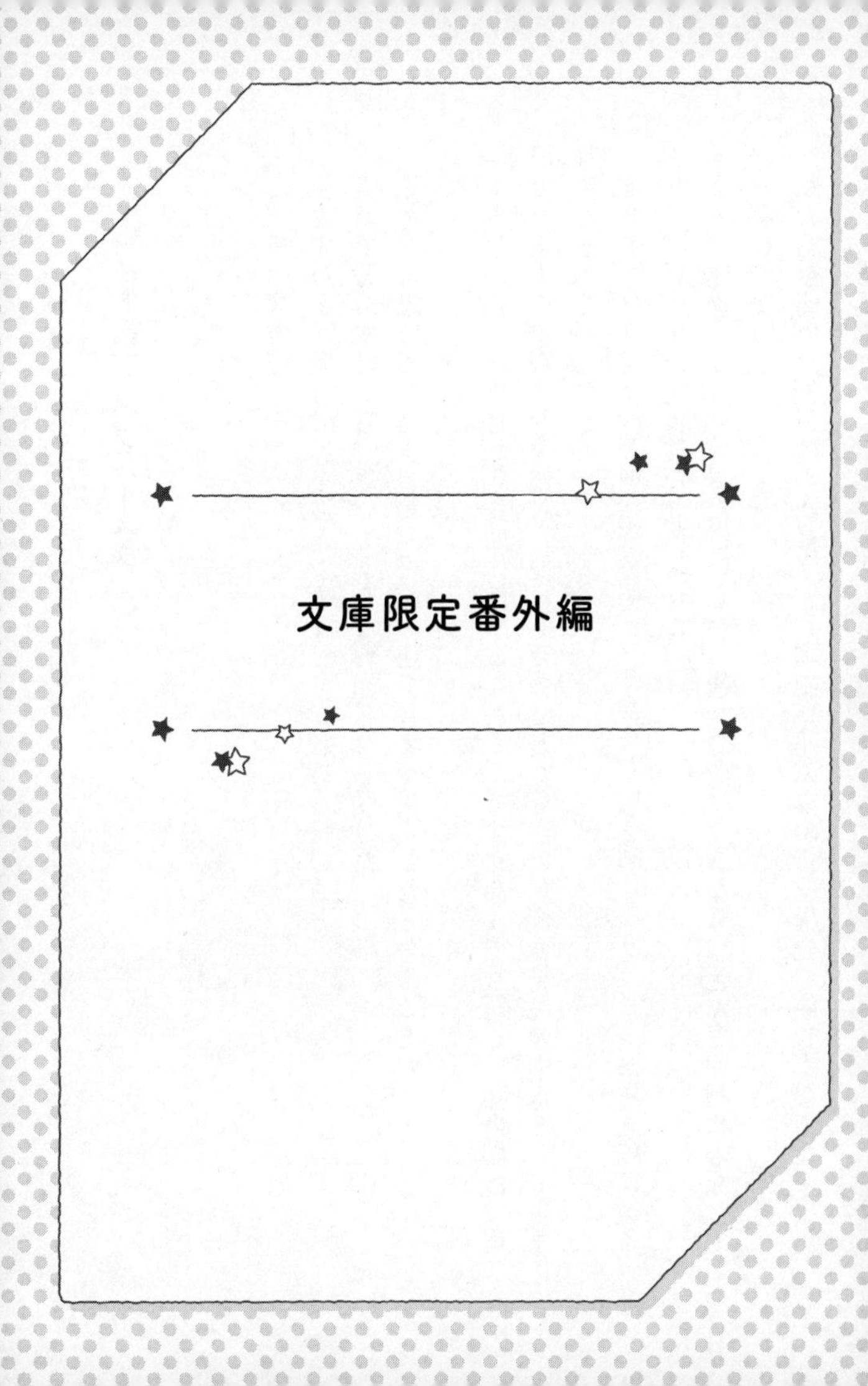

文庫限定番外編

Tweedia（ブルースター）

『え、あの図書館が？』

樹生先輩と八度目の春を迎えようとしていたある日のこと。

実家で暮らす母から、思いもよらない知らせを受けた。

先輩との思い出が詰まった図書館の建て替えが決定したということだ。


「――だから、再来月から長期休館するんだそうです。なんでも新しい図書館は、市民センターや子育て関連施設、他にもカフェとかを含めた複合施設の中核として生まれ変わるって話みたいで」

そこで今日は、『休館前に図書館に行こう』という話になり、私と樹生先輩は数年ぶりに、思い出の図書館を訪れていた。

「まぁ、建物自体もずいぶん古いしね。複合施設になるなら、色々と便利にもなっていいんじゃない？」

私の話を聞いた先輩はそう言うと、本棚に並ぶ本の背を指先で優しくなでた。

　高校生の時、私は樹生先輩をとても大人びている思ったけれど、今、私の隣に立つ先輩は誰が見ても自立した大人の男性で、あの頃以上に素敵さに磨きがかかっている。

「でも……私はやっぱり、先輩との思い出の場所が無くなるのは寂しいです」

　対する私は、当時からあまり成長していないような気がした。

　つい口からこぼれた私の本音を聞いた樹生先輩は、小さく笑ってから、本に触れていた手をコートのポケットの中にしまった。

「まぁ、俺も寂しくないわけじゃないけど。でもやっぱり、形あるものはいつかは壊れるから、仕方がないよね」

　何気ない返答に、針で刺されたように胸の奥がチクリと痛む。

『形あるものは、いつかは壊れる』

……先輩。それは、私たちの関係にも言えることですか？　なんて、心の中で自問した。

「そう、ですよね。いつまでもずっと同じであり続けるなんて無理だから、仕方がないですよね」

　つぶやきながら、樹生先輩と過ごしたこれまでの時間を思い浮かべた。

　私たちは高校を卒業後、樹生先輩は大学の医学部へ。私は看護師になるために、看護大学に、それぞれ進学した。

その後、おたがい無事に国家試験をクリアし、今、先輩は医師として、私は看護師として同じ病院内で働いている。

先輩と私は、先輩が研修医になったのを機に同棲を始めたのだけれど……。

医師という仕事は思った以上に忙しく、ここ一年くらいは、すれちがいの生活が続いていた。

だから今日は、本当に久しぶりにおたがいの休みが合った貴重な一日だった。

私は決して口には出さないけれど、今のすれちがい生活に、ほんの少しの寂しさを感じている。

でも、医師がどれだけ大変な仕事であるかも理解しているし、先輩が早く一人前になるために必死に勉強していることも知っているから、『寂しい』なんて子供のようなワガママは言いたくなかった。

私は、先輩を一番近くで応援して、支えられる存在でありたい。

……でも、最近はなんだかそれも、自信がなくて。

樹生先輩は私に対して、今も昔と変わらない気持ちでいてくれるのかな?

私たちはこの図書館で同じ時間を過ごしたあの頃と変わらずに、おたがいのことを想い合えているんだろうか。

「そういえば、あの頃さ。こうやって本棚越しに話したことあったよね」

ふと顔を上げると、隣にいたはずの先輩の姿がなくなっていた。

あわてて辺りを見回すと、本棚越しに樹生先輩の姿が見えた。

「たしか、俺が初めて栞に両親とのことを話したあと、もう一度栞に会うために、図書館にきたんだよね」

思い出すのは、『もう一度だけ樹生先輩に会いたい』と、強く願った日のことだ。

あの時の私はここで、今と同じように、先輩のことを想っていた。

「それで俺は、運よくここで立ち竦んでる栞を見つけてさ。でも、どんな顔をして会えばいいのかわからなくて、本棚越しに栞の手に触れて、自分の気持ちを話したんだよな」

話を聞いているうちに懐かしくなった私は、その時のことを再現するように、目の前の本棚に左手を伸ばした。

ざらりとした本の感触は当時と変わっていなくて、ほんの少しだけホッとした。

でも、本棚越しに先輩を見る勇気はなくて、私はそっと視線を足元に落として俯いてしまった。

「……そのまま、もう少しだけ俺の話を聞いていてくれる？」

「え……」

だけど、いつかも聞いた台詞と似た言葉を聞いた私は、反射的に顔をあげた。

気がつけば本にのせていた左手に、向かい側から伸ばされた先輩の手が重ねられている。

「もうずっと前から、仕事ばかりで栞との時間をなかなか作れなくて……。栞には寂しい思いをさせていると思う。本当にごめん」

ドクン、ドクン。胸が不穏な音を立て始めたのは、なんとなく、先輩の言葉の続きを聞くのが怖いと感じたから。

私はなるべく顔や態度に出さないようにしていたけれど、やっぱり先輩には私の〝寂しい〟って気持ちは全部、お見通しだったんだ。

「栞は、俺に不満があるはずなのに、いつも嫌な顔も、文句のひとつも言わずに俺のことを支えてくれていて、本当に申し訳ないなって思ってたんだ」

そう言った先輩の手は昔とちがって温かくて、それだけで私は、どうしようもなく泣きたくなった。

「こんなんじゃ、恋人として失格だよなとか、もっと上手く両立しなきゃって思ってたけど、全然余裕がなくてさ。俺はいつも、自分のことでいっぱいいっぱいで」

なんとなく先輩の声も震えているような気がして、いよいよ次の言葉を待つのが怖くなった。

だって——嫌だ。嫌だよ、先輩。

恋人として失格だなんて言わないで。ごめんなんて、謝らないで。

私は、先輩と一緒にいられたら、それでいいんだ。

あの頃と同じように変わらないものを見つけて、それを宝物として抱きしめるだけで十分だから。

でも、もう先輩はそういうのも煩わしいと感じているのかもしれない。

私とはもう、一緒にいても意味がないと思っているのかも。

「だから、自分勝手かもしれないけど。でも俺は、やっぱり栞じゃないと——」

「わ、私はっ。先輩と離れたくありません！」

「……え？」

「自分が、先輩以外の人の隣を歩いていくところは、まるで想像ができないんです！」

咳を切ったように想いがあふれ出して、止まらなくなった。

私は本棚越しに重なり合っていた手を、あの頃とはちがって、自分から強く握り返した。

「寂しくても、私は我慢できます。だって私は、いつも仕事に真摯に向き合う先輩のことが好きで、とても尊敬しているから」

私は昔からずっと、目標に向かってたくさんの努力を重ねる先輩の姿を見てきた。

そして私は、そういう先輩を含めた、樹生先輩のすべてに恋をしたんだ。

「先輩が忙しくて余裕がないなら、先輩を癒せるように、私が先輩のことを笑わせます！　今日みたいに出掛けるのだって、一年で一回とかでも全然平気です！　むしろ、スーパーに買い出しに行くとかでも、デートだって思えます！」

あの頃から、私が先輩を想う気持ちは一ミリだって変わっていない。

ううん、むしろ八年という時間を重ねた分、あの頃よりももっと、想いは強くなっているはずだ。

「だ、だから私は、できればこれからも樹生先輩と一緒に――」

「……ごめん。その先は、さすがに俺から言わせて」

「へ……？」

「栞。こんな俺でよければ、これからもずっと一緒にいてほしい。できれば、一生。いや、欲を言えば来世も、かな？」

一瞬、言われたことの意味が理解できなかった私は、石像のように固まってしまった。

「なんだか、ややこしい言い方をしてごめん。散々いろいろ言ったけど、結局なにが言いたかったかっていうとさ。俺は栞を寂しくさせてるし、こんなこと言う資格はないかもしれないんだけど……。俺は栞が、俺のことを嫌になったとしても、絶対に離したくないってことを言いたくて」

そこまで言うと先輩は、本の上で重なりあっていた手を離した。

その時ふと私は、ある変化に気がついた。

たった今離されたばかりの左手の、薬指に光る指輪——。

私、今日、指輪なんてつけてきてたっけ？

あれ？　でも私、そもそもこんなに高そうな指輪、持ってないような気が……。

「給料三ヶ月分って、かなり適当な表現だったんだね」

指輪を見ながら呆然としているうちに、樹生先輩がすぐそばまで戻ってきた。

「あ、あの、先輩、これって……」

「まぁ、一応、プロポーズのつもりだったんだけど。危うく先に言われそうになって、かなり焦ったよね」

「え……え、ええっ⁉」

今度こそ大きな声が出て、私は慌てて口をつぐんだ。

いけないいけない、ここは仮にも図書館だった。

今のところ周りに人影は見当たらないけれど、図書館では静粛にって、昔からある絶対的なルールでマナーだ。

「プ、プロポーズって、先輩……本当に？」

精いっぱい声をひそめて尋ねると、先輩も気を取り直すように一度だけ小さく咳払いをしてから、私を真っすぐに見つめた。

「栞は、これからは寂しいときは寂しいって、ちゃんと俺に言ってよ。栞がひとりで我慢してる方が俺は嫌だし、栞が俺と一緒にいられなくて寂しいって思ってくれるのは、不謹慎だけど、ちょっと嬉しかったりするからさ」

「先輩……」

「それで、話しは戻るけど。栞さえよければ、俺と結婚してほしい」

「け、結婚？」

「研修医期間が終わったら、すぐにでもプロポーズしようと思ってたんだ。でも、栞に寂しい思いをさせてばかりいたから、断られるかもしれないとか思って、今日は朝からかなり緊張してた」

言われてみるとたしかに、今日の先輩はいつもより口数が少なかった。

でも、だからこそ私は、もしかしたら先輩は私と出掛けても、もう楽しいと思えなくなっちゃったのかな？　なんて、不安にもなったんだけど。

全部、私の思い過ごしだったみたい。

これが夢じゃなければ、左手薬指に光る指輪は、先輩がくれた婚約指輪——エンゲージリングにちがいない。

「それで返事は……って、危うく逆プロポーズされかけたから、ＯＫってことでいいんだよね？」

「っていうか、ＯＫ以外の返事は受け付けないけど」と続けた先輩が、未だに緊張しているんだってこと、今の私は先輩の顔を見なくてもわかってしまう。

「……ふふっ」

思わず笑みがこぼれて、ついでに涙までこぼれそうになった。

「先輩……好きです」

「……うん」

「樹生先輩、大好きです」

「……知ってる。でも、俺のほうが好きだし、栞のこと愛してるし、今すぐ抱きしめたいって思ってるから」

先輩の温かい手に、自分の手を重ねた。

そうすれば当たり前のように先輩が握り返してくれて、私はようやく、先輩の手が今、温かいのは、私の手の温度が先輩に移ったからなのだと気がついた。

「私……やっと、わかった気がします」

「なにがわかったの？」

「変わらないものを見つけて安心する毎日よりも、今、目の前にあるものを大切にしながら明日を想う毎日のほうが、きっと何倍も楽しいですよね」

思い出がたくさん詰まったこの図書館は、なくなってしまうかもしれない。

でも、私たちがそこで過ごした思い出が消えるわけじゃないんだ。

私たちは大切な過去を胸に、新しく生まれ変わった場所で、また宝物みたいな未来を見つけていける。

これからも一緒に、まだ見ぬ明日にある幸せと出逢えるはずだから。

「次に図書館で本を借りるときには、きっと私も樹生先輩と同じ、〝相馬〟になっていますよね」

「図書館で借りた本を、子供に読み聞かせたりできたらいいね」

想像したら胸がくすぐったくて、自然と顔が綻んだ。

変わらないものも、変わっていくものも、全部愛おしいあなたごと抱きしめて。

これからも私たちはおたがいに、最大級の愛を贈りあいたい。


『Tweedia（ブルースター）』

幸福な愛

あとがき

このたびは『たとえ声にならなくても、君への想いを叫ぶ。』を、お手に取ってくださり、ありがとうございます。作者の、小春りんと申します。

今から約五年前に単行本で出版していただいた作品を、今回素敵なご縁があって文庫化していただけることになりました。

物語と向き合いながら、時が経つ速さに驚くと同時に、当時と変わったことも、変わっていないことも色々あるなぁなんて、改めて自分の周囲を見渡しました。

『生きていたら辛いことも、悲しいことも、たくさんあるかもしれない。けれど、そんな現実の中で、たったひとりが蒔いた優しさの種が、いつか誰かを救うような、優しさの花を咲かせることもあるのだと私は信じています』

五年前、私が蒔いた『たとえ声にならなくても、君への想いを叫ぶ。』という願いの種は、今、どこかで花を咲かせてくれているのかな。そうであればいいな。そしてまた、生まれ変わったこの物語が新たな種となり、どこかの誰かに届けばいいな……と、心から思っております。

みんなが、ずっと元気で、いつまでも笑顔でいられますように。
たくさんの愛と優しさに、巡り逢えますように。
そして機会があれば是非、あなたの話を私にも聞かせてください。
皆さんの声が私の、宝物です。

最後になりましたが、素敵な表紙を描いてくださった久我山ぼんさん、デザイナーさん。携わってくださった全ての皆様。そして今日まで支えてくださった、たくさんの読者様に最大級の愛と、感謝を贈ります。

貴方とこうして〝繋がる（Link）〟事が出来たことに。
そしてこれからも貴方の周りに、笑顔が溢れますよう。
精一杯の感謝と、愛を込めて。

二〇二二年五月二十五日　小春りん（Link）

小春りん（こはる　りん）

静岡県出身。デザイナーとして働くかたわら、2013年にLinkとしてKADOKAWAより作家デビュー。『はちみつ色の太陽』で第10回日本ケータイ小説大賞、大賞、TSUTAYA賞、ブックパス賞を同時受賞。2016年9月『たとえ声にならなくても、君への想いを叫ぶ。』（スターツ出版単行本）を、小春りん名義で発表。近刊は、『神様の隣で、君が笑った。』、『俺の「好き」は、キミ限定。』など（すべてスターツ出版刊）。

絵・久我山ぼん（くがやま　ぼん）

岐阜県出身、9月生まれの乙女座。締切明けのひとりカラオケが最近の楽しみ。2018年漫画家デビューし、noicomiにて『1日10分、俺とハグをしよう』（原作：Ena.）のコミカライズを担当している。

小春りん先生への
ファンレター宛先

〒104-0031　東京都中央区京橋1-3-1　八重洲口大栄ビル7F
スターツ出版（株）　書籍編集部気付　小春りん先生

本作は2016年9月に刊行された『たとえ声にならなくても、君への想いを叫ぶ。』に加筆修正をした野いちご文庫版です。

この物語はフィクションです。
実在の人物、団体等とは一切関係がありません。

たとえ声にならなくても、君への想いを叫ぶ。

2022年5月25日　初版第1刷発行
2023年3月25日　　　　第3刷発行

著　者　小春りん
©Lin Koharu 2022

発行人　菊地修一

イラスト　久我山ぼん

デザイン　齋藤知恵子

DTP　株式会社 光邦

発行所　スターツ出版株式会社
〒104-0031
東京都中央区京橋1-3-1 八重洲口大栄ビル7F
出版マーケティンググループ TEL 03-6202-0386
(ご注文等に関するお問い合わせ)
https://starts-pub.jp/

印刷所　株式会社 光邦
Printed in Japan

乱丁・落丁などの不良品はお取り替えいたします。
上記出版マーケティンググループまでお問い合わせください。
本書を無断で複写することは、著作権法により禁じられています。
定価はカバーに記載されています。
ISBN 978-4-8137-1269-5 C0193

恋するキミのそばに。

♥野いちご文庫人気の既刊！♥

新装版　キミじゃなきゃダメなんだ

相沢（あいざわ）ちせ・著

高1の百合は恋に不器用な女の子。ある日突然、通学電車で出会った見知らぬイケメンに告白される。その人はなんと、同じ高校に通うモテ男子・汐見先輩だった。いつもはクールな先輩が自分だけに見せる笑顔と、直球な甘い言葉の数々に、百合はドキドキして…！一途な先輩のブレない愛にきゅん♡

ISBN978-4-8137-1209-1　定価：671円（本体610円＋税10%）

学校イチのモテ王子は、恋を知りたい

町野（まちの）ゆき・著

高2の風香は、校内の王子様的存在の光に片想い中。だけど光は、モテすぎが原因で恋が何か理解できずにいた。ひょんなことから光と話すようになった風香は、光から「恋、教えて」と頼まれ、2人は徐々に距離を縮めていくけれど…。恋することの素晴らしさを教えてくれる胸キュンストーリー。

ISBN978-4-8137-1194-0　定価：660円（本体600円＋税10%）

私の彼氏は親友とデキていました

かなゆな・著

高校生の愛衣は、彼氏と親友の浮気現場を目撃。ショックを受ける愛衣を救ったのは、学校でも有名なイケメンの玲央だった。なにも聞かずに愛衣のそばにいてくれる玲央に惹かれていく愛衣。そんな中、新しくできた友達の香里が玲央を好きだと言い出して…。

ISBN978-4-8137-1166-7　定価：660円（本体600円＋税10%）

ずるいよ先輩、甘すぎます

雨（あめ）・著

誰のヒロインにもなれないと思い込んでいる高2の紘菜。1歳年上の幼馴染、翔斗を一途に想っていたが、大失恋…。悲しみにくれる紘菜の前に現れたのは、イケメンの三琴先輩。振られた者同士のふたりはお互いを励まし合い、急接近！紘菜が胸キュン♡ストーリーのヒロインに!?

ISBN978-4-8137-1123-0　定価：660円（本体600円＋税10%）

書店店頭にご希望の本がない場合は、書店にてご注文いただけます。

恋するキミのそばに。

♥野いちご文庫人気の既刊！♥

告白したのは、君だから。

神戸遥真（こうべはるま）・著

まじめで内気な高１の里奈は、同じクラスのイケメン一輝からの"嘘の告白"に、騙されたふりをして付き合いはじめる。明るく優しい一輝に次第に心惹かれてしまい、その想いを断ち切らなくてはと悩む里奈。でも、一輝の本当の想いは――？ピュアなふたりのじれったい恋の行方に胸キュン。

ISBN978-4-8137-1065-3　定価：660円（本体600円＋税10%）

大好きなキミのこと、ぜんぶ知りたい

灯（ともり）えま・著

高２の虹は、女子に冷たいけど超モテモテな幼なじみの千尋が好き。でも虹は、千尋の兄・千歳と付き合っていた過去が引っかかっていて、想いを伝えられずにいた。一方、子どものころから虹が好きなのに、虹は今も千歳が好きだと思い込んでいる千尋。勘違いしたままの千尋に虹は動き出すけれど…!?

ISBN978-4-8137-1037-0　定価：682円（本体620円＋税10%）

今日、キミとキスします

高２の日詩はクールなモテ男子・瀬良くんに片想い中。彼のことを見ているだけで十分だったのに、ある日、廊下でぶつかった拍子にキスしてしまい!?　気まずくなるかと思いきや、それをきっかけに彼との距離が急速に縮まって…。ほか、好きな人とキスする瞬間を描いた、全７話のドキドキ短編集！

ISBN978-4-8137-1004-2　定価：704円（本体640円＋税10%）

だから、俺の彼女になってよ。

☆*ココロ・著

親友・和也を秘かに想う澪南は、和也に気になる人がいると告白され大ショック。それでも健気に好きな人の恋を応援する彼女の前に現れたのは、笑わないクールな王子様、千歳。キツイ毒舌を浴びながらも、その裏の優しさに触れた澪南はどんどん惹かれていって――。切なくて甘い恋物語。

ISBN978-4-8137-0989-3　定価：660円（本体600円＋税10%）

書店店頭にご希望の本がない場合は、書店にてご注文いただけます恋するキミのそばに。

♥ 野いちご文庫人気の既刊！ ♥

はちみつ色のキミと秘密の恋をした。～新装版 はちみつ色の太陽～

小春(こはる)りん・著

ある日、ひょんなことから学校一イケメンで硬派な陽の秘密を知ってしまった高2の美月。いつもはクールな陽のギャップに驚きつつ、美月は陽の偽カノとなり、みんなには秘密の関係に。不器用だけど優しい陽に少しずつ惹かれて…。第10回日本ケータイ小説大賞受賞の史上最強学園ラブ。

ISBN978-4-8137-0974-9　定価：682円（本体620円＋税10%）

キミの隣でオレンジ色の恋をした～新装版　オレンジ色の校舎～

由侑(ゆう)・著

高校生の遥は、中学時代の元カレ・朱希にずっと片想い。失った恋を忘れられないまま、クラスメイトの朱希を見つめるだけで、自分の気持ちを伝えられない日々を送っていた。久しぶりの朱希との会話から、遥の気持ちはますます高まってきて…。一途な想いから生まれる、甘く切ない恋物語。

ISBN978-4-8137-0957-2　定価：693円（本体630円＋税10%）

クールなキミが最近優しいワケ

Milky(ミルキー)・著

高２の陽和は控えめな性格のピュア女子。イケメンで優しい先輩に片思い中。そんな陽和に対してクラスメートの橘くんはいつも冷たい態度だけれど、嫌いだというわりになぜか陽和が困っていると助けてくれる。戸惑いながらも、橘くんの不器用な優しさに少しずつ陽和の心が動きはじめ…。

ISBN978-4-8137-0941-1　定価：693円（本体630円＋税10%）

先輩、これって恋ですか？

水沢(みずさわ)ゆな・著

恋愛未経験で内気な高１の春香。昼休みに出会った学校一のモテ男でイケメンな智紘先輩に気に入られ、強引だけど甘～いアプローチにドキドキしっぱなし。「俺以外の誰かになつくのダメ」なんて、独占欲強めだけど、チャラいだけじゃない先輩の優しさに触れ、春香は少しずつ惹かれて…。

ISBN978-4-8137-0940-4　定価：660円（本体600円＋税10%）

書店店頭にご希望の本がない場合は、書店にてご注文いただけます。